U0941705

樂府

心里满了，就从口中溢出

当厄运威胁犹太人，以色列拉比巴尔·沙姆·托夫就退回森林，点起篝火，低头祈祷。这样，厄运就能被避免。随着时光流逝，这一任务落到了第二位拉比身上。他知道森林中那一处地点，也记住了祈祷文，但他不知道要生一堆火。然而，厄运同样被避免了。第三位拉比只知道那处林中地点，至于火堆与祈祷文则一概不知。可是这一点足够了，厄运也被避免了。最后，这一任务落到拉比利兹恩身上，他对地点、篝火和祈祷文统统不知道。他只会讲故事。

“而这就足够了。”

NORWEGIAN FAIRY TALES

讲了 100 万次的故事 · 挪 威

[全两册]

[挪威] 彼·阿斯别约恩生　约 · 姆厄 ——— 编

乔步法　朱荣法 ——— 译

北京联合出版公司
Beijing United Publishing Co.,Ltd.

出版说明

重新发现故事，继续讲故事

从前，幻想国里的一只小蚂蚁、一只鸡蛋和一只知了，为了得到更大的幸福，一起去圣地朝拜。

——法国故事

人类天生需要听故事。人类也天生需要讲故事。

故事是经验的累积，也是想象的扩展。故事是教化，也是娱乐。世界一天天长大，故事也一天天长大，今天的故事和几千年前相比，看上去已经完全不同，但有理由相信，一些藏在故事里的东西，是一直没有变的。它们改头换面，在不同的故事里，以不同的样子出现，以后，它们可能还会发展出更多不同的样子，并且越来越复杂。但无论如何，那些恐惧或希望，那些抵抗或顺服，那些寻找或失落，那些选择或没有选择，那些藏在故事里的、人类的情感和命运，总还在那里。

我们回眸人类童年时代的故事，它们并不一定比现在的故事更高明，但这些朴素的故事里，有一种简单直接的力量，或者说，有一种天真，将很久很久以前，人类祖先的所思所想传递给我们。几千年之后，世界也许天翻地覆，而人们依然可以从那些朴素的故事中接收力量。

故事的这种永恒性，激发着讲故事的人，也激发着寻找故事的人。故事有时候会消失，有时候又重新出现，只看有没有人把它讲出来。这套《讲了100万次的故事》是来自不同时代、不同国家和地区的故事合集，完全源于口头传播，也就是说，它们都是讲出来的故事，而不是被哪个作家写出来的。可以想象的是，书里面的这些故事，有一些已经传承了千百年，甚至更久，说它们是“讲了100万次的故事”一点也不夸张，而与此同时，这些故事被确定为现在这个样子，则只是一段“刚刚发生的历史”，离我们最近的一部分文本，甚至只有不到五十年的时光。这些书曾经在不同的国家、不同的时代，以不同的形式出版过，它们唯一的相通之处就在于，它们都出自那些“寻找故事的人”之手，它们被记录下来的目的，就是为了提醒人们，不要遗忘，而这正是故事传播的动力所在。

一、这些故事，来自人类遥远的童年

那是山多、林多、动物多的年代。

——北欧故事

山多、林多、动物多的年代，已经过去了。它不仅仅是我们时代的往昔，在故事里，它们就已经是往昔了。考古学家和历史学家做了很多工作，想尽力还原那个人类的童年时代，但有时候，故事可以告诉我们一些不同的东西。比如下面这个非洲故事。

天为什么这么高

听说从前天不像现在这么高，天和地是离得很近的。多近呢？人站在地上一伸手就能很容易地把天摸到。

上帝一直是住在天上的。他为地上造了人，造了动物，造了植物。他把他造的人当成自己的孩子，为人准备了美味可口的食物，为人制定了切实可行的法律。当时人们日子过得很不错。

谁知，不幸的事情发生了。

一天，有一个人不知得了什么病，一下子变成了盲人。这是世界上的第一个盲人。

上帝啊，上帝啊！
你为什么惩罚我呀？
我两眼一抹黑啦，
我肚子咕咕叫啦！

后来，他饿得实在支持不住了，气急败坏地举起烟斗就往上捅，他想叫天把门打开，让他去找上帝。

老天啊，老天啊！
快把门打开吧！
上帝再不可怜我
我就要饿死啦！

可是，捅了好长时间，天一动也不动。

于是，盲人又想出了另一个办法：在地上点起一堆火，他以为有了火也许能看到东西。

大火熊熊燃烧起来，火焰越来越旺，火舌直舔到天上。

这时上帝来了，他吃惊地问："谁点的火？"

他万万没有想到自己造出来的人竟敢拿烟斗来捅天，用火来烧天，所以怒气填胸，把手一挥，带着天一步一步地往高处升，一直升到人无论拿什么也够不到的地方。

从这以后，天和地就相距得很远很远了。为了惩罚人，上帝让地上总是有盲人。

这个故事里有恩赐，也有不恩赐。创造和恩赐，要看上帝的心情。这个故事里有冒犯，也有绝望：盲人看上去很蠢，但作为一个人，他做了他能做到的一切，而他能得到的唯一回应，是上帝的愤怒。这个故事里有怀念，也有无奈：天和地没有分开的日子，是好时光，但如果上帝要带走天空，要让人眼盲看不见，人们也只能接受。当然，这个故事里还有命运："谁知，不幸的事情发生了"，对此，无论是人类还是上帝，都没有办法。

我们没办法确切知道这是一个什么时代的故事，但我们完全可以想象，在"山多、林多、动物多的年代"，人们的日子过得可能跟那个盲人差不太多，"不幸的事情"总是会发生，人们只能怀想，曾经有一个黄金时代。就像今日，我们依然怀想"黄金时代"一样。

二、这些故事，铸就人类共同的记忆

世上力气最大、跑得最快的是风；最肥的是土地，因为万物都靠它来养育；最柔软的是手，因为不管你睡在什么东西上面，都要用手来垫头；第四个嘛，世界上再也没有什么能比睡觉更讨人喜欢的了。

——俄罗斯故事

说起"寻找故事的人"，人们首先想到的自然是格林兄弟，《格林童话》也已经成了两百年来最重要的一部经典故事集。但其实，"寻找故事"是持续了一个时代的主题，与格林兄弟同时或稍晚，不同的人在不同的地方，做了相同的工作：阿斯别约恩生在挪威，卡瓦利乌斯在瑞典，阿法纳西耶夫在俄罗斯，之后柳田国男和关敬吾在日本，卡尔·维诺在意大利，劳尔·洛伊奈在芬兰，林兰和董均伦在中国，他们搜集各自国家和地区的故事，去芜存菁，最终给故事一个方便传播的确定文本。有意思的是，人们最初“寻找故事”，是希望通过故事确定一种身份认同，去区别于世界上的其他人。但当我们把不同国家和地区的故事放在一起的时候，会惊讶地发现有些故事具有高度相似性。是的，故事可以依附于任何强有力的外部元素，但也可以很轻易地脱离开它们——有时候，两个故事的外壳、人物、背景、语言完全不一样，但我们一眼就可以看出那是同一个故事。很显然，故事在告诉我们，在民族和地域这些元素之外，“人”其实是所有人更基本的一种共同身份。

我们来读一个法国故事。

树蝇死了

一只小飞蛾和一只小树蝇是朋友，它俩一块儿吃住，一块儿玩耍，好得谁也离不开谁。这天，它们俩一起做晚饭。小树蝇负责做汤。汤做好以后，它想尝尝汤的咸淡，一不小心，掉在大汤勺里淹死了。

小飞蛾哭着离开了家。它遇见了一棵橡树。

“小飞蛾啊，你为什么哭？”

“树蝇死了。”

“那我，我弄掉一根树枝。”

橡树的上空飞着一只喜鹊。喜鹊问：

“橡树啊，你为什么掉枝？”

“树蝇死了，小飞蛾哭了，我就掉枝了。”

“那我，我就脱毛。”

喜鹊落在一道篱笆上。篱笆问：

“喜鹊啊，你为什么脱毛？”

“树蝇死了，小飞蛾哭了，橡树掉枝了，我就脱毛了。”

“那我，我就折断自己。”

篱笆的旁边是一片草地。草地问：

“篱笆啊，你为什么折断自己？”

“树蝇死了，小飞蛾哭了，橡树掉枝了，喜鹊脱毛了，我就折断自己。”

“那我，我把草割了。”

一条小河从草地中间流过。小河问：

“草地啊，你为什么把草割了？”

“树蝇死了，小飞蛾哭了，橡树掉枝了，喜鹊脱毛了，篱笆折断了，我就割草了。”

“那我，我就干涸了。”

一个女仆带着两只水罐来河里打水。她问：

“小河啊，你为什么干涸了？”

“树蝇死了，小飞蛾哭了，橡树掉枝了，喜鹊脱毛了，篱笆折断了，草地割了草了，我就干涸了。”

“那我，我就把这两只水罐打破。”

主妇正等着用水洗黄油。她问：

“女仆，你为什么打破水罐？”

“树蝇死了，小飞蛾哭了，橡树掉枝了，喜鹊脱毛了，篱笆折断了，草地割草了，小河干涸了，我就打破罐子了。”

“那我，我就把黄油扔到围墙上去。”

一个赶大车的人路过这儿。他问：

“女主人，你为什么把黄油扔到围墙上去？”

“树蝇死了，小飞蛾哭了，橡树掉枝了，喜鹊脱毛了，篱笆折断了，草地割草了，小河干涸了，女仆打破罐子了，我就把黄油扔到围墙上去了。”

“那我，我就打马快跑。”

接下去，又引出了其他一些人，由于树蝇的死和小飞蛾的哀悼而引起的这场可怕的连锁反应，不知是如何结束的。

这个故事非常古老，也非常有趣。但有人说它有些幼稚可笑，因此令人难以置信。其实，这个故事反映了自然界的一种规律：到了十一月底，当树蝇死的时候，树本身，以及草地和河流似乎也都与树蝇一起死去了。每年在这个时期，要是我们仔细听听的话，会听到小草在北风的吹拂下簌簌作响，仿佛在说：

“树蝇死了，我们也快死了……”

这是一个顶针结构的故事，不同的国家和民族，类似结构的故事不胜枚举。它不仅是一个故事，也可以是一场游戏，讲故事的人和听故事的人，可以顺着这个顶针结构，把故事一直讲下去，讲到厌倦为止。但如果你像法国人一样，从一只树蝇的死亡开始这个游戏，你迟早会进入那个“白茫茫一片真干净”的世界，当你读到“小草在北风的吹拂下簌簌作响，仿佛在说：‘树蝇死了，我们也快死了……’”这样的句子时，你会感觉到，从故事到文学的那个变化，似乎正在发生。

三、这些故事，帮助人类应对世界的改变

世界已经变了，世界还将变化，你说的故事也许是真的。

——芬兰故事

我们的故事来自传承，至于一个具体故事的起源，则大都渺不可考——也不必考，继续讲下去就是了。

故事大王简·约伦在《世界神奇故事集》的前言之中讲述过一个故事，说的就是故事的起源与传承，我们已经把这个短小又重要的故事放在了扉页上，但似乎还是有必要在这里再郑重地引用一次：

当厄运威胁犹太人，以色列拉比巴尔·沙姆·托夫就退回森林，点起篝火，低头祈祷。这样，厄运就能被避免。随着时光流逝，这一任务落到了第二位拉比身上。他知道森林中那一处地点，也记住了祈祷文，但他不知道要生一堆火。然而，厄

运同样被避免了。第三位拉比只知道那处林中地点，至于火堆与祈祷文则一概不知。可是这一点足够了，厄运也被避免了。最后，这一任务落到拉比利兹恩身上，他对地点、篝火和祈祷文统统不知道。他只会讲故事。

“而这就足够了。”

故事可以是个体内心的密码，也可以是群体信念的表达；故事可以安慰一个人，也可以激励一群人。故事还是记忆，人们的生活方式一代一代改变着，曾经的森林、篝火，甚至祈祷，或迟或早，总归是退出了人们的日常，但故事还在。只要人们还在讲着故事，我们就还是我们。

在简·约伦引述的这个故事里，有一点需要特别注意，如果故事里的每一任拉比都会讲故事的话，那么几乎可以肯定，拉比利兹恩讲述的故事，跟他的每一位前任讲出来的，是不一样的，哪怕那是同一个故事。这涉及到故事的一项超凡能力，它总能和一个时代的精神主流结合在一起，又总能和它们剥离。说到这里，事情已经很清楚了，那个威胁着以色列人，也威胁着所有人的“厄运”，其实就是遗忘，而对遗忘的抵抗，不是森林，不是篝火，也不是祈祷，这个抵抗，是，也只是，故事。

有的时代，有的地方，人们会觉得篝火很重要；有的时代，有的地方，人们会觉得祈祷很重要；有的时代，有的地方，人们会觉得民族很重要；有的时代，有的地方，人们会觉得世界很重要；有的时代，有的地方，人们会觉得所有这些可能都不那么重要，或许一个人自我内在的达成更重要。故事穿行于所有这些时代，以不同的面目出现，和不同时代的主流观念结成同盟，但故事不会在任何时代和地方停下，一旦停下，它就死了。一般来说，我们不大容易区分一个故事里面，哪些部分属于时代意识，哪些部分来自久远的传承，但如果我们一次又一次遇到同一个故事的不同样子，我们或许可以学会分辨出，那些不能遗忘的东西，到底是什么。

四、讲故事，而不是读故事

王子随身带着一块石头，他总把它放在床前。因为这块石头知道世上的一切事情。

——挪威故事

我们相信故事里藏着许多秘密，也许，故事就像那块神奇的石头一样，知道世上的一切事情。所以我们把不同国家和地区的故事收集在一起，并冠以“讲了100万次的故事”这一主题，强调故事作为人类共同的文化遗产，需要我们再次去激活它。激活一个故事的方法很简单，就是把它讲出来。当一个地方的故事被另一个地方的人讲述出来的时候，新的可能性就出现了。

需要说明的是，“讲了100万次的故事”是重要的主题，但“讲了100万次的故事”这套书，确确实实只是一个阶段性的成果。这并非妄自菲薄，事实上，现在这套书，收录了很多经典文本，比如“挪威卷”的原本是阿斯别约恩生的《挪威童话》，这是迄今为止唯一一个从挪威语翻译过来、最接近完整的译本；比如“俄罗斯卷”的原本是阿法纳西耶夫的《俄罗斯童话》，这是俄罗斯文学名著，包括托尔斯泰在内的大量俄罗斯作家都曾经受这本童话集的影响；比如“非洲卷”，不但编译了大量文献，编译者董天琦先生还在刚果（布）记录下来五十多个口传故事，这可是第一手的活生生的故事。

以上这些，都是这套书的重要特点，但它的不足也很明显，首先就是完整性不够，意大利、西班牙、日本、东南亚，以及阿拉伯的故事，都没有能够收入；第二是编译作品多了一些，当然，编译者刘锡诚、马昌仪、曹乃云、董天琦等诸位先生，都堪称故事大家，也代表了故事这个领域的编译水准，但从文献角度出发，不同国家的故事，还是本国学者和作家的编辑版本，来得更加可靠。

即便如此，我们还是热忱向读者推荐这套故事书。这已经是目前市面上可以找到的最完整的人类故事原典，你不可能喜欢里面的所有故事，但其中一定会有能够打动你的故事。还有一点特别需要注意的是，今天的人们，特别习惯给孩子讲故事，但我们这套书来自往昔，来自人类的童年，那时候，现代的儿童观念还没有形成，所以故事里有些来自往昔的观念，并不一定都适合今日的儿童。这一点，希望给孩子讲任何原典性故事的家长都能够加以甄别，不照单全收，也不因噎废食。

《讲了100万次的故事》这套书，在文本上大都有一定的经典性，这是口头文学和书面文学相遇产生的结果，但故事的魅力在于讲述，而讲故事不仅仅需要文字，还需要表情，需要语气，需要肢体语言，在这个意义上，《讲了100万次的故事》只是一个数据库，里面的每一个故事，都等待着，第1000001次被讲述。

所以，开始讲故事吧。

目　录

装怪东西的小匣子　001

十二只野鸭　002

来自外勒斯特岛的鱼鹰　010

山坡上的居德布朗　016

裴克　021

薄煎饼　030

遇见妖怪的男孩们　034

牧鹅女小奥瑟　037

照料家务的男人　042

从不把心带在身上的巨人　044

少年和魔鬼　053

拇指小不点儿　056

鹅蛋穆姆勒　058

第七个父亲　071

一个牧师的故事　074

狐狸寡妇　*076*

不能进地狱的铁匠　*081*

三只想去奶酪场养膘的公山羊　*088*

公熊好先生　*090*

向北风要回面粉的少年　*093*

牧兔的灰小子　*097*

愚蠢的丈夫和荒唐的妻子　*106*

牧师和教堂执事　*109*

猪和猪的生活方式　*111*

寡妇的儿子　*113*

漫游途中的上帝和圣彼得　*124*

在太阳以东、月亮以西的地方　*126*

让公主大呼“撒谎！”的灰小子　*137*

让公主发笑的松枝汉斯　*139*

烧木炭的人　*145*

渔夫的儿子　*154*

蓝山三公主　*162*

金鸟　*182*

地主的新娘 *192*

拉小提琴的小弗里克 *196*

索里亚·莫尼亚王宫 *204*

伯纳·瓦尔赛格 *216*

从没被话难倒的公主 *226*

和妖怪比赛吃粥的灰小子 *231*

随从 *234*

小胖墩 *248*

公绵羊和猪 *253*

耶特鲁德啄木鸟 *258*

当放牧人的狐狸 *259*

丈夫的女儿和妻子的女儿 *261*

躺在海底的磨 *272*

愚蠢的妇人 *279*

草丛中的玩偶 *285*

结过婚的野兔 *288*

家鼠和山鼠 *289*

公鸡和母鸡 *293*

每人都认为自己的孩子最好　294
熊和狐狸　296
前往多弗尔山的母鸡　301
掉进啤酒缸里的公鸡　305
彼尔老爷　309
世上不会有额外的酬劳　315
好心不得好报　320
从不回家的山羊　324
绕线杆里的储藏室钥匙　331
求婚的少年　333
提着啤酒桶的少年　340
陷阱里的主宰　345
公鸡和狐狸　347
森林里的未婚夫　349
生死之交　355
白干三年活儿的少年　359
不乘车，也不骑马　371
放了七年的稀粥　374

船长和老艾里克　*376*

变成狮子、隼和蚂蚁的少年　*378*

被换了烟草的少年　*383*

“嗨，宝贝，快从桌子上下来！”　*389*

挂在空中的金宫殿　*390*

红狐狸和灰小子　*404*

想当商人的少年　*413*

绿骑士　*420*

傻瓜马蒂斯　*425*

杂货店少年　*441*

三个柠檬　*445*

白熊国王瓦勒蒙　*450*

“你好，伙计！”——“斧头柄！”　*459*

贪吃的花猫　*461*

魔王和法警　*469*

圣母马利亚和燕子　*471*

水上神鸟　*474*

灰小子和他的好帮手　*485*

小偷王 *495*

沙洲小矮人 *512*

卡莉的木裙子 *519*

树丛新娘 *534*

上帝的母亲玛利亚 *542*

磨坊男孩与龙 *547*

三位姨娘 *560*

坚果林中的公鸡和母鸡 *565*

公鸡、布谷鸟和雄黑松鸡 *569*

吉卜赛人的故事会 *570*

玻璃山上的公主 *598*

忠诚与刁滑 *609*

伦德家族 *615*

巧姑娘 *620*

神奇的乳红马 *636*

破帽子 *648*

女人所爱的人不会缺吃少穿 *655*

妖精家族 *664*

七匹小马 *671*

熊与狐狸 *678*

白国三公主 *682*

干净的四先令 *690*

一个求婚者的故事 *696*

吉斯克 *697*

彼尔、保尔和艾斯本 *703*

小矮子 *709*

掘墓工的故事 *724*

多夫勒的雌猫 *740*

金山羊 *742*

牧师的母亲 *747*

译后记 *754*

装怪东西的小匣子

从前有一个小男孩，在一条路上走。走了一阵子以后，他发现了一只小匣子。“这匣子里肯定有什么古怪的东西。”他自言自语地说。可是，不管他怎样翻过来，倒过去，也无法把它打开。小男孩想：“这里面准有非常奇怪的东西。”

又往前走了一阵子后，他发现了一把小钥匙。他走累了，就坐了下来，想试试这把钥匙能不能打开小匣子，因为上面还真有一个很小的锁眼。于是，他先吹吹钥匙，又吹吹锁眼，然后把钥匙插进锁眼，拧了一圈，只听见锁“咔嚓”一声响，小匣子就开了。

不过，你能猜到放在小匣子里的是什么东西吗?

那是一根牛犊的尾巴。

要是牛犊的尾巴更长些的话，这个民间故事也会变得更长一些。

十二只野鸭

很久以前，一个冬天，刚下过一场新雪。有一个王后驾着雪橇外出。她行驶了一段路以后，鼻子开始流血，于是不得不走下雪橇。当她倚在木栏杆上站着，看到红红的鲜血和洁白的新雪的时候，她想起自己有了十二个儿子，可是一个女儿也没有，因此她自言自语地说："假如我有一个女儿，皮肤能像雪一样白，嘴唇像血一样红，那就比我的儿子们强多了。"她的话刚说出口，就来了一位巫婆，站在她面前。"你会得到一个女儿的。"巫婆说，"她将肤白如雪，唇红似血，到那时候你的儿子就属于我了。不过，可以让他们和你待在一起，直到小女孩受完洗礼。"

过了一些时候，王后生下一个女儿，她果真肤白如雪，唇红似血，就像巫婆所许诺的那样，因此他们也就称小公主为"雪白玫瑰红"。国王的庄园里充满了喜悦，王后高兴得更是无法用语言来形容。但是，她想到自己答应巫婆的事情，就叫来一个银匠，制作了十二只银匙，给每个王子一只，另外又做一只，给了雪白玫瑰红。

公主受完洗礼，王子们就变成十二只野鸭飞走了，飞得无影无踪。后来，公主长大了，长得修长又漂亮，但是她经常显得有些古怪和忧伤，没有人明白是什么原因。

一天晚上，王后悲伤地想到了自己的儿子们。于是，她对同样忧伤的雪白玫瑰红说：“你为什么这么悲伤，我的孩子？如果有什么使你难过的事情，你就说出来！如果想要什么东西，我就满足你。”

“噢，我感到非常孤单寂寞。”雪白玫瑰红说，“其他的人都有兄弟姐妹，但是我孤零零的一个人，我是为这件事悲伤。”

“你也曾经有过哥哥的，我的孩子。”王后说，“我有过十二个儿子，他们都是你的哥哥，但正是为了得到你，我把他们全给了别人。”接着，她讲述了事情的整个经过。

公主听完以后，心情再也平静不下来。尽管王后不停地哭泣，悲痛欲绝，但是也没有用，公主一定要离开家，她觉得自己是造成这一切的根源。最后，她离开了国王的庄园。她走啊走，在广阔的世界上她走得很远很远，谁都不会相信，这样一个纤弱的少女能走得那么远。

她曾在一个非常大、非常大的森林里走了很久很久。一天，她觉得很疲倦，就坐在一个小土墩上睡着了。她梦见自己走进林子深处，来到一间用圆木搭成的小屋跟前，她的哥哥们就住在里面。就在这时候，她突然醒来，看到在她面前的绿色苔藓中有一条被人踩出来的小路，一直通向林子深处。她沿着这条小路往前走了很久，果然来到一间用圆木搭成的小屋前，与她在梦中所见一模一样。

她走进屋子，里面没有人，但是那儿有十二张床、十二把椅子和十二只银匙，屋里能找到的一切东西的数目都是十二。她看到这些，心里非常高兴。她已经有许多年没有这样高兴过，因为她立刻就明白哥哥们就住在这儿，这些床铺、这些椅子，还有这些银匙都是他们的。她开始生上炉火，打扫房间，整理床铺，烧煮食物，把一切收拾得整整齐齐，井然有序。她给哥哥们做好饭以后，自己先吃了。然后，她爬到最小的哥哥的床底下。匆忙中，她把自己的银匙忘在了桌子上。

她刚躺下，就听到空中传来一阵阵呼啸声和翅膀拍击声。接着，十二只野鸭飞着冲了进来，他们一踏进门槛，就立刻变成了十二个王子。

“啊，这屋子里是多么温暖，多么舒适！”他们说，“但愿上帝赐福给那个替我们生着炉火，又做了这么可口饭菜的人！”于是，他们每人拿起自己的银匙，开始吃饭了。

但是，桌子上还剩下一只银匙，和其他的银匙完全一样，无法区分开来。他们面面相觑，“这是我们妹妹的银匙。”他们说，“既然银匙在这儿，她本人也不会离得太远。”

“如果这只银匙是我们妹妹的，她人也在这里的话，她就应该被杀死，因为她是我们遭受这一切苦难的祸根。”最大的王子说。所有这些话，他们的妹妹在床底下听得一清二楚。

“不。”最小的王子说，“为了这件事杀死她，是一种罪过。她不能为我们承担责任，如果要怪什么人，那应该是我们的母亲。”

他们开始四处寻找，查看每个床铺底下。当他们查到小王子的床铺时，发现了公主，把她拉了出来。

最大的王子还是想要杀死她，但是她泪流满面，非常恳切地为自己求情："唉，亲爱的哥哥，不要杀死我。我已经四处流浪，长途跋涉了许多年，一直在寻找你们。假如我能救你们，哪怕献出自己的生命，我也心甘情愿。"

"行，如果你肯救我们，"他们说，"你就可以活下去。因为这件事只要你愿意，是完全能做到的。"

"好的，尽管告诉我应该怎样去做，我都一定照办。"公主说。

"你必须采集蓟花的冠毛。"王子们说，"再把冠毛梳理好，纺成线，织成布。这件事做完以后，你要裁剪和缝制十二顶帽子、十二件衬衫和十二个领结，给我们每人一套。而且在你做这一切事情的时候，不能说话，不能笑，不能哭。如果你做到这些，我们就得救了。"

"但是，我到哪儿去找来蓟花冠毛做这么多的领结、帽子和衬衫呢？"雪白玫瑰红问。

"我们当然会指给你看的。"王子们说。于是，他们带着公主来到一片很大很大的沼泽地。那里到处都是蓟花的冠毛，在微风中来回摇摆，在阳光下闪闪发亮，从远处看去，就像白雪一样发出耀眼的光芒。

公主从来没有看到过这么多的蓟花冠毛，她立即着手采摘和收集，尽力做得又快又好，晚上回到家里，就开始梳理冠毛，并且纺成细线。事情就这样十分顺利地进行着。她采集蓟花冠毛加以梳理，还忙中偷闲照料王子们的生活，为他们烧菜做饭，整理床铺。黄昏时分，他们像野鸭一样呼啸着飞回家来。到了夜里，他们恢复了王子的形象，但是第二天早晨，他们又飞走了，整个白天都变成野鸭。

有一次，公主在沼泽地采集蓟花冠毛的时候——如果我没有搞错，这应该是她最后一次到那儿去——碰巧统治这个国家的年轻国王外出打猎，骑马经过沼泽地，一眼看见了她。他停了下来，觉得十分奇怪，想知道这位在沼泽地里走来走去不停地采集蓟花冠毛的可爱少女究竟是谁。他问少女，但她不回答。这就使他更加好奇。他非常喜爱这位少女，愿意把她带回王宫，和她结婚。于是，他叫仆人们将少女扶到他的马上。雪白玫瑰红用双手比画着，指着那些装满了她辛辛苦苦采集来的蓟花冠毛的口袋，一再向他们做手势解释。当国王明白她想把这些袋子也带走的时候，就吩咐仆人把它们拿来驮在马背上。公主逐渐安静下来，因为国王是一个和善又英俊的青年，对待她像百灵鸟一样温柔。

但是当他们回到国王庄园，那个老太后——她是国王的后母，看到了雪白玫瑰红，非常妒忌她长得如此美貌，内心充满了刻毒的恶意。老太后对国王说："难道你还不明白吗？你带回来的这个女人是一个女巫。她既不说话，也不哭不笑。"

国王不理会后母说些什么，照样举行婚礼，娶了雪白玫瑰红做王后。他们在一起生活得非常快乐，但是公主并不因此而忘记缝制衬衫。

不到一年，雪白玫瑰红生了一个小王子，这使得老太后更加妒忌，气得要命。到了深夜，她趁雪白玫瑰红睡着的时候，偷偷地溜进去，抱走了孩子，把他扔到蛇园里；又割破王后的手指，将血抹在王后的嘴上，然后走到国王跟前。

“你来看看。”她说，“你娶了一个什么样的女子做王后。现在她竟然把自己的孩子也吃掉了。”

国王感到心烦意乱，几乎要哭出声来。他说：“是的，既然是我亲眼看到了，这必定是事实；但是，她以后肯定不会再这样做了。这一次我饶了她。”

第二年，雪白玫瑰红又生了一个儿子。国王的后母更加妒忌，也更怀恨在心。她趁王后在深夜熟睡，又偷偷溜进房里，把孩子抱走，扔进了蛇园；又割破王后的手指，将血抹在王后的嘴上；事后她又去告诉国王，王后把这个孩子也吃掉了。国王悲痛欲绝：“是的，既然是我亲眼看到的，这必定是真的。但是，她以后肯定不会再这样做了，所以这次我仍然饶了她。”

第三年，雪白玫瑰红生了一个女儿，同样被老太后抱走后扔进了蛇园。当年轻的王后睡着的时候，老太后又割破了她的手指，将血抹在她的嘴上。然后她走到国王面前说：“现在你来看看，我说她是一个女巫对不对，因为她把第三个孩子吃掉了。”

国王极为伤心，不再宽恕公主了，他下令把她架在火堆上活活烧死。当木柴堆已经点燃，公主就要被放上火堆的时候，她做着手势，让他们搬来十二块木板，摆在火堆周围，她在木板上放好给哥哥们编织的那些领结、帽子和衬衫，但是，最小的哥哥的衬衫还缺少一只左袖没有编织好，她实在来不及把它赶出来。她刚把衣物放好，人们就听到空中传来一阵阵高亢的呼啸声和扑打声，接着十二只野鸭越过树林飞来了，纷纷用嘴衔着自己的衣物飞走了。

“现在你看，”那个恶毒的老太后对国王说，“现在你可以真正看清她是一个女巫了。你得赶紧在木头烧完之前，把她扔进去烧死！”

“噢，”国王说，“木柴我们有的是，我们有森林可以砍木柴，但我要再等一会儿，我非常想看看最后的结果到底会怎样。”

正在这时候，十二个王子骑着马赶来了，他们是那样英俊，那样壮实，任何人见了都会喜欢，只有最小的王子还保留着一只野鸭的翅膀。

“你们要干什么？”王子们问。

“我的王后要被烧死，因为她是一个女巫，她把自己的孩子全吃掉了。”国王回答。

“她并没有吃自己的孩子。”王子们说，“妹妹，开口说话吧！现在你已经救了我们，赶快救你自己吧！”

于是，雪白玫瑰红说话了，她把自己的遭遇统统说了出来：每生下一个孩子，那个老太后就在夜间偷偷地溜进她的房间，从她身边抱走孩子，又割破她的手指，将血抹在她的嘴上。王子们带着国王来到蛇园，让他看到自己的三个小孩正在和蛇一起玩耍，再也没有比他们更加活泼可爱的孩子了。

国王把孩子们带到老太后跟前，问她一个狠心陷害无辜的王后和三个天真的孩子的人应该受到什么惩罚。

“那个人应该被绑在十二匹未经驯服的野马之间。”老太后说。

“你自己宣布了判决。”国王说。于是，那个邪恶的老太后被绑在十二匹野马之间，撕成了碎片。雪白玫瑰红带着国王、自己的孩子们和十二个王子，骑马回到父母的庄园，告诉他们所遭遇的一切。现在举国上下一片欢腾，因为公主不仅得救了，她还救了自己的十二个哥哥。

来自外勒斯特岛的鱼鹰

从前，在靠近勒斯特岛的瓦尔岛上，住着一个穷苦的渔民，名叫依萨克。除了一条破船和几只山羊之外，他没有其他财产。那山羊，他妻子还得用鱼内脏和从高山上割的青草来养活。最重要的是，他还有满屋嗷嗷待哺的孩子。然而，他对上帝赐予的这一切，始终感到非常满足。唯一感到不满的，是他不能同邻居真正友好相处。那邻居是个有钱人，一直想把他撵走，以便得到依萨克屋外的泊船码头。

有一天，依萨克出海几十公里打鱼，海上起了浓浓的大雾。不久，可怕的暴风雨又降临到他头上。为了顾全性命，他不得不把所有打的鱼都扔进大海，以减轻船的重量。即使这样，要保持渔船在海上安全航行也并不是一件容易的事。这样航行了五六个小时以后，他以为很快就会到达陆地。可是，船却在继续漂浮，风暴越来越猛烈，大雾越来越浓厚。他开始怀疑船是否正驶向更远的大海，或者被大风改变了方向。最后他明白，情况确实是这样，因为他航行了很久很久，还根本见不着陆地的影子。突然，依萨克听到船头传来可怕的叫声，他相信，那是海妖在为他唱葬礼圣歌。他明白自己的最后时刻即将到来，开始为妻子和孩子们向上帝祈祷着。正当他祷告的时候，忽然感到有个黑色的东西隐约闪了一下。在离得更近的时候，他才看清楚，那是三只鱼鹰，正站在一根漂流的木头上。他悄悄地驶过了它们。

就这样，他漂浮了很长很长时间，无计可施，又渴又饿，疲乏至极。他紧握舵柄坐着，就要睡着了。忽然，船震了一下，冲上沙滩。依萨克睁开眼睛一看：阳光穿透迷雾，照耀着美丽的绿野。远处的丘陵和小山，都是一片青翠碧绿，田野和草场都斜着向远方伸展过去。他又闻到了嫩芽和鲜花的香味，这香味无比甜美，他从不曾闻到过。

“噢，上天保佑，现在我得救了。这是外勒斯特岛。”依萨克自言自语道。眼前是一块大麦田，他从来没有见过这样颗粒饱满的麦穗。一条狭窄的小道穿过麦田，通向一间绿色的泥灰小屋。屋顶上，一只长着金色大角的白山羊正在吃草。屋子外面，一个身穿蓝衣的小老头坐在板凳上，嘴里叼着一支短烟斗，他的胡子又多又长，一直垂到了胸前。

“欢迎到外勒斯特岛来，依萨克。”老人说。

“很高兴见到你，老大爷，”依萨克回答，“你认识我吗？”

“可能吧，”老人说，“你也许今晚要在这儿过夜？”

“是的，看来是这样。我能在这儿过夜当然最好不过了。”依萨克说。

“我的儿子们那里有些难办，他们受不了陌生人的气味，”老人说，“你没有碰见他们吗？”

“没有，除了三只站在浮木上叫喊的鱼鹰，我什么也没有碰见。”依萨克回答。

“噢，那就是我的儿子们，”老人边把烟斗里的灰磕出来边说，“你先进去坐一会儿，我想你一定又饿又渴。”

“谢谢你，老大爷。”依萨克说。

老人把门打开，依萨克看到屋里布置得富丽堂皇，许多东西以前从未看到过。餐桌上摆满了奶油、黑线鳕鱼、驯鹿大腿、涂着糖浆和干酪的面包、成堆的卑尔根面包卷，还有啤酒、烈性酒、蜂蜜酒和许多其他美酒。依萨克拼命吃喝，但尽管他不停地吃，木盘里却总也不空；他不停地喝，杯子却总是满的。那位老人吃得很少，话也不多。正吃得开心时，外面传来一声大叫和一阵吵闹，老人走了出去。过了一会儿，老人和三个儿子一齐走了进来。刚开始，依萨克还有点担心，但是老人大概已经说服了三个儿子，他们看起来相当和气温厚。他们叫依萨克必须遵守餐桌上的规矩，坐在那儿一起喝酒。尽管依萨克已经吃饱喝足了，不过，仍然按规矩喝起酒来。于是，几个人喝了一杯又一杯烈性酒，又喝了啤酒和蜂蜜酒。酒足饭饱之后，三个儿子和依萨克成了朋友。他们说，依萨克应该和他们一同出海去打几次鱼，这样，动身时他就可以带点东西回家了。

他们第一次出海，是在一场可怕的暴风雨来临之时。三个儿子中，一个掌舵，另一个坐着抢风调向，第三个负责收帆，而依萨克不得不用大水斗汲水，累得满头大汗。三个儿子驾起船来似乎都是十足的疯子，从不退缩。当船里灌满水的时候，他们就乘风破浪前进，接着又凌空而起，水像瀑布一样从船尾倾泻涌出。不久，暴风雨停了，他们开始捕鱼。海里的鱼群数量庞大，他们都无法把铁锚沉到水下面去。

来自外勒斯特岛的三个鱼鹰儿子一刻不停地把鱼提出水面；依萨克也觉得鱼在不断咬钩，可是他使用的是自己的钓鱼用具，每当他把鱼弄到船舷的边缘时，鱼就又掉了下去，因此他并没有钓到多少鱼。当船装满鱼后，他们回到了外勒斯特岛。儿子们把鱼加工好，挂到木架上晒干。依萨克向老人抱怨，他钓到的鱼少得可怜。老人担保下一次会好些，还给了他几个鱼钩。第二次出海，依萨克同别人一样，十分顺利，出海归来，他的鱼挂了满满三木架。

这时候，他有些想家了。临别前，老人送给他一条新的八桨划的船，上面还装满了面粉、帆布和其他生活物品。依萨克一再表示自己的谢意。老人说，以后他们驾船出海的时候，他还可以再来；下次会面时，老人想运货去卑尔根，依萨克可以搭船一起去卖自己的鱼干。对这个提议依萨克十分乐意。于是他问，他想再来外勒斯特岛的时候，应该走哪一条水路。“当鱼鹰飞到海上，你紧紧地跟着它，就走对了航线，”老人说，“祝你一路顺风。”

但是，依萨克想再回头看一眼的时候，外勒斯特岛已经消失得无影无踪了。在他面前，除了一片茫茫大海之外，什么都没有。

约定的日子到了，依萨克又赶来搭船。这么大的船，他可从未看到过。这艘船实在太长了，站在船头驾驶台上向前瞭望的驾驶员向舵工发出的口号，舵工根本听不见，因此他们还得派一个人站在船中央靠近主桅的地方，把驾驶员的口号重复喊一遍给舵工听；尽管这样，他还得把嗓门提到最高才行。他们把依萨克的那份货物装在船的前舱，依萨克亲手把鱼干从晒架上取下来，但是他弄不明白，为什么在他离开的时候，架子上总是和原先一样，鱼干满满的。

到了卑尔根以后，依萨克把自己的鱼卖掉，得了好多好多钱。他给自己买了一条新的单桅横帆船，上面装备齐全，还满载着货物，这是老人提议他那样做的。深夜，他准备开船回家。老人来到他的船上，请他千万不要忘记那些生活处境困难的人们，因为依萨克自己原先也是那样困苦的。接着，老人预言依萨克的航行会十分顺利。“一切会很好，在各种天气和风浪中你都将一帆风顺。”他说。他的意思是说，船上还有一个谁也看不见的人，会在危急关头，用自己的脊背支撑着船上的桅杆。

从此以后，依萨克果然一直非常走运。他清楚地懂得这些幸运是从哪里来的。他从不会忘记秋天把船拖上岸以后，给那个在冬天照管船的人送上礼物。每个圣诞节的夜晚，这条船上都会灯火通明，不时传出琴声和人们的欢声笑语，船楼里还有人在翩翩起舞呢。

于是他问，他想再来外勒斯特岛的时候，应该走哪一条水路。“当鱼鹰飞到海上，你紧紧地跟着它，就走对了航线。”

——《来自外勒斯特岛的鱼鹰》

山坡上的居德布朗

从前有一个人，他的名字叫居德布朗。他在一个非常偏远的山坡上有一个农庄，因此大家都叫他“山坡上的居德布朗”。他和妻子在一起，生活很快活，感情非常融洽，无论他做什么，妻子都认为做得很好。他们有自己的田地，箱底存着一百个银币，牲口棚里还拴着两头母牛。

但是有一天，他妻子说：“我觉得我们应该牵一头母牛到城里去卖了，这样可以有一点零用钱。我们是十分体面的人，应该像别人那样手头备有一些现金。放在箱底的那一百个银币，我们不能动用，而多养一头母牛却没什么好处。如果卖掉一头，我就只需要照料一头母牛，而不必再为两头母牛清扫牛棚和准备饲料。”居德布朗认为她说得很对，很有道理，牵了母牛就往城里走，想把它卖掉。但是，进城以后，没有人要买他的母牛，居德布朗想，那也好，我再把母牛牵回家去就行了，反正我有牛棚，又有轭套，我来得了，也回得去。于是，他又向家里走去。

他走了一段路，遇见一个人要卖一匹马。居德布朗觉得有一匹马比有一头牛更好。于是，他就跟那个人交换了。又走了一段路以后，他遇见一个人边走边赶着一头肥猪。他觉得有一头肥猪比有一匹马更好。于是他和这个人交换了。接着，他又走了一段路，遇见一个人牵着一只山羊。他觉得有一只山羊很可能要比有一头猪更好，因此他和这个有山羊的人又交换了。他往前走了很长一段路，直到遇见一个牵着绵羊的人，他和这人也交换了，因为他想：有一只绵羊总是要比有一只山羊更好。他又走了一会儿，遇见一个人带着一只鹅。于是，他用绵羊换来一只鹅。他又走了一大段路，遇见一个人带着一只公鸡，他和这个人交换了，因为他是这样想的：有公鸡总是要比有鹅更好。他继续往前走着，到了傍晚的时候，开始感到肚子很饿，就把公鸡卖了十二个铜币，用这些钱买了东西吃。“因为救一条人命总要比有一只公鸡更好些。”山坡上的居德布朗这样想。

然后，他继续赶路回家，一直走到与他最邻近的农庄。他走了进去。

“今天你到城里去，情况怎么样？”庄上的人问道。

“噢，情况还可以。”山坡上的居德布朗说，“我不能夸耀我的运气有多好，但是也不能抱怨运气有多坏。”然后，他从头至尾把整个经过全都告诉了邻居。

“那样当你回家见到你妻子的时候，待遇大概会不错。”农庄的主人说，“但愿上帝会帮助你！要是我，可不会像你那样做。”

“要是你，情况很可能会比现在更糟呢。”山坡上的居德布朗说，“但是，无论情况是好是坏，我有一位非常善良温顺的妻子，不管我怎么做，她从来不会说什么的。”

“噢，我确实听说过。但是，我不太相信，对这件事她还会那样。”邻居说。

“我们来打一个赌，好吗？”山坡上的居德布朗说，“我在家中的箱底里放着一百个银币，你敢押上同样数目的银币作赌注吗？”

他们就打了赌。居德布朗在邻居家中一直待到晚上。天黑以后，他们一起悠闲地走回居德布朗的农庄。邻居站在门外听着，居德布朗本人进屋走到妻子跟前。

“晚上好。”山坡上的居德布朗在进屋的时候说。

“晚上好。”他妻子说，“感谢上帝，是你回来了！”

于是，妻子问他去城里的情况。

“噢，情况还可以。”居德布朗回答，“不过，也没有什么可夸耀的。当我进城以后，没有人想买母牛，所以我用母牛换了一匹马。”

“哦，为这件事我真应该好好地感谢你。”他妻子说，“我们是非常体面的人，也可以像其他人一样，风风光光地坐马车上教堂去。既然我们养得起马，当然能花钱买一匹马来。孩子们，下去把马牵进来！”

“唉，”居德布朗说，“我已经没有马了。当我走出一段路以后，我用它换了一头猪。”

“嘿！嘿！”妻子喊了起来，“这正是我自己也会做的，我真应该好好感谢你！现在，我们家里就有了猪肉，当别人来看望我们的时候，也可以有东西招待他们了。我们要马干什么？那样人们就会说，我们变得太高傲，不能像从前一样走到教堂了。孩子们，下去把猪赶进来！”

“但是，那头猪我也没有了。”居德布朗说，“当我又走了一段路以后，我用它换了一只山羊。”

“哎呀，你什么事情都做得那么好！”妻子喊道，“仔细想一想也是，我要一头猪干什么？人们只会说，那一家人整天就是吃，把家产全吃光了。现在有了山羊，我既有羊奶，又有奶酪，而且还仍然有这只山羊。孩子们，把山羊放进来！”

“不，山羊我也没有了。”居德布朗说，“当我又走了一段路以后，我把山羊换掉了，得到了一只很大的绵羊。”

“嘿！”妻子喊道，“你做的每一件事，恰好都是我所希望做的，就好像我跟你在一块儿一样。我们要山羊干什么？我得牵着它爬上山头，走下河谷，到了晚上还要带它回来。如果我有了绵羊，家里就有了羊毛，再制成衣服，还可以有羊肉吃。孩子们，下去把绵羊放进来！”

“但是，绵羊也不再有了。”居德布朗说，“因为我又走了一会儿以后，把它换成了一只鹅！”

“我要感谢你这样做。”妻子说，“而且要非常感谢你！我们要绵羊干什么？我既没有纺车，也没有纺锤，再说我也不想过多劳累去裁剪、缝纫什么衣服。我们可以和从前一样去买衣服来穿。现在我可以吃烤鹅肉，这是我很长时间以来一直向往着吃的，我还可以把羽绒装进我的小枕头。孩子们，下去把鹅放进来！”

“噢，我连鹅也没有了。”居德布朗说，“当我继续往前走了一段路以后，我把它换了一只公鸡。”

“我真不知道你是怎样想到这个主意的。”妻子说，“这一切都好像是我自己做的一样。一只公鸡！这就像我们买了一只每隔八天上一次弦的钟一样。因为每天早上，公鸡四点钟就啼叫，这样我们可以准时起床。我们要鹅干什么？我也做不好烤鹅，至于我的枕头，我可以装上一些干草。孩子们，出去把公鸡放进屋来！”

“但是公鸡我也没有了。”居德布朗说，“当我又走了好多路以后，肚子饿得要命，所以我不得不把公鸡卖了十二个铜币，用来填饱肚子。”

“你这样做了，真要感谢上帝！”妻子大声喊道，“你这样照顾自己，你所做的一切完全符合我的心意。我们要公鸡干什么？我们是自己的主人，早晨想睡多久，就睡多久。感谢上帝！只要有了能把一切事情都安排得这么好的你，我既不要公鸡，也不要鹅，既不要什么猪，也不要什么母牛了。”

这时候，居德布朗把门打开了。

“现在我赢得那一百个银币了吧？”他问。那个邻居不得不承认是居德布朗赢了。

裴克

从前有一对夫妇，他们生了一个儿子和一个女儿。兄妹俩是双胞胎，长得一模一样，除了通过他们的衣服，你简直无法辨别出谁是哥哥，谁是妹妹。他们给男孩取名叫裴克。当父母还健在的时候，他就很不成器，因为他除了捉弄别人之外，什么事也不想做。他满脑子全是恶作剧的鬼把戏，没有人能同他和睦相处。在他父母双双去世以后，情况就变得更加糟糕了：他整天无所事事，只是挥霍父母的遗产，还与周围所有的人都闹翻了。他妹妹从早到晚拼命干活儿，但是也无济于事；于是她对哥哥说，他这样一点正经事都不干是非常错误的，“你把父母留下的东西花光用尽以后，我们靠什么生活呢？”

“我就出去骗人。”裴克说。

“那好，你还是早点走吧，裴克。”妹妹说。

“我就试试看。”裴克说。

很快地，家里什么都用完了，他们变得一无所有。裴克就出门了。他走啊走，一直走到国王的庄园。国王正站在门廊前，看见裴克就问：

“今天你要到哪儿去，裴克？”

裴克说：“我想出外走走，看我能不能骗人。”

国王说：“你能来骗我吗？”

裴克说："不，我骗不了你，因为我把骗人用的魔杖忘在家里了。"

"你不能回去拿吗？"国王说，"我很想看看你是不是像人们所传说的那样，是一个精通骗术的机灵鬼。"

裴克说："我走不动路了。"

国王说："我借给你马和鞍子。"

裴克说："可是我连马也骑不了呀。"

"我们会把你扶到马背上。"国王说。

裴克抓抓头皮，装出一副十分为难的样子，让他们把自己抬到了马背上。在国王还看得见自己的时候，他坐在马上，东倒西歪地摇晃着，国王笑得眼泪都流了出来。因为他从来没有见过这么糟糕的骑手。但是，当裴克一进入山岗后的树林，国王再也看不见他的时候，他就像钉子一样钉在了马背上，笔直地坐着，飞快地离去。到了城里，他就把马和马鞍子全卖掉了。

国王等着裴克带着骗人的魔杖，摇摇晃晃地骑马回来。想起裴克像一只不知道会倒向哪一边的草袋似的骑在马背上的滑稽样子，他就禁不住捧腹大笑。但是，几个小时过去了，又几个小时过去了，国王左等右等，不见裴克回来。最后国王明白了，自己还是上了当，尽管裴克身上没有带骗人的魔杖，他还是骗走了国王的马匹和鞍子。国王非常生气，决定立即抓住裴克，并处死他。

裴克已经知道国王要来抓自己，就告诉妹妹，让她在锅里放点水，放到炉火上。当国王要进来的时候，裴克把锅从火上取下来，放到一个木墩上，假装在木墩上煮起麦片粥来。

国王进屋后被眼前的景象吸引住了，他感到非常惊奇，也忘记了自己到这儿来的目的。

“这锅你要卖多少钱？”国王问。

“我可舍不得卖这口锅。”裴克说。

“为什么你舍不得呢？”国王说，“我会公平合理地付给你一大笔钱的。”

“你看，有了它我既省钱，又少了许多麻烦。我不用再付森林租金和砍伐工钱，也不用再花运输和劈柴的时间。”裴克说。

“不管你说什么，我还是要买。我给你一百银币，”国王说，“先前你已经骗走了我的马和鞍，还有马勒；如果你把这口锅卖给我，旧账就一笔勾销了。”

裴克说声“行”，就让他把锅拿走了。

国王回到家里，马上邀请了许多客人，准备举行一次盛大的宴会，不过饭菜他要用这口新锅来煮。他取来锅放在大厅中央。宾客们以为国王发了疯，互相耸耸肩膀，都在私下嘲笑他。国王一面围着锅转悠，一面嘴里嘀嘀咕咕地说着话，他翻来覆去总是那么一句：“请等一会儿，请等一会儿，锅很快就要开了。”但是，锅根本开不了。这时候，他才明白裴克使了骗人的魔杖，又一次捉弄了他。因此，国王又要动身去杀裴克了。

当国王到来的时候，裴克正在牲口棚的旁边。

“那口锅煮不开吧？”裴克问。

“是的，煮不开。可是，现在你将为此受到惩罚。”国王说着就拔出了刀子。

“那你要使我心服才行，”裴克说，“因为你没买走木墩。”

“怎么才能相信你不是又在撒谎呢？”国王说。

“锅要架在木墩上，没有它，锅当然煮不开。”裴克说。

国王问那木墩要卖多少钱。

裴克说，木墩值三百个银币，但是看在国王的面子上，就减到二百银币算了。

于是，国王抱着木墩回去了。他又邀请了不少客人来参加宴会。他把锅架在木墩上，放到客厅正中央。客人们觉得国王是愚蠢地胡闹，就嘲笑他。国王站在锅前，嘴里不停地嘀咕着：“等一会儿，水就要开了，再过一会儿就煮熟了。”然而，锅架在木墩上并不比直接放在地上好多少，同样是冰冷冰冷的。

国王心里明白，裴克又让自己上了一次当。他气得暴跳如雷，马上要去杀死裴克，不管裴克如何花言巧语，说得多么动听，也决不再饶恕他。

可是，裴克也已经准备好怎样来对付国王。他宰了一头公绵羊，把羊血灌进羊的胃里，再把羊胃放到他妹妹的胸衣里，事先告诉她国王来的时候应该说些什么。

“裴克在哪里？”国王进门就大声吼叫着。他怒气冲冲，连说话声音都在颤抖。

“他病得厉害，浑身连动弹一下的力气都没有了，”裴克的妹妹说，“他想好好睡一会儿。”

“你马上去叫醒他！”国王叫喊道。

“我可不敢去叫醒他，因为他的脾气非常暴躁。”

“你要知道，我比你哥哥更加暴躁。”国王说，“如果你不立刻去叫醒他，我就——”他说着，就把手伸向挂着刀的腰间。

这时，裴克在床上猛地转过身，拔出刀子，刺破了羊胃，一股鲜血染红了妹妹的前胸，她一头栽倒在地，好像死去了一样。

“裴克，你真是个恶棍。”国王愤怒地说，“你胆敢杀死自己的妹妹，而且是当着国王我本人的面！”

“噢，只要我的鼻孔里还有气，她就没有什么危险。”说着，裴克取出一只山羊角，开始吹起来。吹完一支《乡村婚礼进行曲》以后，他又将羊角对着他妹妹的鼻孔吹起来，似乎把生命的活力吹进了她的身体里。

“哎呀，我的天哪，裴克！你能够杀了人，又把他们重新吹活？”国王问。

“是的，”裴克说，“你也看到了，我的脾气非常暴躁，谁惹怒了我，我会把他杀了。”

“对了，我的脾气也很暴躁，”国王说，“这个羊角你一定要给我。我付你一百个银币，而且赦免你以前骗走我的马，又用锅和木墩捉弄我的一切罪过。”

裴克实在舍不得这只羊角。不过既然是国王想要，他也只好勉强同意了。国王带着羊角，很快跑回庄园。他一回到家，就急着想试试羊角的神力。他开始与王后和大女儿吵架，把她们痛骂一顿，她俩也回嘴争辩。但在她们明白怎么回事之前，国王已经拔出刀子，把她俩杀死了。其他人看了都非常害怕，连忙逃出了大厅。

国王在房间里来回走了一会儿，还一个劲儿地说“只要他还能喘气，她们就没有危险”之类的从裴克那里听来的话。接着他取出羊角，吹了起来；尽管他用尽了全力去吹，吹了一天又一天，可还是没能把她们吹活。王后和大女儿死了，确实死了，再也活不过来了。他只好把她们埋葬了。

葬礼一过，国王就去找裴克算账，非要把他杀死不可。但是裴克有自己的办法，知道国王会来，就对他妹妹说：

“现在你和我调换一下衣服，然后赶紧离开，你可以把家里所有的钱都拿走。”

于是，妹妹和他换了衣服，打点好行装，匆匆忙忙地离开了。裴克独自一人，穿着女孩的服装坐在家里，等候国王的到来。

“裴克在哪里？”国王气势汹汹地冲进门来，大声吼道。

“他逃跑了。”穿着妹妹衣服的裴克回答。

“假如他现在还在家里，我就立刻杀了他，”国王说，

“根本不值得留下这样一个坏蛋的性命。”

“他有预感，知道陛下多次受他捉弄，会来取他性命。现在他撇下我一个人在这儿，既没有吃的东西，也没有其他办法可想。”裴克说。

“那么，你还是跟我一起回皇家庄园去吧，不值得待在这破房子里白白挨饿。”国王说。

于是，国王就带着裴克回去了，还教他学会了许多东西，把他当成了自己的女儿一样。裴克这少年和国王的两个女儿一起缝纫、唱歌和玩耍，从早到晚都在一块儿。

过了一段时间，有一个王子前来求婚。

“行，我有三个女儿，”国王说，“你想挑选她们中的哪一个？”

王子在征得国王同意后，来到缝纫室，同公主们交谈，互相认识。结果，他最喜爱裴克。皇家庄园就酿起了酒，做起了蛋糕，为婚礼做准备工作。不久，王子的亲属和国王的亲朋好友都来参加盛大的婚礼宴会。在婚礼的第一天晚上，裴克怕露出马脚，不敢再留在那里，就偷偷地溜走了。人们哪儿都找不到新娘，不得不中途就离席回家了。

国王非常愤怒，实在想不明白这一切究竟是怎样发生的。

他觉得待在家里太烦恼了，就骑上马到野外去散散心。当他来到郊外的时候，看见裴克正坐在一块石头上吹口琴。

“是你坐在那儿吗，裴克？”国王说。

“当然是我啦，否则我又该坐哪儿呀？”裴克说。

“你一次又一次地捉弄我，欺骗我，”国王说，“现在你跟我回去，我要杀死你。”

“好吧，也只能这么办了，”裴克说，“反正我也没有其他办法，只好跟你走了。”

国王回到庄园，马上下令准备好一只木桶，把裴克塞进木桶里，钉上盖，然后用马车把桶拉到一座高山的顶上；国王要让裴克在那儿待上三天三夜，好好反省自己过去干的一切坏事，再把他推下去，推到峡谷里。

到了第三天，刚巧有一个富人路过那里，他听到裴克正坐在木桶里大声歌唱：“到天国去，到天堂去，我就要到天国去了，我就要到天堂去了。可我不愿意去啊，我不愿意到成堆的天使那里去！”

富人听完这歌，就问裴克，要付多少钱给他才能得到他的位置。

裴克回答，这可要花许多钱，因为并不是一直有升到天国去的机会的。

富人答应把自己所有的钱财都给裴克，于是他撬开桶底，代替裴克爬进桶里。这时，国王来到山顶，推动了木桶。

“祝你旅途平安！”国王说，他以为装在桶里的一定是裴克，“现在你滚进峡谷里去比乘驯鹿雪橇还要快得多。让你和你的骗人鬼把戏深深地埋葬在谷底。”

木桶还没滚到半山腰，就连同里面的人一起摔得粉碎了。可是，当国王回到自己庄园的时候，裴克到得比他还早，正坐在院子里吹口琴。

“裴克，你怎么坐在这儿？”国王十分吃惊地问。

“我当然坐在这儿，否则我又应该坐在哪儿呢？”裴克说，“我大概可以借用你的房子来安顿一下我成群的马匹牲口和无数的金银财宝吧？”

“我把你推到哪里去了？你竟能搞到那么多的财宝？”国王问。

“噢，你把我推到了峡谷里，”裴克说，“我沉到谷底的水里，发现那儿的牲口都成群结队，那儿的金银财宝都堆成了房子一样高的山丘。”

“你把我从同一条路上推下去，要多少报酬？”国王问。

“这不需要什么额外的花费，”裴克说，“上次你没收我的钱，因此我对你也分文不要。”

于是他把国王装进一个木桶，然后从山顶上推落下去。当国王在山坡上自由自在地往下滚的时候，裴克回到了国王的庄园。他与最年轻的公主举行了婚礼。从此以后，他就统治着整个王国。但是他把骗人的魔杖收藏了起来，而且收藏得很好。因此，人们再也没有听说过，或者问起过少年裴克的事，而只有国王陛下的故事了。

薄煎饼

从前，有一对夫妇养着七个成天挨饿的孩子。一天，妈妈给他们做薄煎饼吃，这是用上等牛奶做的饼。煎饼在平底锅里变得松软可口，孩子们都围在四周，而父亲则坐在一边看着他们。

“噢，让我吃点薄煎饼吧，我的妈妈，我实在太饿了。”第一个孩子说。

“噢，亲爱的妈妈。”第二个孩子说。

“噢，亲爱的、美丽的妈妈。”第三个孩子说。

“噢，亲爱的、美丽的、慈祥的妈妈。”第四个孩子说。

“噢，亲爱的、美丽的、漂亮的、慈祥的妈妈。”第五个孩子说。

“噢，亲爱的、美丽的、漂亮的、慈祥的、和蔼的妈妈。”第六个孩子说。

“噢，亲爱的、美丽的、漂亮的、慈祥的、和蔼的、温柔的妈妈。”第七个说。

他们全都请求吃点薄煎饼，说得一个比一个动听，因为这些可爱的孩子实在太饿了。

“好了，我的孩子们，现在只要等饼翻过来就行了，”妈妈说，“你们都会有的。瞧，它在锅里是多么厚实，多么可爱。”

煎饼听到这话，心里非常害怕。突然，它自己翻了起来，想滚出锅去，但翻了个身又掉进了锅里。当另一面也被煎了一会儿以后，它变得坚硬多了，就蹦到了地板上，接着像轮子似的滚了起来。它出了房门，来到大路上。

“嗨，别走。”妇人一手拿着平底锅，另一手握着长勺，以最快的速度追了上去，孩子们跟在她后边，还有老父亲也一瘸一拐地跟在最后。

“嗨，等会儿！拦住它，抓住它呀！”他们异口同声地喊着，想跑上去重新抓住它。可是薄煎饼滚呀滚，不一会儿就滚得很远，连看都看不见了。滚了一会儿以后，遇见了一个男人。

“你好，薄煎饼。”男人说。

“愿上帝保佑你。”薄煎饼说。

“我亲爱的薄煎饼，不要滚得这么快。稍微等一下，让我把你吃掉。”男子说。

“既然我能从妇人、老父亲和七个饿得直叫的孩子那里逃走，我也能从你这儿跑掉。”薄煎饼说完，就滚呀滚，直到它遇见一只母鸡。

“你好，薄煎饼。”母鸡说。

“你好，母鸡。”薄煎饼说。

“我亲爱的薄煎饼，不要滚得这么快。稍微等一下，让我把你吃掉。”母鸡说。

“既然我能从妇人、老父亲、七个饿得直叫的孩子和男人那里逃走，母鸡，我也能从你这儿跑掉。”薄煎饼说完，又像轮子一样在路上向前滚去。接着它遇见了一只公鸡。

“你好，薄煎饼。”公鸡说。

“你好，公鸡。”薄煎饼说。

“我亲爱的薄煎饼，不要滚得这么快。稍微等一下，让我把你吃掉。”公鸡说。

“既然我能从妇人、老父亲、七个饿得直叫的孩子那里逃走，从男人和母鸡那里逃走，公鸡，我也能从你这儿跑掉。”薄煎饼说完，又以最快的速度滚开了。它滚了很长一段时间以后，遇见了一只鸭子。

“你好，薄煎饼。”鸭子说。

“你好，鸭子。”薄煎饼说。

“我亲爱的薄煎饼，不要滚得这么快。稍微等一下，让我把你吃掉。”鸭子说。

“既然我能从妇人、老父亲、七个饿得直叫的孩子那里逃走，从男人、母鸡和公鸡那里逃走，鸭子，我也能从你这儿跑掉。”薄煎饼说完，又开始飞快地滚了起来。当它又滚了很久以后，遇见了一只母鹅。

“你好，薄煎饼。”母鹅说。

“你好，母鹅。”薄煎饼说。

“我亲爱的薄煎饼，不要滚得这么快。稍微等一下，让我把你吃掉。”母鹅说。

“既然我能从妇人、老父亲、七个饿得直叫的孩子那里，从男人、母鸡、公鸡和鸭子那里逃走，母鹅，我大概也能从你这儿跑掉。”薄煎饼说完，又滚着离开了。

又滚了一段时间之后，遇见了一只公鹅。

“你好，薄煎饼。”公鹅说。

“你好，公鹅。”薄前饼说。

“我亲爱的薄煎饼，不要滚得这么快。稍微等一下，让我把你吃掉。”公鹅说。

“既然我能从妇人、老父亲、七个饿得直叫的孩子那里逃走，从男人、母鸡、公鸡、鸭子和母鹅那里逃走，公鹅，我也能从你这儿跑掉。”薄煎饼说完，又以最快的速度跑开了。

再次滚了很长很长一段时间之后，它遇见了一头猪。

“你好，薄煎饼。”猪说。

“你好，大猪。”薄煎饼说完，又飞快地滚了起来。

“不，稍微等一下，”猪说，“你用不着像这样飞快地逃走。我们两个可以悠闲自在地走，一起结伴穿过森林，那里可并不安全。”薄煎饼觉得这话有点道理，它们就结伴同行了。它们走了一会儿，却来到一条小溪跟前。猪蹚着水过去了，这对它并不算什么。但是薄煎饼却过不去了。

“坐到我的长嘴上，”猪说，“我就能带你过去。”

薄煎饼这样做了。

“啊呜！”猪张开大嘴一口把薄煎饼吞下肚去。这样，薄煎饼再也滚不了了，故事也结束了。

遇见妖怪的男孩们

古时候，有一对贫苦的夫妇住在居德布兰河谷沃戈地区的某个地方。夫妻俩有很多孩子，其中的两个男孩不得不经常在附近乡村乞讨，所以，他们对周围的大道和小路非常熟悉，也知道去海达尔山谷的捷径。

有一次，两个男孩想到海达尔山谷去。但又听说有几个猎鹰者在麦拉附近搭了一间小屋，就想先去那里看看猎鹰者是怎样抓鹰的，所以他们走了穿越兰格沼泽地的近路。然而，天色已晚，奶场女工们离开山区奶场回家了，他们找不到歇脚的地方，也找不到食物来充饥，只得一直沿着通向海达尔山谷的小路走去。那是一条不很显眼的羊肠小道，当夜幕降临的时候，他们迷路了，找不到猎鹰者的小屋，困在比约尔斯塔德森林的最茂密处。他们明白这时候不可能找到出去的路，就开始用随身带着的小斧子砍树枝生火，搭了一个松枝小屋；还采集石楠和苔藓，铺成了一张床。两个男孩刚躺下，就听到有什么东西在用鼻子使劲嗅着。他们全神贯注地听着，想辨别出那是一只野兽呢，还是森林妖怪。但是，那东西喘息的声音更响了，还说："这儿有基督徒的血腥味！"

接着，他们听见那东西的沉重脚步声，连土地都在颤动，可以断定，那就是妖怪。

“上帝救救我们吧！现在该怎么办呢？”小男孩对他哥哥说。

“噢，你就待在你现在站的地方，做好准备，一看见妖怪过来，就拿着袋子快跑，斧子让我来拿着。”大的这个男孩说。

正说着，三只妖怪气势汹汹地冲过来了。妖怪又高又大，头顶和松树一样高。但是，三个妖怪只有一只眼睛供轮流使用。每只妖怪的前额都有一个放眼睛的洞，可以随时把眼睛放入和拿出。走在前面的妖怪拥有眼睛，其余的跟在后面牵着第一个妖怪。

“快跑！”大的那个男孩说，“但是在看清形势变化以前不要跑得太远。既然他们把眼睛放得很高，那么我走到他们背后，他们就很难看到我。”

于是小男孩在前面跑，妖怪就在后面追。这时候，大男孩转到他们后边，用斧子猛砍最后一个妖怪的脚踝，妖怪发出了可怕的尖叫声。第一个妖怪被吓得跳了起来，眼睛掉到了地上。大男孩赶紧把它捡了起来。这只眼睛比两个奶壶底盘加在一起还要大，非常清澈透明。虽然夜晚一片漆黑，但是通过这只眼睛来看东西时，周围就如同白昼一样明亮。

当妖怪们发现男孩拿走了眼睛，还伤害了最后一个妖怪，就开始威胁他：假如男孩不立即归还那只眼睛，就会遭到各种各样的灾祸。

“我不害怕什么妖怪和威胁，”大男孩说，“现在我一个人有三只眼睛，而你们三个连一只眼睛也没有，更何况你们两个还必须搀扶着第三个。”

“如果不能立刻拿回我们的眼睛，你们就会变成木棒和石头！”妖怪们大声吼叫着。

但是，大男孩不以为然，他说，自己既不怕吹牛，也不怕妖术。如果他得不到安宁的话，就用斧子把他们三个全砍倒，让他们像爬虫一样，沿着山岭爬行。

妖怪们听了非常害怕，开始说好话了，相当客气地恳求大男孩把眼睛还给他们，这样男孩们会得到金子、银子以及想要的任何东西。大男孩认为这条件相当不错，但是要先拿到金子和银子。他说，假如妖怪能回家去拿来金子和银子，装满他和弟弟的袋子，另外再给他们两把很好的钢弓，就可以拿回眼睛。但是在这些事情办完以前，他要保留眼睛。

妖怪们十分狼狈地说，没有眼睛可以看，他们当中谁也不能走路。后来，一个妖怪开始喊叫他们的另外一个同伙，那是一个老妇人。过了一会儿，从北边远方的山头上传来老妇人的回应。妖怪们叫她带两把钢弓和两满桶金银来。没过多久，老妇人就来了。听说刚才发生的事情以后，她也开始用妖术来威胁。可是妖怪们心里很害怕，告诉她要当心。老妇人再三思量，终于把满桶的金银和钢弓扔下，和妖怪们一起回到山里的家中去了。从此以后，再也没有人听说过妖怪在海达尔山谷森林一带出没，来寻找基督徒的事情了。

牧鹅女小奥瑟

从前有一个国王，养了许多鹅。有一个姑娘专门为他放牧鹅群，她的名字叫奥瑟，大家都叫她牧鹅女奥瑟。

那时，一个英格兰王子要外出求婚；奥瑟就坐在路上等候他。

“你怎么坐在那儿，小奥瑟？”王子问。

“是的，我坐在这儿消磨时光。今天，我正在等候来自英格兰的王子。”小奥瑟回答。

“他可不是你能等得着的。”王子说。

“能，假如我想嫁给他，就肯定能得到他。”小奥瑟说。

画家们被派往各个王国，他们将最美丽的公主们的像画好，让王子从中选择。其中有一个公主，王子非常喜欢，就出发去找她，想和她结婚。在她成为未婚妻以后，王子感到既高兴又激动。不过，王子随身带着一块石头，他总把它放在床前，因为这块石头知道世上的一切事情。

那位公主来的时候，牧鹅女奥瑟对她说，如果她以前有过情人，或者有任何不能让王子知道的事情，就千万不要踩上王子放在他床前的石头。“因为它会告诉王子有关你的一切。”奥瑟说。公主听到了这话，心里非常发愁，但很快就想出一个主意，她请奥瑟晚上代替她去王子身边。在王子熟睡以后，她们再换过来。这样，天亮的时候，王子身边就会有一个不折不扣的公主。

她们就照这样做了。

当牧鹅女奥瑟进房踩上石头的时候，王子问道："到我床上来的是谁？"

"一个冰清玉洁的少女！"石头说。于是他们躺下睡了；到了半夜，公主来了，替代奥瑟躺在那儿。

清晨起床的时候，王子又问石头："从我床上下去的是谁？"

"一个有过三个情人的女子。"石头说。

当然可以想象，听到这话的王子就不愿意娶这位公主了。王子把她打发回家，又找了另一个未婚妻。

王子去拜访新未婚妻的时候，牧鹅女奥瑟又坐在路上等候王子。

"你怎么坐在那儿，牧鹅女小奥瑟？"王子问道。

"是的，我坐在这儿消磨时光，因为我今天正在等待来自英格兰的王子。"奥瑟回答。

"噢，他可不是你能等得着的。"王子说。

"能，假如我想嫁给他，就一定能得到他。"奥瑟这样说。

这位公主的情形和采取的办法几乎与第一位一模一样。早晨起床的时候，石头说，她曾经有过六个情人。因此王子也不愿意娶她，把她赶走了。王子决定再试一试，看看能不能找到一个纯洁无瑕的少女。他东寻西找，去了许多国家，终于发现了一个他喜爱的公主。

王子前去找公主的时候，牧鹅女奥瑟又坐在路当中等着他。

“你怎么坐在那儿，牧鹅女小奥瑟？”王子问道。

“是的，我坐在这儿消磨时光，因为我今天正在等待来自英格兰的王子。”奥瑟回答。

“他可不是你能等得着的。”王子说。

“噢，行！假如我想嫁给他，就一定能得到他。”小奥瑟说。

公主来的时候，牧鹅女奥瑟对她说——与对前两位公主说的完全一样——如果她有过情人，或者其他不愿意让王子知道的事情，就千万不要去踩王子放在床前的石头，“因为它会告诉王子一切事情。”她说。公主听完这话，心里非常恐慌，但是她像另外两个公主一样狡猾。她让奥瑟晚上代替她，王子熟睡以后，她们再换过来。这样，到天亮的时候，王子身边就有一位不折不扣的公主。

她们就照这样做了。

在牧鹅女小奥瑟踩上石头的时候，王子问道：“到我床上来的是谁？”

“一个冰清玉洁的少女！”石头说。他们躺下睡了。

到了深夜，王子把一枚戒指戴到奥瑟的手指上。戒指非常紧，她根本无法取下来，王子显然心里也觉得这事有些不大对劲，因此他想留个记号，以便以后能认出那位纯洁的少女。王子睡着以后，公主来了，把奥瑟赶回到鹅舍，自己躺在房间里。

清晨，他们起床的时候，王子问："从我床上下去的是谁？"

"一个曾经有过九个情人的女子。"石头说。听到这话，王子非常愤怒，马上把公主撵走了。接着，王子又问石头，这些踩上石头的公主们究竟是怎么回事，他实在搞不明白。石头告诉他事情的缘由，她们如何欺骗他，让牧鹅女奥瑟代替她们自己。王子想把事情弄清楚，于是，他向正坐在那边牧鹅的奥瑟走去，想看看她有没有那枚戒指，如果她有戒指，就娶她做王后。他走到那里，一眼就看到奥瑟一根手指上缠着布条。他就问奥瑟，为什么手指上缠了布条。"噢，我把手指头割了一个大口子。"牧鹅女小奥瑟说。王子要看看手指头，可是奥瑟不愿意把布条取下来。王子一把抓住她的手，奥瑟想把手抽回去，布条被拉拽着掉了下来，王子认出了自己的戒指。于是，王子把奥瑟接回王宫，给了她各种首饰和华丽衣服。随后，他们就举行了婚礼。就这样，牧鹅女小奥瑟得到了来自英格兰的王子，实现了自己的誓言。

王子随身带着一块石头，他总把它放在床前，因为这块石头知道世上的一切事情。

——《牧鹅女小奥瑟》

照料家务的男人

从前有个男人，性格非常暴躁、鲁莽。他一直认为妻子在家干的活儿不够多。割草季节的一天晚上，他回到家里，又乱发脾气，破口大骂起来。

“亲爱的，不要这么凶，”妻子说，“明天我们互相换一下。我和帮工们一起去割草，你来照料家务。”

行，就这么办，男人十分满意。

第二天清晨，妻子把镰刀扛在肩上，到草场割草去了，而男人则留在家里做家务。他想用奶油调点黄油，可是刚搅拌了一会儿，就觉得口渴了。于是他下地窖，想倒点啤酒喝。正当他往杯子里倒酒的时候，猪跑进了起居室。他手里拿着酒桶塞子，飞快地从地窖楼梯跑上去，想把猪赶走，不让它打翻搅乳器。但是，猪已经把搅乳器掀翻在地，正在舔吃流淌在地板上的奶油，他气得火冒三丈，把啤酒桶的事全忘光了，全力去追赶猪。他在房门口追上了猪，使劲踢了一脚，猪马上躺倒在地，一动也不动了。这时候他才发现酒桶塞子还拿在手里，再下到地窖一看，桶里的啤酒早已流光了。

他又来到奶牛棚，找出奶油，灌满了搅乳器，重新开始搅拌，因为他很想在正餐吃上黄油。他搅拌了一会儿，忽又发觉时间已经将近中午，家中的奶牛至今还没吃到什么草料，可是把奶牛牵到围场去的路程太远了，他决定把奶牛赶到房顶上去。他们有一个草皮屋顶，上面长满了长长的、鲜嫩的青草；而屋子则盖在一个挺陡的山坡上，他相信往房顶上搭一块木板就能把奶牛赶上去。搅乳器他可不敢再放下了，因为孩子在地板上到处爬着玩耍，很容易会把它给弄翻了。于是，他把搅乳器背在背上。但是他得先给奶牛喝点水，才能把它牵上屋顶。他提起一只水桶，到井边打水，在井边弯下身子的时候，搅乳器里的奶油倒了出来，流到了他的脖子上。

时间已到中午了，可是黄油还没有制成。他又想先把麦片粥煮好。他把盛上水的铁锅挂在壁炉的火上烧，然后又想起来奶牛可能会跌下屋顶，摔断了腿或者脖颈。他赶紧走上屋顶，把牛系好。他把绳子的一头系在牛脖子上，再把绳子从烟囱里放下来，在绳子的这一头打个圈，套在自己大腿上，因为锅里的水已经煮开了，他必须烧麦片粥了。正当他手忙脚乱的时候，奶牛从房顶上摔了下来，一下子把男人往上拽进了烟囱，他被紧紧地塞在那儿，丝毫动弹不得。而母牛吊在墙外，上也上不去，下也下不来，在半空中来回摇晃。

妻子左等右等，等着丈夫喊她回家吃饭。但是，过去了许久许久，怎么也不见他来。最后她觉得时间已经过去太久了，就自己回家去了。她看到母牛吊在那里，很吓人，连忙走上前去，用镰刀割断了绳子，可却没有料到，那男人从壁炉的烟囱里一下子掉了下来。当妻子走进屋子的时候，他的头正扎在粥锅里呢。

从不把心带在身上的巨人

从前有一个国王，他有七个儿子。他深深地爱着他们。无论什么时候，都得有一个儿子和他待在一起。儿子们长大成人后，有六个要外出求婚。但父亲要把最年幼的一个——灰小子，留在王宫中，让兄长们为他带回一个公主来。国王给了六个儿子世上最华丽的衣服，令他们光彩照人；还给了他们每人一匹骏马，每匹都值好几百银币。他们出发后去过许多国家，见了不少公主，最后来到一个有六个女儿的国王那里。他们从没见过如此美貌的公主，就分别去求婚。求婚成功之后，便带着未婚妻动身回家。但是他们全都忘记了给留在家中的灰小子带回一个公主，全部心思都放到了自己的未婚妻身上。

走了一段很长的路程以后，他们来到一个陡峭的山壁前，巨人的庄园就坐落在此。巨人看到了王子和公主，就把他们全都变成了石头。

国王等啊等，等着六个儿子归来，但一等再等，谁也没有回家。他闷闷不乐，来回踱步，心情非常沮丧，还一再说，他永远不会快活了。“要不是还有你，”他对灰小子说，“我就不想活下去了，失去你的哥哥们使我感到无比悲哀。”

“请您允许我去把他们找回来。”灰小子说。

“不，我不许你去，”父亲说，“你也会一去不返。”

可是灰小子坚持要去，他不停地苦苦哀求，国王只好答应了。这时，除了一匹瘦弱的老马，国王已经没有什么好东西给灰小子了，六个王子和他们的随从把王国所有的马匹都带走了。然而，灰小子对这些毫不在乎，他翻身骑上了这匹长满疥癣的老马。“再见，爸爸！”他对国王说，“我肯定会回来的，也许我还会把哥哥他们也找回来。”说完，他出发了。

骑出一段路程以后，他碰见了一只渡鸦。渡鸦躺在路上，无力地拍打着翅膀，它实在太饿了，怎么挣扎也动不了。

“噢，亲爱的！请给我一点食物吧，我会在最紧要的关头帮你的。”渡鸦说。

“我也没有多少干粮，看来你也不可能帮我多大的忙，”灰小子说，“不过，我还是给你一点吃的，因为你确实很饿。”说完，他给了渡鸦一点食物。

又走了一段路程之后，他来到一条小溪边。小溪边躺着一条大鲑鱼，它左蹦右跳，却怎么也无法重新回到水里。

“噢，亲爱的！请帮我回到水中去吧，”鲑鱼对灰小子说，“我会在你最需要的时刻帮你的。”

“你给我的帮助，想必也不会太大，”灰小子说，“不过，你躺在这儿活活饿死也实在可怜。”说完，他把鲑鱼推回到水中。

接着，又骑了一段很长很长的路程以后，他遇见了一只灰狼，灰狼饿得头昏脑涨，奄奄一息地躺在路上。

“亲爱的，请把你的马给我吃吧，”灰狼说，“我实在太饿了，肚子咕噜直响，我已有两年没好好吃一顿饭了。”

“不，”灰小子说，“这我可做不到。起先碰到一只渡鸦，我不得已给了我的干粮；后来又看见一条鲑鱼，我又帮他回到水里；现在你想吃掉我的马。这不行，这样我就没坐骑了。

“亲爱的，你必须帮助我，”灰狼说，“你可以骑我，我会在最关键的时刻帮你忙的。”

“好吧，我从你那儿得到的帮助，也许不会太大。既然你那么饥饿，你就把马吃了吧。”灰小子说。

在狼吃掉马以后，灰小子拿起缰绳系在灰狼嘴上，把马鞍放到它的背上。这时候，灰狼吃饱东西，变得非常强健。它驮着灰小子赶路，就像什么东西都没驮似的；它跑得飞快，这是王子从来没有经历过的。

过了一会儿，他们到了目的地。“你看，这儿就是巨人的庄园，”狼说，“你的六个哥哥还有他们的六位新娘在庄园里，被巨人变成了石头，庄园的大门还在前面一点，你就从那儿进去。”

“不，我可不敢进去，”灰小子说，“他会要了我的命。”

“噢，不会的，”灰狼回答，“你进到里面，会遇见一位公主，她必定会告诉你怎样才能除掉巨人。你只管照她说的去做！”

灰小子心里仍然很害怕，他进去的时候，巨人刚巧不在。但是，正像灰狼说的那样，房间里坐着一位公主，是个美丽动人的少女，灰小子从来没有见到过。

“哦，我的天哪，你是怎样到这儿来的？”公主看见他时说，“你是必死无疑了；住在这儿的巨人，谁都无法将他除掉，因为他从不把心带在身上。”

“既然我已经来了，就得对付他。”灰小子说，“变成石头站在外面的是我的哥哥们，我当然要设法解救；还有你，我也一定要救出去。”

“好吧，你坚持要这么做，我们就得想个办法，”公主说，“现在你先爬到床底下，必须仔细听清我和妖怪谈论的每一句话。不过，你要静静地躺着，不要出声。”

灰小子钻到了床底下。他刚钻进去，巨人就回来了。

“哼！屋里有男人的气味！”巨人嚷了起来。

“对了，刚才飞来一只喜鹊，叼着一块男人骨头，扔进了烟囱，”公主说，“我赶紧又扔了出去，但是气味大概不会那么快就散掉。”

巨人听完也没再说什么。

到了晚上，他们上床睡觉。躺了一会儿，公主说：“有一件事我很想问问你，只是不敢问。”

“哪一件事？”巨人问。

“既然你从来不把心带在身上，那么你究竟把它放在哪里？”公主问。

“噢，这不是你需要操心的事。不过，说出来也没什么，我的心就在门槛的石板下面。”巨人说。

“啊哈，我们就想办法在那儿弄到它。”躺在床下的灰小子这样想。

第二天清晨，巨人很早就起床到森林里去了。他刚离开庄园，灰小子和公主就着手在门槛石板下面寻找巨人的心。他们又挖又找，结果什么也没发现。“这次，他骗了我们，”公主说，“我们可以再试他一次。”她又采集了所有能找到的最漂亮的鲜花，散在门槛石板四周——石板当然放回到了原处。等到巨人快回家的时候，灰小子又钻进了床底下。

他刚钻进去，巨人就进来了。“哎哟哟，这儿有男人的气味！”巨人说。

“是的，刚才飞来过一只喜鹊，嘴里叼着一块男人骨头，抛进了烟囱里，”公主说，“我连忙扔了出去，大概还是留下了气味。”于是巨人沉默了，不再说什么。不久，他又问是谁在门槛石板周围撒满了鲜花。

“噢，当然是我了。”公主说。

“这花用来干什么呢？”巨人问。

“我是这么爱你，当知道你的心在那儿时，我必须这样做。”公主说。

“是应该这样。不过我的心并不放在那儿。”巨人说。

晚上睡下以后，公主又问他的心在哪里，因为她深深地爱他，非常想知道这件事。

“噢，它在墙那边的柜子里。”巨人说。

“好了，”灰小子和公主都在想，“我们会设法找到它的。”

第二天清晨，巨人一早又到森林里去了。他才出门，灰小子和公主就打开柜子，搜寻他的心。但是他们找了又找，还是什么也没找到。“我们还得再试一次。”公主说。她又用鲜花和花环把柜子装饰起来。将近黄昏时，灰小子又钻到床底下。

这时候，巨人回来了。“哎哟哟，这儿有男人的气味！”巨人说。

“是的，刚才飞来一只喜鹊，嘴里叼着一块男人骨头，把它抛进了烟囱，”公主说，“我立刻把它扔了出去，可仍然留下了气味！”

巨人听完这话，也没再多说什么。但是不一会儿，他看到整个柜子周围都放上了鲜花和花环。就问这是谁干的。

这当然是公主干的。

“这种可笑的行为又有什么用处？”巨人问。

“噢，我跟你始终相亲相爱，当知道你的心在那儿，我必然会这么做。”公主说。

“你真会傻到相信那些话？”巨人问。

“是的，你告诉我在那儿，我就相信。”公主回答。

“唉，你是个不懂事的小姑娘，”巨人说，“我藏心的地方，你永远也去不了！”

“可是我仍然很好奇，想知道你的心在哪里。”公主说。

这时候，巨人再也不能瞎说一气了，他不得不讲实话。“离这儿很远很远的地方有一个湖，湖中有一个岛，”他说，

“岛上有一个教堂，教堂里有一口井，井里游着一只鸭子，鸭子的肚子里有一个蛋，在蛋里——我的心就在那个蛋里。”

清晨，天还没亮，巨人又到森林里去了。“现在我也该动身了，”灰小子说，“但愿我能够找到去那儿的路！”他告别了公主，走出巨人庄园，灰狼仍旧站着等在那里。灰小子把在巨人庄园发生的情况一五一十地告诉了灰狼，还说现在就要出发去找教堂里的水井。灰狼请他坐到背上，然后说自己肯定能找到那条路。一路上，灰小子只听见耳边风声呼啸，灰狼驮着他经过了大片荒地和丘陵，翻越了许多高山和深谷。

长途跋涉了许多许多日子以后，他们终于来到巨人说的那个湖边。灰小子不知道怎样才能渡水过去，灰狼叫他不用担心。他把灰小子驮在背上下水游到了岛上，然后走到教堂跟前。可是教堂的钥匙挂在很高很高的塔尖上，灰小子又不知道怎样取下它来。“你该喊渡鸦来帮忙。”灰狼说。王子照着做了。渡鸦立刻飞上去取下钥匙，灰小子便进了教堂。当他走到井边的时候，就像巨人说的那样，鸭子正在里面来回游着。王子不停地吸引着鸭子，最后把它引了过来，伸手一把逮住了。正当他要把鸭子提出水面时，鸭子把蛋下到了井里。这时候，灰小子实在不知道怎样把蛋打捞上来。“对了，现在你该叫鲑鱼来帮忙了。”灰狼说。王子照他说的做了。鲑鱼很快游来把蛋取了上来。灰狼又说，赶紧用力挤压蛋。灰小子刚挤压一下，巨人就立即高声尖叫起来。

“再挤压一次。”灰狼说。灰小子照着办了，巨人叫喊得

“离这儿很远很远的地方有一个湖，湖中有一个岛，”他说，“岛上有一个教堂，教堂里有一口井，井里游着一只鸭子，鸭子的肚子里有一个蛋，在蛋里——我的心就在那个蛋里。”

——《从不把心带在身上的巨人》

更加凄惨。他哀求说，只要不挤碎他的心，他会答应灰小子所要求的一切事情。

“对他讲，如果他把你的六个哥哥以及他们的新娘再从石头变回来，就饶他一命。”灰狼说。灰小子照着说了。

这件事巨人愿意马上照办，六位哥哥重新变回了王子，他们的新娘也变回了公主。

“现在把蛋挤碎。”灰狼说。灰小子用劲把蛋挤得粉碎，巨人也爆裂成了碎片。

灰小子除掉巨人以后，又骑着灰狼回到巨人庄园，六位哥哥和他们的新娘都活泼泼地站在那里。灰小子走进房间，找到他自己的新娘，然后他们一起回到王宫。国王的七个儿子全回来了，每人都带着一位新娘。老国王真是喜出望外。“所有公主中最美丽的还要数灰小子的新娘，”国王说，“让他带着新娘坐在餐桌的上席。”

欢乐的晚宴丰盛无比，久久不散。如果他们没有喝得烂醉、昏睡不醒的话，也许直到现在仍在喝呢。

少年和魔鬼

从前，有一个少年在路上边走边砸核桃，发现有个核桃被虫蛀了一个洞。就在这时候，他迎面遇见了魔鬼。

“听说，魔鬼想把自己变多小，就能够变多小，还能钻过一个针眼，这是真的吗？”少年问道。

“当然是真的。”魔鬼回答。

“噢，那么让我看看，你是如何钻进这个核桃里去的！”少年说。

魔鬼照着做了。

魔鬼刚穿过蛀洞爬进核桃，少年就插进一根针，塞住了洞口。“现在我可困住你了。”少年说完，就把那个核桃放进了口袋。

他走了一段路，来到一家铁匠铺，问铁匠是否愿意帮他砸开那个核桃。

“行，这是很容易做的事。”铁匠回答。他拿来一把最小的榔头，把核桃放到铁砧上，砸了一下，没有砸开；他又取出一把大一号的榔头，可是仍然不行；他换了一把更大的，核桃还是没能砸开。这下子铁匠生气了，抡起最大的铁锤，“我要把你砸个粉碎！”说着就使出全身力气砸了下去。核桃顿时化成片片碎屑，铁匠铺的半个房顶也飞上了半空，还发出轰隆一声巨响，仿佛整个房屋都要倒塌了。

“一定是魔鬼在这核桃里面！”铁匠说。

“对，他是在里面。”少年说。

“听说，魔鬼想把自己变多小，就能够变多小，还能钻过一个针眼，这是真的吗？”

——《少年和魔鬼》

拇指小不点儿

从前有一个妇人，她唯一的儿子长得比大拇指大不了多少，人们都叫他拇指小不点儿。

等拇指小不点儿长大成人，妇人对他说："你到了该结婚的年纪了，应该外出去求婚了。"拇指小不点儿听到这话，心里非常高兴。于是，母亲把儿子搂在怀里，套好马车出发了。

他们要到王宫去，那儿有一个年轻公主。可是，走了一段路以后，拇指小不点儿忽然不见了。他母亲花了很长时间找他，喊他，为他的失踪放声痛哭，结果还是没能找到。"嗨，嗨！"拇指小不点儿喊着露出头来。原来，他藏到了马的鬃毛里。他答应母亲不再顽皮了。

他们又走了一段路，拇指小不点儿忽然又不见了。母亲找呀找，又哭又喊，而他还是无影无踪。"嗨，嗨！"拇指小不点儿又大笑着喊着。母亲只听到笑声，却看不到小不点儿的人影。"嗨，嗨，我在这儿呢！"拇指小不点儿笑着从马耳朵里钻了出来。他又答应母亲不再躲藏起来。

但是，又走了一段路以后，他再次不见了，他实在不能控制自己。母亲边找边哭，不断喊他，可他就是不出现。尽管她上下左右都找遍了，仍无法找到他。"嗨，嗨，我在这儿呢！"拇指小不点儿的声音响起。可是，母亲怎么也找不到他到底藏在哪里，因为那声音听起来模糊不清。她到处找，而他则叫着："嗨，我在这儿！"他大声地笑着，非常得意，因为母亲找不到他。就在这时候，马打了一个喷嚏，把拇指小不点儿打了出来。原来，他躲在了马的一个鼻孔里。现在他母亲抓住了他，把他装进一只袋子里。她实在不知道还有什么其他办法可想。

他们抵达王宫后，婚事很快就定下来了。公主觉得他是一位英俊小少年。没过多久，他们就举行了婚礼。

当他们在王宫里办喜事的时候，拇指小不点儿坐在公主身边的餐桌旁。可是，他想吃的东西却怎么也够不着。如果不是公主抓住他，帮他坐到桌面上，他肯定吃不到什么饭菜。现在，他能在桌面上从盘子里拿东西吃，情况就好多了。然而，仆人端上来一大盆麦片粥，这下他又够不着了。不过，拇指小不点儿仍有办法，他坐到了盆子边上。但想要盆中央一块奶油却又够不着，他就坐到奶油的边上。正在这时候，公主拿起一个大勺子，舀了一勺麦片粥。勺子碰着了拇指小不点儿，不小心将他推进奶油，淹死了。

鹅蛋穆姆勒

从前，有五个女人，她们全都没有孩子，却很希望能拥有一个。一天，她们到田野里去割草，忽然看到一颗大得出奇的鹅蛋，足有人的脑袋那么大。

“我第一个看见的。”一个女人说。

“我和你一样，早就看见了！”另一个女人喊道。

“它是我的！因为我才是第一个看到的。”第三个女人也发誓说。

她们争吵不休，无法判定鹅蛋到底属于谁，为此还差点儿扭打起来。

后来，她们总算统一想法，宣布这鹅蛋归五人共同所有。接着，她们想孵蛋了，就像母鹅那样把幼雏孵出来。第一个女人在蛋上孵了整整八天，她躺着孵啊孵，除此之外什么事也不做。在这期间，其他女人就得忙忙碌碌，给自己和孵蛋的女人找吃的东西。终于有人忍不住抱怨起来。

那个躺着孵蛋的女人说：“你会咿咿呀呀说话以前，不也是从蛋壳里钻出来的吗？我相信，这儿很快会孵出一个小人儿来，因为我隐约听到里面在咕哝着：‘青鱼和稀糊！牛奶和麦片粥！’现在，我们调换一下，你来孵上八天，让大家来喂你吃东西。”

等到第五个女人也孵了八天，就可以清楚地听到蛋里有个小家伙不停地在喊："青鱼和稀糊！牛奶和麦片粥！"于是，第五个女人在蛋壳上凿开一个洞，果然，从里面跳出来的不是一只小鹅，而是一个小孩儿。他的模样非常丑陋，脑袋很大，身子却非常小。他从蛋壳里跳出来喊的第一句话就是"青鱼和稀糊，牛奶和麦片粥"。因此，她们就叫他鹅蛋穆姆勒，意思是"喃喃自语的鹅蛋"。

虽然鹅蛋穆姆勒长得很难看，但五个女人一开始还是非常喜欢他的。可是没过多久，他就变得好吃懒做起来。她们为六个人煮好一盆稀糊，或者一锅麦片粥。可是这小家伙却全倒进了自己的肚子里。过了不久，她们就不再喜欢他了。"自从这小鬼爬出蛋壳，我还没有哪顿饭吃饱过。"一个女人抱怨说。当鹅蛋穆姆勒听到其他女人都这么抱怨的时候，就宣布要离开此地，既然她们不需要他，那么他也不需要她们。说完他就走了。

后来，他来到一个农庄，想找点事做。那里正好缺一个短工，老农让他去地里把石头捡出来。于是，鹅蛋穆姆勒就在地里找石头。他捡出的大大小小的石头要用许多辆马车才能拉得走，但不管大小他都装进自己的口袋里。没过多久，他就把石头捡完了，又来问还要干些什么。

"叫你去地里捡石头，"老农说，"我想这么一会儿工夫，你不可能都捡完了吧？"

鹅蛋穆姆勒把口袋里的石头倒出来，堆成了一座小山。老农这时候才知道他真的已经干完了活儿。老农心里明白，必须小心对待这小伙子，因为他实在太强壮了。于是，老农说，该进来吃点东西了。鹅蛋穆姆勒也觉得应该吃饭了。他一个人就吃掉了老农全家以及所有帮工的饭菜。即使这样，他还只是吃了个半饱。

老农觉得，鹅蛋穆姆勒是干活的一把好手，可是吃起饭来也是个可怕的家伙，他的肚子根本没有底。“这样的一个短工，可以瞬间把我所有家产都吃光。”他说。

老农没有更多的活儿让他干了。鹅蛋穆姆勒只好到国王的庄园去。

鹅蛋穆姆勒来到国王那里，马上就得到了差事。在国王的庄园里，有足够的饭吃，也有足够的活儿干。他在那儿当个仆人，帮助女佣们搬柴、打水，也干点其他零星杂活。

他问，现在应该先做什么。

他们说，这段时间他先去劈柴。

于是，鹅蛋穆姆勒又砍又劈，碎木片在他四周飞得到处都是。没过多久，他把所有的木料，包括锯好的圆木以及上等的木材，全劈光了。他又来问，现在他应该再干点什么。

“你可以把劈木柴的活儿先干完了。”他们说。

“已经没有什么东西可以再劈了。”鹅蛋穆姆勒说。

管家认为这是不可能的事，就赶到柴房去查看。可不，这是真的，鹅蛋穆姆勒已经把所有木头都劈光了，锯好的圆木和长长的木料全成了碎劈柴。管家大怒，罚穆姆勒去森林里砍伐来与被他劈成柴火的木料同样多的木材，否则别想吃饭。

鹅蛋穆姆勒来到铁匠铺，让铁匠用15伏格[1]的铁打一把斧头。然后他走进森林，开始伐木。他不管是可做横梁的云杉，还是可做船桅的松木；也不管是长在国王林地里的，还是长在旁人林地里的，只要是他所看到的树木就一律砍倒。他既不削树枝，也不去树梢，所有树木全倒在地上，好像是被一阵猛烈的狂风刮倒似的。接着，他把树木绑成巨大的一捆，装上雪橇，再套上所有的马来拉着走，可是雪橇一动也不动。当他上前抓住马头，想帮着一起拉动雪橇的时候，马脖子却被扭断了。于是，他把所有马从车辕上卸下来扔到了田野里，自己一个人把满橇的木料拉了回来。

回到国王庄园的时候，国王和管家正站在门廊上等着他。因为他把整个森林都弄得乱七八糟的，管家已经去过那里，看到了一切情形。但是，看到鹅蛋穆姆勒把半个森林的树木都拉了回来，国王是既愤怒，又害怕。他想，非得小心对付才行，因为此人实在太强壮了。

“你是一个干活出色的人，”国王说，“可是，你每天要吃多少饭？现在大概肚子又饿了吧。”

鹅蛋穆姆勒说，要是他好好吃一顿稀糊的话，有十二桶面粉也差不多了；吃完之后，他就能对付一阵子了。

煮这样一顿稀糊需要不少时间，他要为厨师搬点柴火来。他把整堆柴都装上一辆雪橇，拉过房门的时候，把房屋所有的

1　伏格，挪威古代重量单位。1伏格相当于17.93公斤。

榫头都震松了，房屋几乎散了架，整座庄园都差点被掩倒在地。饭快做好的时候，他们派他去把其他人叫回来。他大喊一声，群山响起了回音；但是他嫌人们回来得不够快，便与他们争执起来，一出手就打死了十二个人。

“你打死了十二人，”国王说，“你吃的饭是十二人的许多倍，但是你又能干多少人的活儿呢？”

“干的活儿是十二人的许多许多倍。”穆姆勒说。

吃完饭，他到仓库库房去打谷。他拆下房梁当作打谷的长棍。当房顶快要塌下来的时候，他扛来一棵云杉树，连枝杈都留着，放上去做房梁。接着，他轮流打起了谷子、麦秆和干草。这下子可不得了了，谷和糠混在一起，飞得满天都是，整个国王的庄园似乎都笼罩在云雾之中。

谷几乎快要打完的时候，有敌人来侵犯这个国家，双方要开战了。国王要穆姆勒带领人马前去迎战。因为国王想，敌人也许会把他打死的，这样便可省去不少麻烦。可鹅蛋穆姆勒说，人马他就不想带去了，他愿意一个人去交战。

国王想，这样更好，我可以更早除掉他。

但是，穆姆勒说必须要有一根称手的大棒。

他们派人叫来铁匠，给他打了一根5伏格的铁棒。鹅蛋穆姆勒说，那用来砸核桃还差不多。接着，铁匠又打了根15伏格重的铁棒，穆姆勒说，那也只能用来钉鞋子。哎呀，更重的铁棒，铁匠和他的手下就打不了了。于是，鹅蛋穆姆勒自己来当铁匠，打了一根重达150伏格的大铁棒。这根铁棒必须一百个人同时使劲才能翻转。鹅蛋穆姆勒觉得这根大棒还算称手。他还须有一个干粮袋，他们用了十五张牛皮才缝制成这个袋子，又往里面装满了食物。他背着干粮袋，扛上大铁棒，就出发迎敌去了。

走到敌方人马能看到他的地方时，敌方派出一个人问他是不是愿意迎战。

“等我吃完东西再打。”鹅蛋穆姆勒说。他坐到地上，开始大吃起来。可是，敌人等得不耐烦了，他们马上向他开枪射击，打来的枪弹像雨点和冰雹一样密集。

“对这种黑色浆果，我毫不在乎。”鹅蛋穆姆勒一边说着，一边吃得更多了；无论是铅弹还是铁砂都无法打进他的身体，放在前面的干粮袋也像一个完整的防御工事，挡住了敌人的枪弹。

敌人开始投掷手榴弹，并开炮射击了。炮弹在他身上留下的每一个弹痕，都只是让他稍微咧一下嘴而已。

“这也伤害不了我。”他说。这时，一颗手榴弹飞过来卡住了他的嗓子。

“呸！”他啐了一口，把它吐了出来。接着又飞来的一颗钻进了黄油盒，第三颗把他手里拿的食物打掉了。

穆姆勒怒火万丈，猛地站立起来，抡起大铁棒，往地上砸了一下，怒问道，他们是不是想用粗糙的“豆子枪”里喷出来的覆盆子来夺走他嘴里的食物。他又用力猛砸了几下，结果山崩地裂，敌人像谷壳一样全都飞到了半空中，这场战争也就结束了。

当他回来又要求活儿干的时候，国王真是失望极了。本以为他早已经被除掉了。现在除了派穆姆勒去地狱之外，国王再也想不出其他办法。

“你到魔鬼老艾里克那儿走一趟，去把地租给要回来。”国王说。鹅蛋穆姆勒背起干粮袋，扛着大铁棒就出发了，他在路上没有花多长时间。可是他到达的时候，老艾里克外出巡察去了，只有他母亲在家。她说，从来没有听说过地租的事，要他下次再来。

穆姆勒认为这是谎话。既然已经来了，他就得留在那儿，就一定要收回地租，他有时间等。但是，吃完干粮以后，他觉得有点耐不住了，就又向老太婆讨地租，要她现在立即交出来。

老太婆不肯交，她说她的态度就像老松树一样坚定不移。这棵树长在地狱的大门外，非常高大，十五个人也无法围抱住它。但是穆姆勒一下子就爬到树梢，把老松树弯过来扭过去，就好像是在玩耍一根柳枝似的，然后又问她现在是不是愿意交付地租。

老太婆只好答应了，不敢再玩弄其他花招，赶紧找出一大堆钱币，让穆姆勒用大袋子装走。于是，他背着地租回去了。他刚离开，老艾里克就回家来了。当听说穆姆勒背着满口袋的钱走了时，老艾里克一巴掌把母亲打倒在地，匆忙赶了出去，想追上穆姆勒。他果真追上了。因为他是轻装跑步，有时还能在空中飞一阵，而穆姆勒却不得不背着沉重的皮袋在田野上行走。当老艾里克快要赶上的时候，穆姆勒也开始竭力奔跑起来，还把大棒拖在背后，以防备老艾里克的袭击。双方就这样僵持着：穆姆勒紧抓棒把，老艾里克却想夺走大棒。两人一直打斗到一个深谷跟前。穆姆勒从这边山头跳到了另一边，而老艾里克一心想追上他，紧跟着大棒跑，结果一脚踩空，跌到谷底，摔断了一只脚，只好无奈地躺在那儿了。

“给你地租。”鹅蛋穆姆勒回到国王的庄园，把钱袋猛地抛给国王，门廊都被砸塌了下来。

国王连声道谢，许诺说，如果穆姆勒需要的话，会给他很高的酬劳和舒适的生活。可是鹅蛋穆姆勒只想要更多的活儿干。

“现在我该干点什么？”他说。

国王仔细考虑了一番说，穆姆勒得到山妖那儿去一趟，山妖曾经从国王海边的宫殿里拿走了国王祖父的宝剑，那个地方谁也不敢去。

穆姆勒在大皮袋里带上干粮，又出发了。他走了很久很久，穿过森林，翻过高山，还经过大片荒芜的田野，终于来到一座大山跟前。拿走国王祖父宝剑的山妖就住在山里面。

可是，妖怪已经躲了起来。高山四周都封得严严实实，无门可入。穆姆勒根本进不去。

于是，他就和几个采石工结伴，一起住在一个山庄里，采石工常年在这几座山上采伐石头。像穆姆勒这样的帮手，他们从未有过，因为他在山上砸一下石头，整个山顶都裂了，像房屋那样大的巨石纷纷滚落下来；可是，他休息吃饭的时候，也得吃一大堆食物，很快就能吃光。

“我通常胃口很好，”穆姆勒说，“但是那个妖怪吃起来更可怕。因为他连骨头都吃下去。”

第一天过去了。第二天情况仍然如此。第三天，他又去开山采石，同样带上了食物。接着，他躺在食物后面，就像睡着了似的。

突然，从山里出来一个长着七个脑袋的妖怪，开始咂咂嘴，吃起穆姆勒的食物来。

“既然准备好了，现在就该我吃。”妖怪说。

“那我们只能抢着吃了！”穆姆勒说着，挥起大棒打去，妖怪的七个脑袋全滚到了地上。

接着，他走进妖怪住的那座山。山里面有一匹马，正从盛着炭灰的桶里吃东西，而一个燕麦桶却在它的身后。

“为什么你不吃燕麦桶里的东西？”鹅蛋穆姆勒说。

“因为我没法转过身来。”马说。

“我来帮你转身。”

“你还是把我的头砍下来吧！”

穆姆勒照着做了。马立刻变成了一个英俊的小伙子。他说他是被妖怪抓进山变成一匹马的。他帮穆姆勒找到了宝剑，妖怪把宝剑藏在了床底下。妖怪的母亲正躺在床上，打着呼噜睡大觉呢。

回家路上，他们路过海边，老妖婆追到了海的另一边。她猛喝海水，海水开始减少，水面不断下降。但是她没能把海水喝干肚子就爆开了。

他们上了岸，鹅蛋穆姆勒捎信给国王，让他来取宝剑。国王派出四匹马运宝剑，但却拉不动；他又派了八匹马，接着，又派了十二匹马，宝剑还是在原地不动，马匹根本无法把宝剑移动一丝一毫。但是，鹅蛋穆姆勒一个人拿起宝剑就走了。

国王再次和穆姆勒见面的时候，简直不敢相信自己的眼睛。可表面上他说得十分动听，允诺给穆姆勒许多金子和森林。穆姆勒又向他要活儿干了，国王对他说，他得到一座被妖怪占据的王宫去，那里没有一个人敢住。他必须待在王宫里，直到在海峡上建起一座大桥，人们可以随意来往为止。假如他把这件事办妥了，国王会重重地赏他，甚至愿意把女儿许配给他。

鹅蛋穆姆勒觉得自己肯定能把这件事办好。

国王想，还从来没有一个人能从那个地方活着回来，那些到达的人都会被杀死，身上财物也被洗劫一空。只要把穆姆勒骗到那儿，就永远不会再见到他了。

穆姆勒动身了，随身带着一个干粮袋、一块硬松木、一把切削用的斧头、一个楔子、几根粗木棍以及国王庄园里的一个穷苦小男孩。

他来到海湾，海面上全是浮冰，水流像瀑布一样湍急。可是，他在水中站稳脚跟，蹚着水往前走，最后竟走了过去，抵达被妖怪占据的王宫。

他暖和了身子，吃完了干粮，就想睡会儿觉。可是没过多久，就响起了一阵轰隆隆的声响，仿佛有人想把整个王宫掀翻似的。墙上的大门猛地打开了，一只血盆大口从下边的门槛一直张到上面的横梁。

“你张着嘴，就先尝尝这个。”穆姆勒说完，便把干粮扔进了那张嘴里。“让我看一看你究竟是谁？也许还是我的旧相识呢。”

果真如此。因为来的就是老艾里克。他俩开始打起了牌。魔鬼试图把上次穆姆勒弄走的钱赢回来。可是，每一局都是穆姆勒赢，因为他在那些最好的牌上都画了十字。当穆姆勒把魔鬼身上带的钱都赢来以后，老艾里克不得不把自己放在王宫里的金银拿来抵债。

突然，炉子里的火熄灭了，他们无法再玩纸牌了。

“现在我们得劈点柴火了。”穆姆勒说。他把斧头砍进松木块，再打进楔子，可是这块木头疙瘩实在太硬，尽管他用斧子又砍又拧，还是不能马上把它劈开。

“大家都说你力气很大，”他对老艾里克说，“你朝掌心吐点唾沫，把木头掰开。让我也看看你究竟有多能干？”

艾里克照他说的做了，把双手伸进裂缝，用尽全力去掰。但是鹅蛋穆姆勒突然把楔子打了下去。这下，老艾里克被牢牢地夹住了，接着，穆姆勒又用斧子使劲敲打他的脊梁骨。老艾里克苦苦哀求他放开自己，可是鹅蛋穆姆勒根本不听他的，直到他允诺以后永远不再到这儿来捣乱为止。他还被迫答应在海上修建一座大桥，让大家一年四季都能通行，而且桥一定要在冰块融化的时候就建好。

“这很困难。”老艾里克说。

但他没有别的选择，想让穆姆勒放开他，就必须答应这个条件。不过老艾里克也讨价还价地说，他想得到第一个过桥人的灵魂，充当海湾的水妖。

穆姆勒说，这个要求可以满足。这时候老艾里克才被松开手，灰溜溜地回去了。鹅蛋穆姆勒就躺下睡觉，一直睡到第二天。

国王赶过来，想看看穆姆勒是不是被砍掉了脑袋，或者被洗劫了钱财，却发现屋里的钱币堆得满地都是，一大袋一大袋高高地叠在墙边，穆姆勒正躺在床上呼呼大睡。国王不得不费力地在钱堆里行走，好不容易才走到床跟前。

穆姆勒还好好活着，国王忍不住惊呼起来：“愿上帝保佑我和我的女儿！”是的，一切都办得非常出色，这一点任何人都不能否认。但是他说，在桥建成以前，还不值得提及婚礼的事。

桥建成了，老艾里克站在桥上，想带走第一个过桥人的灵魂。

鹅蛋穆姆勒让国王跟他一起去试桥，可是国王不感兴趣。于是，穆姆勒骑上一匹骏马，顺手抓起国王庄园里肥胖的挤奶女工，放在身前的马鞍上，女工看上去像一个巨大的松木疙瘩，穆姆勒一步步向桥上骑去，压得桥发出很大的响声。

“海湾的水妖在哪里？你带来的灵魂在哪里？”老艾里克喊道。

“就在这个松木块里。如果你想要，就伸出双手来抓吧！”鹅蛋穆姆勒说。

“不，谢谢！”老艾里克说，“上次你把我夹在裂缝里，这次别想再让我上当。”说完，他转身逃走，飞到老母亲那里去了。从此以后，再也没人听说过或者问起过他。

鹅蛋穆姆勒回到国王的庄园，便向国王要他许诺的报酬。国王想方设法要赖，不愿意兑现先前说过的话。穆姆勒说，最好做一个大干粮袋，他想自己来取报酬。国王答应了他。干粮袋做成以后，穆姆勒一把把国王揪到院子中央，用力一扔，抛到了半空中。接着，又把干粮袋也向国王扔去，这样国王就不用发愁没有吃的了。

要是你没看到国王掉下来的话，或许直到今天他还不停地在半空中飞呢。

第七个父亲

从前，有一个人外出游玩，来到一座巨大的庄园前。庄园的住宅非常华丽，简直像是一座小宫殿。

“能在这儿休息一下实在太好了。”他走进门时自言自语地说。紧靠大门旁边有一个头发和胡须都已经灰白的老人正在劈木柴。

“晚上好，大爷，”游客说，“今晚我能在屋里借宿吗？”

“我不是这家的主人，”老人说，“你进厨房去跟我父亲讲！”

游客走进厨房。他遇到一个年纪更大的老人，正跪在炉子前面吹火。

“晚上好，大爷，今晚我能在屋里借宿吗？”游客说。

“我不是这家的主人，”老人说，“你进去跟我父亲讲，他正坐在客厅的桌子旁边。”

于是游客走进客厅，去和坐在桌旁的人说。那人比前两个更加苍老，坐在那里哆嗦着，牙齿也在打战，正在读一本大书，乍一看简直就像一个孩子似的。

“晚上好，大爷。今晚您能让我借宿在屋里吗？”游客说。

“我不是这家的主人。你可以去和我父亲讲，他正坐在长凳上。”这位坐在桌旁、牙齿打战的老人说。

于是，游客走到坐长凳的老人面前。老人正忙着装烟斗吸烟。只见他缩成一团，手在颤抖，几乎连烟斗也拿不住了。

“晚上好，老大爷，”游客再一次说，“今晚我能在屋里借宿吗？”

“我不是这家的主人，”这位紧缩成团的老人说，“你可以去对我父亲讲，他正躺在床上。”

游客来到床前。床上躺着一位很老很老的老人，除了一双大眼睛睁着之外，整个躯体看起来都没有生气。

“晚上好，老大爷，今晚我能在屋里借宿吗？”游客说。

“我不是这家的主人，你可以去向我的父亲讲，他正躺在摇篮里。”大眼睛的老人说。

于是，游客走向摇篮。那里躺着一个萎缩得和婴儿差不多大的老人。他简直弄不清楚这老人还有没有生命，即便他的喉咙里时而还发出一点声响。

“晚上好，老大爷，今晚我能在屋里借宿吗？”游客问。

过了很长一段时间，游客才听到回答，而老人讲完话的时间则更长。他和前几人说的一样，他不是这家的主人，“你可以去和我的父亲讲，他正挂在墙上的牛角里。”

游客顺着墙向上看去，看到了牛角。他再仔细一看，看见里面有个形状似人脸的灰色东西。

游客十分害怕，高声喊道：“晚上好，老大爷！您能让我在屋里借宿吗？”

牛角里发出了像小山雀那样吱吱的叫声：“行，我的孩子！”

不久，有人端进来一张桌子，上面摆满了最珍贵的菜肴，还有啤酒和烈性酒。游客吃饱喝足后，又有人抬进来一张铺着小驯鹿皮的舒适的床。

游客终于找到了这家真正的主人，很是高兴。

一个牧师的故事

从前有一个牧师，他非常吝啬，这成了他性格上的缺陷。但是，他又十分富有，城里有房产，乡下有农庄。有一次，他派了一个童仆——这是他新近才雇佣的——到乡上去监督割草的雇工。但是，这事根本用不着童仆费心，因为雇工们自己就在督促自己。每天一大早，他们就要起床下地去干活儿。“噢，不用起来，”童仆说，“还是让我们睡觉吧，这么早起床，我们也没什么事情干。”

“哎哟，孩子，”其他人说，“假如我们敢再躺一会儿，牧师非气得发狂不可。想想他是何等吝啬。”

“呸，”童仆说，“这事交给我来办；我会为你们，也为我自己想办法的。”他让他们一直睡到吃午饭的时候，而后整天都是懒懒散散，无所事事。将近傍晚，童仆弄来一个新的大钱包。在回城路上，他找到一个马蜂窝，取了下来，在钱包里塞满了马蜂，然后回到牧师跟前。

“噢，我们像您所要求的那样割了许多草，”他说，“我们几乎一天干完了两天的活儿。”

“那很好。”牧师说。

“过桥的时候，我发现了一个钱包，里面装满了银币。”童仆说。

“那是我的！”牧师说。

“好，好。但是如果钱包确确实实不是您的，那么钱包里的每一个钱币都会变成马蜂，而且我们今天割倒的每一棵草，明天也必定会重新竖起来。”童仆说完，把钱包放到桌子上出去了。

牧师打开了钱包，马蜂全都飞出，围着他嗡嗡直叫。这些小家伙太可怕了，牧师恐惧地想。第二天，他不敢去叫醒童仆，而是派了一位女仆，让她去看看被割倒的青草是不是又都竖起来了。当女仆来到农庄的时候，太阳刚刚露头。草场上茂密的青草被晒干了夜间的露水，又都竖了起来。

女仆飞快地跑了回去。“我走到干草棚前一看，被割倒的青草都开始竖起来了。现在，草场上的青草就像从来没被割过一样。”她惊恐地说。

狐狸寡妇

从前，有一位狐狸先生和一位狐狸太太，住在森林深处的屋中，彼此相亲相爱，就像所有的夫妻那样，生活得十分美满。但是有一天，狐狸先生跑到农民家的鸡舍，把大大小小的鸡都吃掉了。大概是因为吃得太多，他得了病，不久就死了。狐狸太太非常悲伤，哭得死去活来，但也无济于事。他死了，确实是死了。

葬礼结束以后，就陆续有求婚的人登门来找寡妇。星期六的晚上，有人在狐狸太太房门上敲了三下。“噢，科瑟，你出去看看有什么事。”狐狸寡妇说。她有一个猫姑娘当女仆，名字叫科瑟。女仆出去一看，原来是一只熊站在门外。

“晚上好。”熊先生问候道。

“晚上好。”科瑟说。

“今天晚上狐狸寡妇在家吗？”他问。

“她正在里面坐着。”女仆回答。

“她今天晚上在干什么？她看上去是悲伤还是高兴？”熊先生问。

“她为男主人的去世而哀伤，鼻子哭得又红又肿——她真不知道怎么办才好。”猫姑娘说。

“请她出来走走，她会得到最好的忠告！”熊先生说。

猫姑娘走了进去。女主人问："是谁在外面让我晚上不得安宁？"

"那是求婚者，"猫姑娘回答，"他请你出去走走，你会得到最好的忠告的。"

"他的上衣是什么颜色？"狐狸太太问。

"是漂亮的棕色，"女仆说，"他还有魁梧的身材和敏锐的目光。"

"让他走，让他走！我不需要他的忠告。"

科瑟出去，稍稍打开门说：

"她请你回家去，她不愿意要什么忠告！"

熊先生只得转过身子，沿着他来的路回去了。

下一个星期六的晚上，又有人敲门。这次是狼先生站在外面。

"晚上好。"狼先生说，"狐狸寡妇在家吗？"

"是的，她在家。"

"她今天晚上在家干什么？她看起来是悲伤，还是高兴？"狼先生问。

"噢，她正不知道怎么办才好。"女仆说，"她哭得鼻子又红又肿，因她男人的去世而非常哀伤。"

"请她出来走走，她会得到最好的忠告。"狼先生说。

"哪一个在敲门，让我晚上不得安宁？"狐狸寡妇问。

"那是求婚者，"猫姑娘说，"他请你出去走走，你会得到最好的忠告。"

狐狸太太首先想知道他的上衣是什么颜色。

“是漂亮的灰色。他个子细长，身材优美。”科瑟回答。

“让他走，让他走。我不需要他的忠告！”寡妇说。狼先生听到这话，也不得不掉过头来往回走。

第三个星期六的晚上，情况还是一模一样。有人敲了三下门，猫姑娘出去看个究竟，原来是一只兔子。

“晚上好。”兔先生说。

“晚上好，”她回答，“夜已经很深了，怎么还有人上门？”她问。

“对，是这样。”于是，他问狐狸寡妇是不是在家，她在干些什么。

“她哭得鼻子又红又肿，她对主人的去世感到非常哀伤。”猫姑娘问答。

“噢，请她出来走走，她就能得到最好的忠告。”兔子说。

“谁又在外面敲门，让我晚上不得安宁？”女主人问科瑟。

“那当然还是求婚者，太太！”猫姑娘回答。

她想知道这次求婚者的外衣是哪一种颜色。

“是漂亮的白色。他那一身浓密的粗毛一点也没有破损。”猫姑娘说。

但是，这次情况也不见得更好。“让他走，让他走！我不需要他的忠告！”狐狸寡妇回答。

接着，到了第四个星期六的晚上。狐狸屋的门上又传来三下敲门声。“出去看看是怎么回事。”寡妇对女仆说。猫姑娘走到外面，门槛边站着一只狐狸。

“晚上好，谢谢你上次的照料。”狐狸先生说。

“上次得谢你自己。”猫姑娘回答。

“狐狸太太在家吗？”他问。

“在家，她正在为丈夫的去世而哀伤，哭得鼻子又红又肿，”猫姑娘说，“她不知道怎么办才好，说来也真可怜！”

“只要请她出来走走，她就能得到最好的忠告。”狐狸说。

于是，科瑟走了进去。

“谁又在外面转悠，让我晚上不得安宁？”女主人问道。

“噢，你是知道的，”猫姑娘说，“那是个求婚的人。他请你出外走一走，你就能得到最好的忠告。”

“他的外衣是什么颜色？”狐狸寡妇问。

“是漂亮的红色——就像您死去的丈夫的颜色一样。”猫姑娘回答。

寡妇说：

亲爱的，快去请他进来坐，
他有着许多好的忠告！
赶紧把我的小袜子准备好，
我愿意和他一起走一遭；
马上帮我把皮鞋穿好，
我愿意同他白头偕老！

他才是她愿意嫁的。他们立即在狐狸寡妇这儿宴请宾客，举行婚礼。

要是原先那位狐狸先生从未去过农庄的鸡舍，那么就没有后来这场婚礼了。

不能进地狱的铁匠

上帝和圣彼得去世界各地漫游。有一次，他们来到一个铁匠铺。铁匠已经和魔鬼订好契约，七年以后他将归魔鬼所有；作为交换，在这段时间里，他可以超过所有其他铁匠，成为打铁这门行业当中最出色的工匠。在这份契约上，他和魔鬼都签上了自己的名字。因此，他在铁匠铺的大门上用很大的字写着："这儿住着超过所有人的、最杰出的铁匠！"

上帝看到大门上的字以后，就走了进去。

"你是谁？"他问铁匠。

"看门上的字，"铁匠回答，"不过，你也许不认识字，等一个能帮你忙的人来读吧。"

上帝还没来得及答话，就有一个男子牵着马过来，想请铁匠为他钉上马掌。

"能允许我来给这匹马钉马掌吗？"上帝说。

"你可以试试，"铁匠说，"反正你若搞砸的话，我会把它重新钉好的。"

上帝走出去，从马身上取下一条腿，放进锻炉，把马掌烧得通红，又磨利其周围的尖齿，再弯过来钉好，然后把马腿完整地放回马身上。这条腿的马掌钉完以后，他又取下另一条腿，同样钉好了。把前腿都放回去以后，他又取来后腿，先右边的，接着左边的，把它们放进锻炉，烧红马掌，磨利尖齿，再弯过来钉好，然后把腿放回到马身上。

这段时间，铁匠一直站在旁边看着。“你是个很不错的铁匠。”他说。

“你这么认为吗？”上帝说。

不一会儿，铁匠的母亲来了，让他回家去吃饭。她又老又瘦，背驼得可怕，脸上全是皱纹，勉勉强强还能走路。

“现在好好注意你所看到的一切。”上帝说着抓起老太婆放进锻炉里，把她煅烧成一个年轻貌美的少女。

“我还要说一遍刚才的话，”铁匠说，“你确实是一个很不错的铁匠。我的门上写着：这儿住着超过所有人的、最杰出的铁匠！现在我还要直率地说：一个人活到老，学到老。”然后，他回庄园吃饭去了。

当铁匠又回到铁匠铺，一个人骑着马过来，也想给马钉上马掌。

“很快就能钉完，”铁匠说，“我刚学会一种钉马掌的新方法。白天短的时候，这方法很合适。”于是，他开始用刀又切又割，直到把所有马腿都取了下来为止。“我不明白为什么要一个一个腿钉。”他说着，把马腿全放进锻炉中，就像上帝做的那样，再添上煤，让徒弟快速挤压鼓风的皮袋。可是，结果当然是人们能够预料到的：马腿烧焦了，铁匠不得不赔偿那匹马。正在这时候，有一个穷苦的老太婆从铁匠铺前经过。铁匠就想：这件事没有办好，那么另一件事也许能成功。他抓起老太婆放进了锻炉。尽管老太婆又哭又闹，请求饶命，他依旧不停手。“你这么一大把年纪了，也不明白什么是好，什么是坏。”铁匠说，“过一会儿，你就会变成个美貌的少女，我替你煅烧还不收你铜币。”但是，真可惜，老太婆这事也并不比钉马掌办得更好。

“干得糟透了。”上帝说。

“哼，反正也不会有人来问起她，”铁匠回答，“然而，这可是魔鬼的耻辱，因为我不再能遵守写在门上的许诺。”

“假如我现在能满足你三个愿望，”上帝问，“你会希望得到些什么？”

“如果是真的的话，”铁匠回答，“我就会告诉你的。”

于是，上帝答应他实现三个愿望。

“首先，我希望，如果我叫个人爬上铺子外面的梨树，他就必须始终待在树上，直到我叫他下来为止；”铁匠说，“其次，我希望，我叫他坐在店铺里面的椅子上，他必须一直在椅子上，直到我叫他站起来为止；最后，我希望，我叫谁钻进我口袋里的钢丝网袋里，他就必须永远钻在里面，直到我允许他爬出来为止。”

“你像一个坏人那样提出愿望，”圣彼得说，“首先，你应该希望自己得到上帝的保佑和友情。”

“我可不敢如此高攀。”铁匠说。

然后，上帝和圣彼得离开铁匠铺，继续漫游去了。

时光流逝，七年期限很快到了。魔鬼按照契约的规定，准备把铁匠带走了。

“你准备好了吗？”他说着，把鼻子伸进了铁匠铺的大门。

“噢，我先得把这颗钉子尖头打好，”铁匠回答，“你可以爬上梨树，摘个梨子尝尝。一路赶来，你肯定是又渴又饿了。”

魔鬼谢过他的好意，就爬上了梨树。

“经过一番深思熟虑以后，”铁匠说，“我觉得根本不可能在四年时间里把这颗钉子的尖头打好，因为这铁实在太硬了。在这段时间里，你不能下来，可以坐在上面好好休息。”

魔鬼在树上跪得像个薄薄的铜币似的，再三恳求允许他下来，可是毫无用处。最后，魔鬼被迫答应，在铁匠说的四年过去之前，不来打扰他。

“行，那样你就可以下来了。”铁匠说。

四年一晃就过去了，魔鬼又要来带走铁匠。“现在你大概准备好了吧？”他说，“我想那颗钉子尖头你也已经打好了。”

“是的，钉头已经打成，”铁匠说，“但是，你仍然来得稍微早了一点，因为直到现在，我还没能把钉尖打成，这么坚硬的铁我从来没有锻打过。我打钉尖，你坐在椅子上休息片刻。我想你大概也有点累了。”

“谢谢你的好意。”魔鬼说着，坐到了椅子上。但是他刚坐下休息，铁匠又说，经过一番仔细考虑，他根本不可能在四年之内打成钉尖。一开始，魔鬼还诚恳地请求让他离开椅子，不一会儿，他就生气了，开始威胁铁匠。可是，铁匠尽力替自己辩解，说是铁不好，这见鬼的东西实在太硬了。而且还安慰魔鬼说，坐在椅子上定会非常舒适和惬意，等过了四年，一定让他离开。魔鬼没有任何其他办法想，只得答应在四年期满以前不来带走铁匠。于是，铁匠说："好，你可以站起来了。"魔鬼夺门而出，飞快离去了。

四年过后，魔鬼又要来带上铁匠。

"我想，现在你已经准备好了吧？"魔鬼说着，把鼻子伸进了铺子的大门。

"一切准备就绪。"铁匠说，"只要你愿意，我们现在就可以走。不过，有一件事，我已经站在这儿想了很久，非常想问问你。据说，魔鬼想把自己变得多小，就能变多小，这是真的吗？"

"千真万确！"魔鬼回答。

"噢，那你帮我一个忙，钻进这个钢丝网袋，看看袋底是不是还有洞。"铁匠说，"我很担心会因此丢失旅费。"

"十分愿意。"魔鬼说完，就把自己变得很小很小，爬进了网袋。可是他刚进去，铁匠就把网袋合上了。

"噢，网袋各个地方都很严实。"魔鬼在里面说。

"你这么说，当然很好。"铁匠回答，"不过我还是要防患于未然，为了保险起见，我想弄得更加牢靠些。"他把钢丝网袋放进锻炉，烧得通红通红的。

"哎哟，你发疯了！你不知道我还在网袋里吗？"魔鬼喊道。

"知道，可是我帮不了你什么忙，"铁匠说，"人们常讲一句古老的谚语叫‘趁热打铁’。”说完，他抡起大铁锤，把网袋放在铁砧上，用尽全力敲打起来。

“哎哟，哎哟，”魔鬼在网袋里连声高叫，“亲爱的，只要让我出去，我永远不再来了！”

“噢，对了，现在我相信这接缝已经够牢了，”铁匠说，“所以你也可以出来了。”他打开袋子，魔鬼飞快地逃出门外，连往后瞧上一眼都不敢。

过了一段时间，铁匠想，他与魔鬼为敌，实在太愚蠢了。“我现在进不了天国的话，”他想，“就有无家可归的危险，因为我和统治地狱的家伙闹翻了。”他觉得自己最好到地狱和天国都走一趟，以便知道他将来会过得怎样。于是，他扛着铁锤上路了。

走了很长一段路，他来到一个交叉路口，去天国的路和去地狱的路就在那儿分开。他赶上了一位手拿烙铁的裁缝朋友，裁缝正非常艰难地走着。

“你好。”铁匠说，“你要上哪儿去呀？”

“假如能进去的话，我就到天国去，”裁缝说，“你呢？”

“噢，那我们同路，不会太远。”铁匠说，“现在我想先去地狱试试，因为我以前同魔鬼打过交道。”

于是他们互相告别，各走各的路。不过，铁匠身材魁梧，体格壮实，走路远比裁缝快得多，没过多久，他已经站在地狱的大门口。他让守卫进去通报一声，说有人在门外，很想跟魔鬼说句话。

“出去问问，究竟是哪个人。”魔鬼对守卫说。

“请问候魔鬼，就说是那个有钢丝网袋的铁匠，他肯定知道。”铁匠回答，“请他快点放我进去，因为今天我早起打铁打到中午，后来又赶了很远的路。”

魔鬼听到后，命令守卫把地狱大门上的九把锁全部锁上。

“还得另外再加一把挂锁，”魔鬼说，“他要是进来了，会把整个地狱搅得乱七八糟。”

“看来在这儿是毫无希望了。”铁匠看到他们把大门关得严严实实，便自言自语地说，“我还得去天国试试。”于是，他转身往回走，又回到交叉路口，从那里踏上了裁缝曾经走过的那条路。

他白白走了那么长的路，越走越生气，就使尽全力，大步流星地赶到天国。这时候，恰好圣彼得把门打开了一条缝，让瘦小的裁缝能挤进去。铁匠离大门仍然有七八步远。他想：“还得赶紧跟上。”就在裁缝挤进里面的一瞬间，铁匠抓起铁锤，扔进了门缝。

如果他没能从这条门缝挤进天国的话，我也不知道他到底去哪里了。

三只想去奶酪场养膘的公山羊

从前，有三只公山羊想去奶酪场养膘，他们三个全都名叫“公山羊布鲁瑟”。一路上，他们要经过一座横跨瀑布的桥。桥下住着一个非常可怕的妖怪，它身体庞大，眼睛瞪得就像两只锡盘子，鼻子长得像根钉耙的长柄。

那只最小的公山羊第一个要过桥。

“踢踏”，“啪嗒”，“踢踏”，“啪嗒”。桥上传来一阵脚步声。

“是谁在踩我的桥？”妖怪喊道。

“噢，我是最小的公山羊布鲁瑟。我想去奶酪场养膘。”最小的公山羊回答。说话声音相当轻柔。

“我现在就来抓你。”妖怪说。

“不，不要抓我，我还很小。只要稍等片刻，中号的公山羊就会过来。他要比我大得多。”

“好吧！”妖怪说。

过了一会儿，那只中号的公山羊要过桥。

“踢踏”，“啪嗒”，“踢踏”，“啪嗒”，“踢踏”，“啪嗒”。桥上又传来一阵脚步声。

“是谁在踩我的桥？”妖怪喊道。

“噢，我是中号的公山羊布鲁瑟。我想去奶酪场养膘。”

中号公山羊回答，他的说话声音就不那么轻柔了。

“我现在就来抓你！”妖怪说。

“噢，不，不要抓我。再等一会儿，最大的公山羊就来了。他比我要大得多得多。”

“那好吧！”妖怪说。

就在这时候，最大的公山羊走了过来。

“踢踏”，“啪嗒”，“踢踏”，啪嗒”，“踢踏”，“啪嗒”。桥上传来了沉重的脚步声。最大的公山羊身体壮实，桥在他的脚下不停地发出“吱嘎”、“吱嘎”的声响，几乎要崩塌下来。

“又是谁在踩我的桥？”妖怪喊道。

“我是最大的公山羊布鲁瑟。”公山羊回答。他的声音非常粗犷雄壮。

“我现在就来抓你。”妖怪说。

“好，你就来吧！我有两支长矛，定把你双眼戳瞎！我有两块巨大的圆石，定叫你粉身碎骨！”

话刚说完，公山羊就向妖怪猛冲过去，挑出了他的眼珠，砸碎了他的骨头，还把他顶出了瀑布，然后走到了奶酪场。公山羊们在那儿都养得很肥，肥得几乎连回家的路也走不动了。假如没有掉膘的话，他们现在仍在奶酪场里呢。

故事到这儿就结束了。

公熊好先生

从前，有一个农民进山去运树叶，为牲口准备冬天的饲料。他来到晾晒树叶的木架前，把马拉爬犁靠紧木架，就上架子往爬犁上装带叶的干树枝。可是，木架里睡着一只公熊，他把那个地方当作自己冬眠的洞。当农民在架子上翻弄树叶的时候，公熊被惊醒了，就跳了出来，恰好落在爬犁上面。马一闻到公熊的气味，就吓得惊慌失措，拔腿往山下跑，像个小偷似的。

公熊一直以胆大闻名，然而，这一次他对自己被迫坐在爬犁上乱跑也很无奈。他抓紧爬犁，不时左顾右盼，想找个机会跳下去。可是因为不习惯乘爬犁滑行，公熊找不到往下跳的机会。

很长一段路以后，他遇见了一个商人。

“噢，上帝，税务官先生今天要赶到哪里去呀？”商人问，“你驶得这么快，想必是时间紧迫，而且路途遥远。”

可是，公熊连一句话也没顾得上回答。他忙着抓紧爬犁，防着掉下去。

过了一会儿，他又遇见一个穷苦的老太婆。她点头问候，还以上帝的名义请求他施舍一个铜板。公熊还是什么话也没有说，只管把身子坐稳，爬犁飞快地驶了过去。

爬犁又往山下行驶了一段路。他遇见了狐狸米克尔。

“嗨，你是乘爬犁出门吗？”米克尔喊道，“请等会儿，让我也坐在后面，咱俩搭车一块儿走。”

公熊一句话也没说，只是牢牢地抓住了爬犁，听凭马拉着一个劲儿地跑。

“好，你不肯带我走，那么我就诅咒你今天穿着粗毛绒外衣驾驶爬犁，明天就要光着后背被吊死在那儿。”狐狸冲着他的背影骂道。

米克尔说了些什么，公熊连一个字也没有听到。爬犁仍旧快速地向前驶去。

马跑回农场的时候，全速冲进马厩的大门，马鞍和爬犁都被撞了下来。公熊的脑袋猛撞在门框上，立即倒地死去。

农民仍在木架上把一捆又一捆带叶的干树枝搬下去，直到他觉得爬犁上该装满了为止。可是当他想用绳子绑牢树枝的时候，却既看不见马，也找不到爬犁。他又累又乏，只得走着去找自己的马和爬犁。

过了一会儿，他碰到了商人。

“你遇见过马和爬犁吗？”他问商人。

“没有，”商人说，“不过我在这儿山下遇到了税务官。他很急，肯定又要去处罚谁了。”

又过了一会儿，他碰到了那个穷苦的老太婆。

“你遇见过马和爬犁吗？”他问老太婆。

“没有，”她说，“不过我在这儿山下遇见了牧师，他肯定是去拜访某个垂死的病人，要给病人行圣礼。他驾着一辆爬犁。”

不一会儿，他碰到了狐狸米克尔。

“你遇见过马和爬犁吗？”农民问。

“看到了，”米克尔回答，“公熊好先生坐在上面，跑得飞快，仿佛马和爬犁都是他偷来的。”

“真见鬼！他也许会把我的马赶得累趴下。”农民说。

“果真那样就先剥下他的毛皮，再在炉子上烤他的肉，”狐狸米克尔说，“不过假如你找回了马，就得把我捎过这座山去，我很想尝试一下被马拉着是什么滋味。”

“拉你一趟，你给多少钱？”农民问。

“什么都可以给你，只要你想要。”狐狸说，“公熊好先生给你多少，我也同样给你多少。公熊先生付起车费来往往是很慷慨的。”

“好吧，你可以乘爬犁过山去，”农民说，“只要你明天这个时间在此地等我。”他心里明白，米克尔在欺骗他，又在耍弄狐狸的鬼把戏。

终于，农民找到了他的马和爬犁，也发现了公熊的尸体。

第二天，他在爬犁上放了一把装好弹药的火枪。当米克尔想来不花钱乘爬犁的时候，身上中了一枪，农民剥下了狐狸的皮。就这样，他既得了熊的皮，又得了狐狸的皮。

向北风要回面粉的少年

从前有一位老妇人，家境贫寒，身体又虚弱。她有一个儿子。她让儿子替她去院中的储藏室取点面粉来做稀糊。可是，那少年刚取好走到外面台阶上，一阵北风吹来，面粉被卷到了空中。少年进储藏室重新取了点面粉，但是走到台阶上时，北风又刮来，把面粉吹走了。第三次还是如此。少年感到很气愤，北风一而再、再而三地这样做实在不通情理。他想去找北风要回面粉。

他出发了，可是路途非常遥远，他走呀走，最后来到北风面前。

“你好，”少年说，“上次得谢谢你。”

“你好。”北风回答——他说话粗鲁，很不礼貌，“你来干什么？”

“噢，”少年说，“我想请你发发慈悲，让我取回被你刮跑的面粉。我家面粉本来就少得可怜，你把我们仅有的一点都吹走了，我们除了饿死再也没有其他出路了。”

“我没有什么面粉，”北风说，“不过，既然你这么急需，我就给你一块台布吧。只要你说一声：台布，自己铺好，摆上各种美味佳肴！它就会给你带来想要的一切美味。”

少年对这块台布非常满意。由于路途太远，他不可能当天赶回家里，就投宿于路旁的一家小客栈。当人们吃晚饭的时候，少年把台布放在角落里的一张餐桌上，说了一声："台布，自己铺好，摆上各种美味佳肴！"话音刚落，台布就照做了。大家都觉得这是一件不可思议的东西。客栈老板娘对它更是看在眼里，爱在心头。

她想：有了它，就不用再煎炸烹调，也不用铺台布摆餐具，更不用把菜端到桌上了。到了夜深人静的时候，所有的人都睡着了，她偷偷取走台布，放上了另一块，与少年从北风那儿得到的一模一样，可是它连燕麦薄饼也变不出来。

少年一觉醒来，拿了台布继续赶路，终于回到母亲跟前。

"我去了北风那里，"他说，"他是一个通情达理的人。他给了我这块台布，只要我对它说一声：台布，自己铺好，摆上各种美味佳肴！我就能够得到所希望的一切食物。"

"好，我知道了，"母亲说，"不过，没有亲眼看见，我是不会相信的。"

少年连忙搬来一张桌子，把台布放在上面，说了一声："台布，自己铺好，摆上各种美味佳肴！"但是，台布甚至连一小片脆薄面包也没有摆出来。

"现在除了再到北风那里去之外，我没有其他办法可想了。"少年说完，又出发来到北风住的地方。

"晚上好。"少年说。

"晚上好。"北风说。

"你要赔偿我被吹走的面粉。"少年说，"因为我得到的台布没有多大的用处。”

“我没有什么面粉。”北风说，“但是，我可以给你一只公山羊。只要你说一声：我的山羊，快生出钱来！它就会生出金币。”

少年欣然同意。可是，回家的路很远，当天赶不回去，他又住到那家小客栈。吃饭以前，他得先试一下公羊，看看北风说的话是不是真的，结果北风的话完全属实。这情景让客栈老板看到了，他觉得这确实是一只非常神奇的山羊。少年刚睡着，他就牵来了另一只公山羊放在那儿。这一只羊当然生不出金币来。

第二天早晨，少年离开客栈，回到母亲跟前：“北风仍然是一个心地仁慈的人。这次他给了我一只公山羊，只要我说一声：我的山羊，快生出钱来！它就会生出金币。”

“我知道了，”母亲说，“这可仅仅是你说说而已。在我亲眼看到以前，我不会相信。”

“我的山羊，快生出钱来！”少年说。这山羊当然不会生出什么钱来。

于是他再次上路，找到北风说，山羊生不出钱来，他要求偿还面粉。

“现在我没有其他东西可给你了，”北风说，“只有一根旧木棒还在那边角落里。它有这样一个用处，只要你说一声：我的木棒，揍他！它就会飞起来打人，直到你说：我的木棒，停下！”

由于回家的路很远，少年当天晚上还是住进了那家小客栈。他明白了台布和公山羊遭到的不幸，所以就躺在长凳上打起鼾来，假装睡着了。客栈老板猜想这根木棒肯定也是大有用处。他听到少年的鼾声，就找来一根形状相似的木棒，想替换掉它。正当老板要拿起木棒，少年喊道："我的木棒，揍他！"木棒立即飞舞起来，猛打客栈老板。老板逃到桌子上，又逃到板凳上，嘴里不停地求饶："哎哟，我的天哪！哎哟，我的天哪！快让木棒停下，否则我要被打死了。台布和公山羊你都可以拿回去！"少年觉得客栈老板已经受到足够的惩罚了，就说："我的木棒，停下！"他收起台布装进口袋，手里握着木棒，又在山羊角上系了一根绳子，带着所有东西回家去了。

这就是他讨要面粉得到的回报！

牧兔的灰小子

从前，有一个庄园主，把自己的农庄转让给了一个地主。但是他还有三个儿子，他们的名字分别叫比尔、保尔和灰小子艾斯本。三个儿子整天待在家里，无所事事，生活得安逸舒适，还觉得自己非常高贵，什么事都不愿去做。

后来，比尔听说国王想雇人放牧兔子，就对父亲说，这工作适合自己，因为除了国王本人，他可不愿意为其他人效劳。父亲则认为，肯定会有比这更适合于他做的工作。因为一个牧兔人必须手脚麻利，动作敏捷，而不能像一根木头似的。在兔子四下跑散的时候，人不能和在房间里吊儿郎当踱方步时一样悠闲。

唉，说这些话没有用处。比尔一定要去，把干粮袋背在肩上就出发了。比尔走呀走，走了很长时间，走到一个老太婆跟前，她的鼻子被夹在了一根圆木桩的裂缝里。比尔看到老太婆无论怎样使劲也挣脱不开，不禁哈哈大笑起来。

“别站在那儿嘲笑我了。”老太婆说，“快过来，帮我老太婆一个忙。我本来想劈一点柴，不料把鼻子给夹住了，我一直站这儿想挣脱开，已经有一百年没吃东西了。”

但是比尔笑得更厉害了，他只是觉得这很滑稽，还说既然她已经这样站了一百年，她总能够再坚持一百年。

他到了国王的庄园，马上当上了牧兔人。在那儿干活可以说真不错，伙食好，报酬也高，也许还能娶上公主为妻。但是假如丢失了一只国王的兔子，他们就要在他后背上割三道血红的口子，再把他扔进蛇园里。

在刚出兔棚或在牧场的时候，比尔还能把所有兔子赶到一块儿。可是将近中午时，他们进入了树林，兔子就开始往各个山头乱跑。比尔跟在后面拼命追赶，当最后一只也追丢后，他也几乎累垮了。

到了下午，他无精打采地往回走，瞪大眼睛想在牧场的围栏里找到兔子。噢，不！一只兔子也没有。傍晚，他回到国王的庄园，国王手拿着刀子，在他后背上割了三道血红的口子，又在伤口上撒了胡椒粉和盐，还把他扔进了蛇园。

过了一段时间，保尔也想去放牧国王的兔子。老人对他说了同样的一番话，甚至更多一些忠告，可是他一心想走，坚持己见，老人也丝毫没有办法。他的遭遇比比尔也好不到哪里去。老太婆还站在那儿，想把鼻子从圆木桩的夹缝里挣脱出来。保尔只是觉得很滑稽，在一旁嘲笑，让她继续受罪。放牧的差事他也很快得到了，没人拒绝他。但是兔子朝各个山头跑散了。虽然他在烈日底下竭尽全力，像一只看护牲畜的猎狗那样东奔西跑，也无济于事。到了黄昏，他仍没有把兔子带回国王的庄园，国王手拿刀子，已经等在院子里。他们上来抓住他，在他后背割了三道很宽的血红口子，又在伤口上撒了胡椒粉和盐，然后把他扔进了蛇园。

又过了一段时间，灰小子艾斯本想去放牧国王的兔子。他对老父亲说，他觉得赶着一群兔子，在树林中、田野上，还有草莓地里随意转悠，有时还能在充满阳光的山坡上躺着睡觉，休息一下，确实是件很适合他干的事。

老父亲认为，肯定还会有更适合他的事，他不会比两个哥哥更好运。给国王放牧兔子的人，身子骨就不能像一根灌铅的棍子那样死沉，或者像沥青刷子上的虱子那样慢条斯理；当兔子在有阳光的山坡上乱跑的时候，放牧至少与戴着厚手套捉跳蚤一样困难。要想保全后背，免遭割口子之苦，就必须身手敏捷，跑得飞快，甚至比鸟扇动翅膀还要轻快。

这些话劝阻不了他。灰小子艾斯本说，他想去国王的庄园，为国王效劳。因为他不想总替卑微的人服务，兔子大概不会比山羊和牛犊更加难放牧。于是，灰小子把干粮袋背在肩上出发了。

他走呀走，走了很长时间。正当肚子很饿的时候，他来到那位鼻子夹在木缝里，拼命想挣开的老太婆跟前。

“你好，老妈妈。”灰小子说，“你怎么站在这儿磨自己的鼻子呢？你这个可怜的老妈妈！”

“已经有一百年没有人叫我妈妈了！”老太婆说，“快过来，帮我挣开，再给我一点东西吃。在这么长的时间里，我都没吃过东西。事后我也会送给你一件好礼物。”

“好。”灰小子艾斯本说。他觉得老妈妈需要吃点食物，喝点饮料。

于是，他替老太婆劈开圆木桩，好让她把鼻子从夹缝中弄出来；再坐下来一起分享他自己的干粮。你当然可以想象，老太婆的胃口是怎样好。结果，她吃掉了大部分的干粮。

吃完以后，她送给灰小子一支笛子。它有奇妙的用处：当他吹其中一头的时候，东西就会分散到各个角落；当他吹另一头的时候，它们又会聚集在一起；假如笛子丢失了，或者被人取走了，只要他希望笛子回来，就会重新回到他手中。灰小子想："这支笛子的用处太大了！"

灰小子到达国王的庄园以后，他们立刻雇用他做牧兔人。那儿的差事还真不错，他有饭吃，有钱拿；如果他确实是放牧国王兔子的好手，一只也不丢失的话，也许还能娶上公主呢！但是，如果有所闪失，哪怕是丢失一只小小的幼兔，他们也要在他背上割三道血红的口子。国王深信结果必然是这样，因此命人马上磨刀去了。

灰小子艾斯本认为放牧这些兔子是轻而易举的事。因为当它们从兔棚里出来的时候，驯顺温和得像是一群小绵羊；在棚子外面和牧场上时，他也能把它们赶在一起。但是，将近中午时，它们来到山上的树林里，太阳照耀着山坡和林间空地，兔群就四下跑散了。

"嗨，你们散开吧！"灰小子艾斯本喊了一声，就吹起笛子的一头。于是，兔子们跑到了各个角落，全都不见了。过了一会儿，他走到旧炭窑那儿，又吹起笛子的另一头。在他还没察觉之前，兔子已经在那儿排得整整齐齐，就像是一队操练场上的士兵。“这支笛子真奇妙！” 灰小子想。

他在山坡向阳处美美地睡了一觉，兔子也自由自在地在各处奔跑。到了晚上，他又吹笛子把它们集合起来，然后像带着一群绵羊似的回到国王的庄园。

国王、王后和公主站在门廊里惊呆了：这是一个多么了不起的小伙子！他去放牧兔子，还能把它们带回来。国王数了又数，真的连一只小兔也没有丢失。“真是一个好少年！”公主说。

第二天，灰小子又要去树林放牧兔子。正当他悠闲地躺在草莓地里的时候，庄园派出一位使女去找他，要设法搞清楚他是怎样把国王的兔子放牧得这么好的。

他取出笛子给使女看。他吹了这一头，兔子们就像一阵风似的分散到大小山头上去；接着，他吹了另一头，它们又小跑着回到草莓地，整齐地站在那里。

使女觉得这真是一支神奇的笛子。她说，如果他肯卖的话，她愿意出一百个银币。

“这支笛子奥妙无穷。”灰小子艾斯本说，“这不是花钱能够买来的。”不过，如果她肯付一百个银币，而且每个银币外加一个吻的话，就可以卖给她。

她很愿意这么做。她甚至可以每个银币外加给他两个吻，还说上一声谢谢。

就这样，她得到了笛子。可是当使女走回国王庄园的时候，笛子不见了，因为灰小子艾斯本希望它回到自己手中。到了晚上，他领着兔子回来了，仿佛是带着另一群绵羊。国王又数又点，连根兔毛都不少。

第三天，灰小子放牧的时候，他们派了公主同去。让她想办法把笛子搞到手。她装作像一只百灵鸟那样活泼可爱，而且愿意出价两百个银币，如果他肯把笛子卖给她，还告诉她怎样把它平安带回家的话。

“这支笛子用处多着呢。”灰小子艾斯本说。这可不是用金钱能够买来的，但是假如她肯付给他两百个银币，而且每个银币外加一个吻的话，她就可以得到笛子。至于她想保住笛子，那么她就得小心照管好它，这是她自己的事情。

公主觉得这支牧兔笛太贵了，她想去掉吻他的这个条件。但是，转念一想，既然是在树林里，又没有人看见或者听到，就只好这么办了，因为她一定要得到笛子。灰小子艾斯本在要求得到满足以后，把笛子交给了公主。公主边走边用双手紧紧握住笛子。然而，当她回到国王的庄园，想把笛子拿出来看的时候，笛子又从手指缝里消失得无影无踪了。

王后决定亲自出马，从灰小子那儿弄走笛子，她确信自己一定能够把它带回家。

可是，她非常吝啬，起初出价不超过五十个银币，但是，后来她不得不增加到三百个银币。灰小子说，这支笛子神通广大，这实际上已是贱卖了。看在王后的面子上，也只好这样了。如果她肯给他三百个银币，而且每个银币外加一个热吻的话，笛子就归她所有。这要求得到了充分满足，因为对这一类事情王后从不斤斤计较，非常大方。

王后得到笛子以后，先把它绑结实，又藏得很隐秘，但是她的运气一点也不比前两人好，因为当她想取出笛子的时候，它也同样不见了。到了晚上，灰小子艾斯本赶着国王的兔子回来了，依然像赶着一群驯服的绵羊。

“这一切真有些古怪。”国王说，“看来我得亲自去一趟，才能从他那儿夺走这支见鬼的笛子。我明白，没有其他办法了。”当灰小子艾斯本第二天又赶着兔子到树林里去的时候，国王在后面跟着，并且在同一个山坡上找到了他。

他们成了好朋友，谈话非常投机。艾斯本给他看了笛子，吹了这一头，又吹另一头，国王认为这是一支不可思议的笛子，即使得为它花上一千个银币，也一定要买下来。

“噢，这支笛子可是神通广大，”灰小子艾斯本说，“它不是用金钱能买来的。你看见下边沼泽地中大松树后面的那匹白色母马了吗？”他用手指着树林那边说。

“看见了，那是我自己的马，它叫大白马。”国王说。他对这匹马可是了如指掌。

“行，假如你愿意付我一千个银币，而且去吻那匹白色母马的话，我的笛子就卖给你。”

“卖这支笛子还有没有别的价钱？”国王问。

“不，就这个价。”艾斯本说。

“好吧，那么允许我在中间垫上我的丝绸手绢吧？”国王问。

灰小子答应了。就这样，国王拿到笛子，放入钱包，再装进口袋，还仔细地扣上袋盖，然后才回家去了。可是当他走到庄园，想取出笛子的时候，与女士们的情况一模一样，他也找不到笛子了。灰小子艾斯本赶着兔子回来了，连一根兔毛也没少。

国王又恼怒又愤恨，因为灰小子把他们捉弄苦了，这一次又从自己手中收走了笛子。现在灰小子应该被处死，这是毫无疑问的。王后也这么说，最好当场就处死这个坏蛋。

灰小子艾斯本认为这种做法既不合理，也不公平。因为他只是做了他们告诉他应该做的事情。他只是尽力保住自己的后背和性命。

国王说，他讲这些毫无用处，除非能够把谎言说得从酿酒用的大缸里满溢出来，他才能保住性命。

灰小子艾斯本说，他很相信自己，那不算什么耗费时间或者非常难办的事情。于是，他开始讲述事情的经过，讲到鼻子夹在圆木桩里的老太婆。突然，他说了一句："我必须不断撒谎，那只缸才能满。"接着他讲自己如何得到了笛子；还有使女如何找到他，愿意付一百个银币来买笛子，以及她不得不在树林的山坡上亲吻他；他讲到公主怎样找到他，为了笛子甜蜜地吻他，因为在树林里既没有人看见，也没有人听到。"我必须再撒点谎，酒缸才能满。"灰小子艾斯本说。他讲到了王后，她讨价还价却对热吻慷慨大方。"我必须再撒点谎，缸才能满。"灰小子艾斯本说。

“现在我觉得，缸已经相当满了。”国王说。

“噢，还没有。”王后说。

于是，他又讲到国王来找他，讲到沼泽地里的大白马；讲到如果国王想得到笛子，他就得——他就得——“哎呀，我的天哪，我必须再撒一些谎，缸才能满。”灰小子艾斯本说。

“停住，停住。缸已经满了，孩子！”国王大声喊了起来，“你没有看到它已经溢出来了吗？”

国王和王后都认为，最好还是让他得到公主和半个王国，这是无可奈何的事。

“这支笛子真是奇妙无穷！”灰小子艾斯本说。

愚蠢的丈夫和荒唐的妻子

从前，有两个女人在吵架，就像妇人们时常发生口角那样。她们没有什么事情可以吵嘴的时候，就开始谈论自己的丈夫，争辩他们两个当中谁最愚蠢。她们争论的时间越长，就越发面红耳赤，各不相让，最后差一点要揪住对方头发扭打起来。大家知道："争吵挑起容易结束难，而缺少理智更是何等可怕。"其中一个女人说，当她讲一件事情的时候，她丈夫都不会相信的，因为他像中了邪似的容易怀疑；另一个说，无论怎样荒谬绝伦的事情，只要她说这事该做，她就能让她丈夫去做，因为他就是这样一个永远分不清是非黑白的人。

"好吧，让咱俩试试看谁能够骗他们骗得更厉害，就可以看出哪一个更愚蠢。"她们说。对此，两人一致同意。

其中一个女人的丈夫从树林里回到家，妻子说："哎呀，愿上帝保佑你！你看起来太惨了，虽然不会很快死去，但肯定得病了。"

"我没什么，只是肚子有点饿罢了。"她丈夫说。

"噢，我的天哪，这全是真的！"她叫起来，"情况变得越来越糟了。你看上去完全像一具死尸似的。快躺下！噢，这用不了多久的！"

就这样，她使丈夫相信自己已经死到临头了。她叫他躺了下来，叠起双手，挡住眼睛，接着又拉直他的身体，仿佛像个死人一样，然后把他放进棺材。但是，为了让丈夫躺在里面不至于闷死，她在棺材板上钻了几个洞眼，让他能够呼吸和看清外面。

那么，另一个女人又是怎样做的呢？她拿出几把钢丝刷，开始装作梳羊毛的样子，但是刷上根本连一根羊毛都没有。丈夫进来看到了这非常滑稽的举动。

“纺车没有轮子就毫无用处，没有羊毛还用钢刷梳，也只是老太婆之类干的蠢事。”丈夫说。

“没有羊毛？”他妻子说，“有，我有羊毛，但是你看不见，因为这是很细很细的羊毛。”

不一会儿，她放下钢梳，取出纺车，开始装模作样地纺起线来。

“不，这纯粹是徒劳无益的事。”丈夫说，“纺车上什么都没有，你却坐在那儿嗡嗡地纺线。”

“上面什么都没有？”妻子说，“线实在太细了，你必须有特别的眼神才能看到它。”

线纺完以后，她又把线排成经纬，再架起织布机，整理梭子，煞有介事地织起布来。然后，她从织机上取下布，量好尺寸，进行裁剪，用这块布为她丈夫缝制了一套新衣服。衣服做成以后，挂在院中储藏室的阁楼上。丈夫既看不见布料，也看不到衣服，但是他在这时候已经相信这是衣料太薄了的缘故。因此他说：“好吧，既然布料这么薄，就让它这样吧！”

一天，妻子对他说：“今天你得去参加葬礼，北边庄园的男主人今天出殡；你就穿上那套新衣服去吧！”于是，他就去参加葬礼。她帮她丈夫穿上衣服，因为衣服实在太薄了，假如他自己穿的话，会把衣服扯破。

他来到办丧事的庄园，那里的人们早就在大吃大喝了。我相信，看到他穿的那身新礼服的时候，所有人都会由悲转喜。死者丈夫在前往教堂墓地途中，通过透气孔往外张望，也忍不住放声大笑起来。“噢，不，现在我没法不笑出声了。”他说，“南边庄园里的奥拉光着身子就来参加我的葬礼了！”

送葬的人们听见说话声，连忙打开棺材盖子。那个穿着新礼服的人也挤上前来问，这究竟怎么回事？人家来为他举行葬礼，他却躺在棺材里高声说话，还咧嘴大笑；如果他哭，那才合乎情理呢。“哭也不可能从棺材中哭出活人来。”其他人说。

后来，事情终于真相大白，原来是他们的妻子策划了这一场闹剧。于是人们四散回家，去做他们该做的聪明事去了。倘若有人想知道他们干的是什么事情，就得去问白桦树枝了。

牧师和教堂执事

从前有个牧师，非常狂妄自大。每当在大路上看到别人驾车向他驶来，相距很远他就大声吆喝："让开，让开！牧师大人来了。"

有一次，正当他又这么叫喊的时候，遇见了国王。"让开，让开！"离着老远，牧师就大声嚷嚷。可是国王仍然驾车往前走，这次牧师不得不把自己的马闪到路边。国王乘车来到他身旁，对他说："明天你必须到我的庄园来见我。假如回答不出我向你提出的三个问题，你就要因为自己的狂妄和无知失掉长袍和领圈了。"

这些话与牧师平常听惯的话完全不同。咆哮吼叫，盛气凌人，这些他干起来都很在行，可是回答问题就不是他所能胜任的。于是他去找教堂执事，据说教堂执事远比牧师聪明得多。牧师对教堂执事说自己不想见国王，"因为一个傻子提出的问题，十个聪明人也回答不了。"他就让教堂执事代替自己去见国王。

教堂执事去了。他穿着牧师的长袍，戴着他的领圈，来到国王的庄园。国王在外面门廊里接见了他。国王头戴王冠，手执宝杖，容光焕发，显得十分威严。

"噢，你来了吗？"国王说。

其实这是毫无疑问的。

“现在你先告诉我，”国王说，“从东到西的距离有多远？”

“这是一天的路程。”教堂执事回答。

“为什么是一天的路程呢？”国王又问。

“太阳从东边升起，在西边落下，正好在一天之内走完全程。”教堂执事说。

“好，”国王说，“你再告诉我，你看到的我这个样子，值多少钱？”

“噢，基督值三十个银币，所以我不敢把你算得高过……二十九个银币吧。”教堂执事说。

“嗯，”国王说，“既然你回答各种问题都这么聪明，那就猜猜看，我现在正在想什么？”

“你大概在想，站在你面前的是牧师。可是我很抱歉，你想错了，因为我是教堂执事。”他说。

“啊哈，你就回去吧。以后你就是牧师，让他去当教堂执事。”国王说。

于是他的臣民就这样照办了。

猪和猪的生活方式

从前，猪厌倦了自己的生活方式，于是，他来到法庭，希望能判给自己另一种生活方式——不管会变得更好还是更糟，他都想像其他人一样，试一下自己的运气。

“你有什么要抱怨的？”法庭推事问。

“噢，我对我的生活方式厌倦了，大人。”猪说，“马有燕麦吃，牛有面糊喝，而且他们都住在马厩和牛棚的隔栏里，又干燥又舒适。可是我呢，除了残汤剩菜和涮锅泔水以外，什么也吃不到；白天我踩在污泥脏水里走动，夜晚我躺在潮湿的尿屎和麦秆堆里打滚。推事大人，这还算得上公道和正义吗？”

推事认为这话有点道理，他打开面前的法典，判给猪另一种生活方式。他说：“你今后的生活会与以前大不相同。从现在开始，你将吃豌豆和小麦，睡绸缎铺的床。”

猪连声道谢，高兴得连这是黑夜还是白天也分辨不清了。在回家的路上他都是一边走，一边小声嘟囔着：“吃豌豆小麦，睡绸缎床！吃豌豆小麦，睡绸缎床！”

可是，回家的路要穿过深山老林。狐狸就住在其中一个小树丛里，他听到了猪的说话声。你知道，他马上出来施展自己的骗术了。他开始用又尖又高的声调喊道：“吃剩汤渣滓，睡垃圾堆里！”

猪并不在意他说什么，只是继续嘟哝着自己的话：“吃豌豆小麦，睡绸缎床！”但是，狐狸一遍又一遍，一遍又遍地说：“吃剩汤渣滓，睡垃圾堆里！吃剩汤渣滓，睡垃圾堆里！吃剩汤渣滓，睡垃圾堆里！”最后，这话慢慢印进了猪的脑子里，他不知不觉也跟着说起来。

回到家里，别人问起法庭的情况：“你是不是被许诺了更好的生活方式？”

“是的，是的，”猪说，“吃剩汤渣滓，睡垃圾堆里！吃剩汤渣滓，睡垃圾堆里！”

寡妇的儿子

从前有一个很穷很穷的寡妇，她只有一个儿子。她拼命干活儿，好不容易把孩子拉扯大，直到他受完坚振礼[1]。这时，她对儿子说，她再也无力抚养他了，他得自己外出谋生。

这少年就来到外界闯荡。走了一天以后，他遇见了一个陌生的男子。

“你想上哪儿去？”男子问。

“我想去设法找点活儿干。”少年说。

“你愿意到我那儿去干活儿吗？”

“噢，行！在哪儿对我都一样。”少年回答。

“在我那儿你会生活得很好。”男子说，“我只要你和我待在一起。除此以外，不用你干什么事情。”

少年跟着他去了。他生活得很好，干活儿也很少，或者说根本不用干什么。可是，少年从来没有在男子家看到任何其他人。

一天，男子对他说：“现在我要外出旅行八天。在这期间，你就单独一人待在家里。但是，你不得走进这里四个房间中的任何一个。你若进去，我回来就要你的命。”

1　坚振礼，基督徒仪式，即一个人通过洗礼而使自己同上帝所建立的关系得到巩固。

可是，男子离开三四天以后，少年就忍耐不住，走进了其中一个房间。他朝四周扫了一眼，没有看到什么，只是在门的上方有一个架子，上面放着一根野蔷薇的鞭子。少年想，这又有什么大不了的，也要严格禁止。

八天一过，男子回来了。

“你没有进过这些房间吧？”他问。

“不，我根本没去过。”少年回答。

“好，我很快会查出来的。”男子说完，就走进了少年去过的房间。“你还是来过这儿，现在你得送命了。”

少年哭着求饶。他保住了命，但是遭到一顿痛打。事情过去了，他们还是好朋友。

过了一段时间，男子又要外出旅行了。这次他将离开十四天。临走前，他对少年说，不得把脚踏进任何他没去过的房间；他已经进去过的房间，还可以去。这次的情形与上一次差不多。少年忍了八天没进房，到了第九天，他忍不住走进了另一个房间。在那房间里，他仍没有看到什么，只是在门的上方有一个架子，上边放着一块大圆石和一个小罐子。少年心里又想，这有什么了不起的，还这么担心我看见。

男子回来以后，问少年是不是去过另外的房间。少年还是坚称没有去过。

“好，我很快会搞清楚的。”男子说。当他发现少年又进过房间，就说：“这次我不再宽恕你了，现在你就得没命！”

少年还是痛哭着求饶。于是，这一次他又挨揍了事。他被打得遍体鳞伤，但是，身体恢复以后，他仍然像以前那样生活得很舒适，和那男子还是好朋友。

又过了一段时间，男子再次出外旅行。这次他将离开三个星期。他对少年说，要是他走进第三个房间，就别想再活命。十四天过去之后，少年再也按捺不住自己。可是在第三个房间里，除了地板上有一扇活板门，根本什么也没有看到。他把门拉起来，往下一看，那儿放着一只大铜锅，锅里汤水沸腾，锅下面却并没有火。少年很惊奇，想试试锅里是不是热的，就把手指头伸了进去。当他把手指再缩回来的时候，整个手指都变成了黄褐色。少年又刮又洗，但是颜色仍旧弄不掉，他就在手指上缠了一块布条。男子回来，问他手指是怎么搞的。少年回答说把手指割破了。男子上前扯下布条，就明白了究竟是怎么回事。起初，男子要杀死少年，后来见他哭着苦苦哀求，便狠狠地揍了他一顿，让他在床上躺了三天，然后从墙上取下一只牛角，用里面的药膏给他涂抹伤口。于是，少年又恢复了健康。

过了一段时间，男子第四次出外旅行，要过一个月才能回来。男子对少年说，假如他走进第四个房间，就永远别想再保住性命。前三个星期，少年强忍住了，然而到了第四个星期，他再也克制不住自己，一定要进房间去看看，于是就走了进去。只见一个隔栏里拴着一匹大黑马，马头前面放着一个烧得火红的炭盆，马尾后边却摆着一只装满干草的篮子。少年觉得这不对头，就把它们调换一下，把干草篮子放到了马嘴边。

于是马说话了："既然你的心地这么善良，能让我吃到草料，我就来帮你。假如妖怪现在回来找到你，必定会杀死你。你赶紧到这儿正上方的房间里，从挂着的盔甲中取一副来。不过，千万别拿那些闪闪发亮的，只挑你所看到的盔甲中最锈迹斑斑的那一副；再用同样的方法来挑选宝剑和马鞍。"

少年照着做了。当然，这些东西全都笨重得要命。

马接着说，少年现在必须脱光衣服，到隔壁房间煮得滚烫的大铜锅里，在那儿好好洗个澡。少年想，我大概会被烫坏吧。但是，他仍然照这话做了。洗完以后，他变得非常英俊漂亮，精神饱满，皮肤像牛奶和着鲜血一样，白里透红，光彩照人，体格也远比以前强壮结实。

"你感到有什么变化吗？"马问。

"是的。"少年回答。

"试试看，把我举起来。"马说。

少年轻而易举地把马举了起来，又舞动宝剑，就好像它没有什么分量似的。

"好，给我放上马鞍，"马说，"你穿好盔甲，再带上野蔷薇的鞭子、大圆石、水罐和装药膏的牛角，然后我们就出发。"

少年刚跨上马背，大黑马就疾奔起来，他都不知道是怎样离开那儿的。

飞驰一段时间以后，马说："我听到了轰隆声。快向四周瞧瞧，你看到了什么？"

“许多人在追我们，有二十来个。”少年说。

“是妖怪，”马说，“现在他带着手下赶来了。”

又飞驰一会儿，追赶他们的人越来越近了。

“你从自己的肩膀上方把野蔷薇的鞭子往后扔。”马说，“不过，你要扔得离我远远的！”

少年照着做了。刹那间，地上就长出了一大片茂密的野蔷薇林。

这样，少年又骑马走了一段很长很长的路。妖怪不得不回去拿工具，开出一条通道来。

过了一段时间，马又说：“往后瞧瞧，现在你看见什么了？”

“噢，整整一大群人。”少年说，“就像教堂里的教徒一样多。”

“这是妖怪。这回他带来的人更多了。现在你把大圆石扔出去，不过要扔得离我远远的。”

少年照着做了。瞬息间，他身后出现了一座很大很大的高山，妖怪不得不回去找工具在山上开出一条路来。在妖怪挖山的时候，少年又骑了很长一段路。

不久，马又叫少年朝后边瞧瞧，这时候，他看到了一支庞大的军队，盔甲和兵器在阳光下闪闪发亮。马说：“这是妖怪。他把所有人马都带来了。现在你把水罐里的水倒在你的身后。不过你要特别注意，别把水洒到我的身上！”少年照着做了。可是尽管他百般小心，还是把一滴清水洒在马背上。罐里的水立即变成一个很大很大的湖泊，少年不慎洒落在了马背上的一滴，使马掉在了湖水当中。但马还是游到了岸上。妖怪们来到湖边，伏下身体，想把湖水喝干。他们喝呀喝，喝到后来，他们的肚子全爆裂了。

“现在，我们终于摆脱了他们。”马说。

接着，他们又走了很长很长时间，最后来到森林中的绿色平原。“现在你把全身的盔甲都脱下来，仍然穿上你的破衣裳。”马说，“同时也把马鞍从我身上卸下去，松开我。再把所有东西挂在那棵中空的大椴树里。然后，你用杉树的地衣做一个假发套，到这儿邻近的国王的庄园去找点差事干。当你需要我的时候，只要到这儿来，摇一下马勒，我就会立刻出现在你面前。”

少年按照马说的话一一办好。戴上地衣发套以后，他变得非常难看，脸色苍白，头发杂乱，谁也不会再认出他来。他来到国王的庄园，请求留在厨房，帮助厨娘提水劈柴。

厨娘问他：“你为什么要戴着那个丑陋的假发套？把它取下来，我不愿意看到这儿有这么难看的人。”

“这我可做不到。”少年回答，“我头上不太干净。”

“你不想想，你这副模样，我怎么能留你待在厨房里？”厨娘说，“还是到马厩管家那里去吧，你最适合清扫牲口棚。”

可是，当马厩管家要他取下假发套的时候，他还是拒绝了，管家因此也不肯要他。“你还是到花园管家那里去吧。”

他说，“你最适合挖土块儿。”

在花园管家那儿，他被允许留下来。可是，其他仆人谁也不愿意和他共居一室，因此他不得不独自一人睡在凉亭的台阶下面。这凉亭建在几根大圆柱上，有一个很高的台阶。他在下面铺了一些苔藓当床，躺在那儿也挺不错。

他这样在国王的庄园待了一段时间以后，奇迹发生了。一天清晨，太阳刚刚升起，少年除了发套站着洗脸。这时候，他显得容貌俊秀，精神焕发，让人看着都觉得高兴。

恰巧公主在自己楼上的窗户里看到了这位花园里的小帮工，觉得自己从来没有见过如此英俊的少年。她唤来花园管家，问为什么让少年睡在屋外的台阶下面。

“噢，其他仆人谁也不愿意和他躺在一块儿。”花园管家回答。

“好，今天晚上让他上楼来，就睡在我的房里。这样他们大概不会再自认高贵而不与他住在一起了吧？”公主说。

花园管家把这话告诉了少年。

“你真认为我会这样做？”少年问，“到时候他们就会问，我和国王的女儿之间有什么关系。”

“是的，你有理由担心这一点。”花园管家回答，“你是一个如此英俊的少年！”

“好吧，既然你已经这么说了，我大概也只能这样做了。”少年说。

到了傍晚，他上楼了。楼梯被踩得吱嘎直响，其他人不得不请他走得慢一点，以免让国王听见。他走进房间躺下，立刻就打着呼噜入睡了。公主对使女说：“悄悄地走过去，把他的发套摘掉。”使女偷偷溜过去，正想去抓发套，被少年用双手捂住了，少年依然鼾声如雷了。公主又给使女使了一个眼色，这次使女摘掉了假发套。少年躺在那里，肤色白里透红，实在令人喜爱，与公主在早晨的阳台下看到的样貌丝毫不差。从这天起，少年每夜都到公主的房间里来。

可是没过多久，国王就得知花园里的小帮工每天晚上都睡在公主房里的事。他气得暴跳如雷，差点儿下令把少年处死。虽然他没那么做，但还是把少年投进了关押俘虏的城堡，还把自己的女儿锁在她的房间里，不准走出房门一步。尽管她哭得非常伤心，为自己和少年向国王哀求，但是也毫无用处，反而使国王更加恼怒。

不久，另一个国王要来抢夺领土，国王不得不准备进行抵抗。少年听到这个消息以后，就让看守去向国王禀报，说他希望得到盔甲和宝剑，能前去打仗。当看守来转述这话的时候，所有人都笑了，他们请求国王把破烂衣服给他穿上，这样就可以看到一个可怜虫如何前去打仗。于是，少年得到了破烂，还有一匹无用的老马。它只能用三条腿瘸着走路，第四条腿拖在后面。

然后，少年骑马出发迎敌去了。他们离开国王的庄园没有多远，少年连同他的老马就深深地陷进了沼泽地里。他坐在马上，不停地低头向老马吆喝着：“嘿，快起来！嘿，快起来！”其他人见了都觉得非常滑稽，他们骑马从旁边经过的时候，还不停地笑着，嘲弄少年。然而他们刚过去，少年就跑到椴树旁，穿好盔甲，摇动马勒，老马即刻就到了，说：“你全力拼杀，我全力相助！”

当少年赶到战场，战斗早已开始，国王正陷入艰难的困境中。但是不一会儿，少年就把敌人赶出很远很远。国王和他的手下都非常奇怪，这个跑来援助他们的人是谁呢？没有人有机会和他说话，当战斗结束的时候，他就无影无踪了。回来的路上，人们看见少年仍在沼泽地里吆喝着三条腿的老马。他们又说笑起来：“看，这个可怜虫还在那儿呢。”

第二天他们出去打仗，少年还在那儿，他们又肆意讥笑他。可是他们骑马刚过去，少年就跑到椴树前，一切经过都和前一天相同。大家都在纳闷，究竟是哪一个陌生的勇士在帮助他们，可是谁也没有靠近过他，谁也没同他说过话。当然，没有一个人会猜想到，他就是那个少年。

当他们回来的时候，少年还骑在老马上。他们不断地嘲讽他，其中一人还射出一箭，正中少年的大腿。少年大叫一声，叫得非常痛苦。国王把自己的手绢扔给他，让他把伤口裹起来。

第三天清晨他们再次出战的时候，少年依旧坐在老马上吆喝：“嘿，快起来！嘿，快起来！”

“不，不，他得坐在上面直到饿死为止。”国王的随从骑马经过时这么说。他们一个个笑得前仰后合，差点儿从马上掉下来。

他们刚走开，少年就跑到椴树前。正当紧急关头，他赶来投入了战斗。这一天，少年杀死了另一个国王，战争也就宣告结束了。

战斗过后，国王看到自己的手绢正系在那位陌生勇士的大腿上。勇士就是少年，于是，大家簇拥着他回到国王的庄园。公主在高高的窗户看到了他，欣喜若狂，大声欢呼着："我的未婚夫也来啦！"少年取出牛角里的药膏，先涂在自己的大腿上，然后一一抹在其他伤员身上，片刻工夫，所有人都恢复了健康。

这次，少年真正爱上了公主。他在举行婚礼的那天走进马厩，来到老马跟前，只见它站在那儿，耷拉着耳朵，神情沮丧，什么也不肯吃。当年轻的国王——这时候，少年已经得到一半领土，成为国王了——问它有什么不舒服的时候，老马说："我帮助你取得了成功，现在我不想再活下去了。请你抽出宝剑，砍下我的脑袋！"

"不，我不愿意这样做。"年轻的国王说，"你会得到你想要的一切，永远过着悠闲舒适的生活。"

"好，如果你不肯照我说的话去做，我会要你的命。"老马说。

年轻的国王只得照办。在挥起宝剑砍下去的时候，他转过脸去，不忍心看到悲惨的景象。然而，他刚砍下马头，原先老马站的地方就出现了一个十分英俊的王子。

“你到底是从哪里来的？”年轻的国王问。

“我就是那匹马。”王子说，“你战斗中杀死的那个国王占领了我的国家，正是他对我施加了魔法，把我变成马，并卖给了妖怪。由于他已经被杀，我又得回我的王国。你我也就成了邻居。不过，我们之间将永不交战。”

他们也确实从来没有交战过。在活着的年月里，他们始终是常来常往的好朋友。

漫游途中的上帝和圣彼得

一

上帝和圣彼得在大地上漫游。有一次，他们遇见一个妇女，她正站着洗衣服，那些都是漂亮的衣服。但是当上帝问她在洗什么的时候，也许是担心他俩会向她要走一件——她就说：

“噢，这是几件破衣烂衫。”

“行，既然是破衣烂衫，就让它们变成破衣烂衫好了。”上帝说。于是那堆衣服全成了破衣烂衫。

他们接着往前走了一段路，又遇见了一个妇女，她正在一条小溪边洗衣。她捶打的实际上只是一些破旧不堪的破布片，但是当上帝问她在那儿洗什么的时候，她说：

“我在洗我孩子们的衣服，已是十分破旧了。但愿上帝保佑我们，将这些衣服变得干净整洁。”

“好，既然你说是衣服，就让它们变成衣服吧。”上帝说。于是，那些碎布片马上变成了整洁又漂亮的衣服。

二

另一次，上帝和圣彼得碰到一位妇女，她非常贫穷，生活困难，没有食物可以给孩子们吃。孩子们饥饿难忍，哭喊着要吃东西。于是，她就设法让他们安静下来。她架上锅，倒进水，又从河滩上取来一把小圆石头，当作豌豆放了进去。“你们去躺着好好睡觉，等豌豆汤煮好了，我就叫醒你们。”她说。就这样，她使孩子们安静了下来。

孩子们刚睡着，上帝和圣彼得就来了。妇女正坐在那儿，伤心地哭着。

“你应该搅动一下你的豌豆。”上帝说。

“噢，上帝保佑，那是什么豌豆呀，”妇女说，“那只是拿来哄骗孩子们的小石头。”

“你还是应该去搅动一下。”上帝说。

妇女再次回答，说那没有用处。但是，当上帝第三次劝说她应该去搅动一下豌豆的时候，她走了过去，用长勺在锅里搅动。当她发现里面是她所见到过的最好的豌豆时，几乎不相信自己的眼睛。

满怀着内心的喜悦，她感谢了上帝，并且叫醒了孩子们，给了他们她曾许诺的豌豆汤。

在太阳以东、月亮以西的地方

从前有个贫穷的佃农，他有一大群孩子，却不能让他们吃饱穿暖。孩子们个个长得漂亮，不过最漂亮的还要数最小的女儿，她的容貌是那样美丽动人，简直难以用语言来形容。

在一个深秋的夜晚，恰好是星期四，外面一片漆黑，天气很坏。狂风暴雨吹打着墙壁，发出吱咯吱咯的响声。一家人围坐在壁炉旁边，忙着自己的事情。突然，有人在窗玻璃上敲了三下。佃农走出去，想看看究竟发生了什么事。可他出门一看，发现外面竟站着一只很大很大的白熊。

“晚上好！”白熊说。

“晚上好！”佃农说。

“如果你愿意把最小的女儿送给我，我就会让你变成一个腰缠万贯的大富翁，吃穿永远不愁。”

佃农想，假如他能变得如此富有，那可真不错，但是又觉得应该先和女儿谈一下。于是，他进屋对小女儿说，外面来了一只大白熊，说只要能娶到她，就保证使他们全家变得非常富裕。然而，小女儿说她不愿意跟白熊走。佃农没办法，只好出去同白熊商定，下一个星期四晚上再来听回音。在这段时间里，家里人对她再三劝说，讲家里会拥有许多财富，讲她自己也能享尽荣华富贵，反正一刻也没让她得到安宁。最后，她答应了。她洗漱得干干净净，稍稍整理一下身上的破衣烂衫，又尽可能打扮打扮，就做好了出嫁的准备。其实，她也没有多少东西可带。

到了下一个星期四晚上，白熊来接她走。她挎着自己的小包袱，坐到他背上，就上路了。

走出很长一段路后，白熊问她："你害怕吗？"

她说："不害怕。"

"这就好。只要抓牢我的粗毛，你便不会有什么危险。"白熊说。

她骑呀骑，最后来到一座大山跟前。白熊敲了几下，山壁上就打开了一扇门。他们穿过门，走进一座宫殿，里面所有的房间都灯火辉煌，到处是金灿灿、银闪闪。其中还有一个大厅，里面放着一张摆满饭菜的餐桌。一切是那样精致，让你都无法相信这一切全是真的。白熊还给了她一只银铃，她想要什么东西的时候，只需轻轻一摇铃，就能如愿以偿。她吃完饭，已近傍晚了，经过长途旅行，她觉得有些困倦，很想躺下睡一会儿，就摇铃，她刚拿起银铃一摇，就自动进了一个房间，里面摆着一张铺盖整齐、柔软舒适的床，上面还挂着床帘和金色流苏。屋里其他一切物品也全是用金或银制成的。但是，她躺下熄灯以后，便有一个人进来，同她睡在一起。这是白熊，他在夜间就脱下外面的毛皮。不过，她从来没能看清他，因为他每次都是在姑娘熄灯以后才来，早晨天亮之前就走了。

起初一段时间还算过得顺利，可是，不久她就变得沉默寡言，忧愁伤感了。因为从早到晚她都独自一人待着，自然会思念起家中的父母、哥哥和姐姐。白熊问她有什么心事，她就说，这儿生活实在太单调了，她感到孤独寂寞，非常想念家中的父母、哥哥和姐姐，可她又不能去看望他们，因此才觉得悲伤。“这事好办，”白熊说，“但是你要答应我不和你母亲单独交谈，只有在其他人都听到的时候才说话。她那时一定会拉着你的手，让你到另一个房间去，和你私下交谈。你必须坚持不去，否则咱俩会遭受不幸。”

在一个星期天，白熊说，现在他们可以去看望她父母了。她坐在他背上，走了很久很久，最后来到一座白色的大庄园前，她的哥哥姐姐们正在里面奔跑玩耍。这儿非常美丽，让人心旷神怡。“你父母就住在这儿。”白熊说，“可是千万不要忘记我对你说过的话，否则将使你我都遭受苦难。”她说她当然不会忘记。她进去后，白熊就转身走了。

她来到父母面前，全家人是那样的欢天喜地，完全无法用语言来表达。他们非常感激她做的一切。现在大家的日子过得舒适快乐，于是，也问她过得怎样。她说，她也过得很好，万事如意。

到了下午，他们吃完饭后，事情果真像白熊预料的那样：母亲想到另一间房里和女儿单独谈谈。她想起白熊的话，说啥也不肯去。“我们要说的话，”她说，“无论什么时候都能说。”然而，不管她如何推辞，最后母亲还是说服了她。在那里，她只得向母亲说出了真情。

她说，晚上熄灯以后，总有一个人来和她睡在一起，可是她从来没见到过他，他总在早晨天亮前就离去。对这事她感到有说不出的难过，因为她非常想看看他。白天，她孤独一人，非常烦闷。

“嘿，很可能你是和一个妖怪睡在一起，”母亲说，“现在我教给你一个办法，你就能看到他。从我这儿拿一段蜡烛去，放在胸衣里。在他熟睡以后你点亮蜡烛偷看他，不过你必须特别小心，别把蜡烛油滴到他身上。”

于是，她拿了蜡烛，藏进胸衣。晚上，白熊来接她回去。

走出一段路后，白熊问，事情是不是像他说的那样。

对此，她无法否认。

“如果你听信你母亲的话，咱俩就都会遭到不幸，我们之间的关系也就完了。”他说。

对此，她可不愿意。

回到住处，她躺下以后，还是跟往常一样，来了一个人和她睡在一起。到了深夜，她听到他睡着了，就起床点着蜡烛，照向他。这时候，她眼前的是她一生见过的最英俊的王子。她是那么喜欢他，觉得如果不立即亲吻他，自己就没法活下去了。她无限深情地吻着他，同时也把三滴蜡烛油滴在了他的衬衫上，他醒了。

“哎呀，你干了什么呀？”他说，“现在你已使咱俩都遭到了不幸。”只要你能忍耐这一年，我就会被解救。因为我的后母在我身上施了魔法，使我白天是白熊，黑夜才是人。现在我们之间一切都结束了。我也必须离开你到后母那儿去。她住在太阳以东、月亮以西的一座宫殿里，那里有一个鼻子六尺长的公主，现在我就得去娶她。”

姑娘号啕大哭，伤心不已。可是事情已经无可挽回，他必须离开。她问自己能不能跟他一起去。

“不，这根本不行。”

“你能告诉我去的路，让我去找你吗？这总该可以吧？”

但是，实际上根本没路通向那里。它是在太阳以东、月亮以西的地方，她永远找不到。

清晨，她醒来，王子和宫殿都消失了。她躺在密林深处的一块绿草地上，身旁还是那个从家中带来的破烂小包袱。她揉揉眼睛，驱走了睡意，就上路了。她走了很多很多天，才走到一座大山跟前。

山外面坐着一位年迈的妇人，她在玩一个金苹果。姑娘上前问她是不是知道找王子的路，他和后母一起住在太阳以东、月亮以西的宫殿里，他要娶一个鼻子有六尺长的公主。

“你在哪里认识他的？”老妇人问，“也许你想嫁给他吧？”

“不错，是这样。”

“噢，那就是你？”老妇人说，“不过，除了知道他住在太阳以东、月亮以西的宫殿里，我也不知道他更多的情况。那地方你几乎永远走不到，但是你可以借用我的马，骑着它去找和我相似的一个妇人，也许她能给你指路。到了那儿以后，你只需在马的左耳下面拍一下，就可让它回家来。这只金苹果，你也带着吧！”

她跨上马，骑了很长很长的路，最后来到一座山前。迎面坐着一位年迈的妇人，她手里拿着金线筒。姑娘上前问她是不是知道去往太阳以东、月亮以西的路。她像前一个妇人一样，说，她不知道这条路，但是它确实在太阳以东、月亮以西。“那地方你几乎永远走不到。但是你可以借用我的马去找和我最相似的一个妇人，也许她会知道。到了那儿以后，你只需在马的左耳下面拍一下，就可让它跑回家。”说完，她还把金线筒给了姑娘，说她以后肯定用得上它。

姑娘跨上马，又骑了一段非常漫长的路，终于来到一座大山跟前。那儿坐着一位年迈的妇人，她正在金纺车上纺线。姑娘上前问她是不是知道去找王子的路，太阳以东、月亮以西的宫殿究竟在哪里。

情形还是一模一样。“大概你想嫁给那王子吧？”老妇人问。

“是的。”

然而，她也不比另外两个妇人知道得更多；“那地方你几乎永远走不到。”她说，“但是你可以借用我的马，骑着它去找东风，问问他，也许他熟悉那地方，说不定还能把你刮到那儿去。到了以后，你只需在马的耳朵下面拍一下，它就会跑回家。”她把金纺车也给了姑娘。“可能你会用得着它。”老妇人说。

她骑马走了很长时间，才到达东风那里。她问东风能不能告诉她去找王子的路，他住在太阳以东、月亮以西的宫殿里。

东风说，他确实听说过这位王子，宫殿也听说过，可是去的路他却不知道，他从没刮到过那么远的地方。“不过如果你愿意，我便送你到我三哥西风那里去，也许他知道，因为他比我更为强壮。你坐到我背上，我驮你去。”

她就同意这么办了。一路上东风速度相当快。他们到达以后，就走进西风的家。东风说，他带来的姑娘要嫁给在太阳以东、月亮以西宫殿里的王子。现在她千里迢迢想去找王子，因此他才送她来，想问西风是不是知道王子在哪里。

“不，我从来没刮到那么远过。”西风说，“如果你愿意，我送你去找二哥南风，他比我俩更加结实有力，他在天下四处游荡，也许能给你指路。你坐在我背上，我驮你去。”

她就同意这么办了。他们出发去找南风，路途上没有用太长时间。抵达以后，西风问南风能不能告诉姑娘去太阳以东、月亮以西宫殿的路，她想嫁给那儿的王子。

“噢，那就是她？”南风说，“我确实漫游过许多地方，可是我从来没刮到过这么远的地方。但是如果你愿意，我送你去找我们大哥北风，他是我们兄弟中最为年长，也是最强劲有力的一个。假如他不知道这地方在哪里，你在这个世界上就永远问不到了。你坐在我背上，我驮你去。”

她坐到他背上，就出发了，他们在路上没花多长时间。

他们来到北风的居住地。他是那样的狂暴和可怕，老远就会感到寒气逼人。

“你们要干什么？”相隔很远北风就大声吼着，凛冽的寒风几乎使他们全身都要冻僵了。

“嗨，别这么横。”南风说，“是我，还有这位姑娘，她想嫁给住在太阳以东、月亮以西宫殿里的王子。她来问你是不是去过那里，能不能告诉她去的路，她渴望能找到他。”

“是的，我确实知道宫殿在哪里。”北风说，“曾经有过一次，我把一片白杨树叶刮到了那里。可是我也累得精疲力竭，此后许多天我都无法刮风。假如你一心要去，也不怕和我在一起，我就驮着你，试试看能不能把你刮到那里。”

只要有办法可以到那里，她就乐意去，而且一定要去；无论发生什么事情，她也绝不害怕。

“那好，今天晚上你就睡在这儿。”北风说，“我们必须用一整天，甚至更长的时间才能刮到那儿。”

第二天清晨，北风早早地叫醒了她，然后刮起北风来，刮得非常猛烈，非常强劲，简直可怕极了。他们升到高高的空中，飞快地向远方刮去，似乎在立即赶赴世界的尽头。他们在村镇上空刮起剧烈的狂风，房屋和森林都被刮倒；他们来到大海上空，数以百计的船只被掀翻沉没。就这样，他们刮了很远很远，远得令人难以置信。他们一刻不停地飞越大海，此刻北风感到越来越累，他已经疲惫不堪，几乎再也刮不动了。他飞得越来越低，越来越低，最后低得连浪尖都打湿了姑娘的鞋底。

“你害怕吗？”北风问。

“不。”她说。她一点也不害怕。

这时候，他们离陆地也不算很远了。北风还勉强有一点力气，他把姑娘抛到了太阳以东、月亮以西宫殿窗户下的海滩上，他自己也耗尽了全力，必须在此休息好多天，才能再刮回家去。

第二天早晨，姑娘坐在宫殿的窗户外面玩耍金苹果。她一眼看到了那个想嫁给王子的长鼻子公主。

“你的金苹果要卖多少钱？”长鼻子公主稍微打开一点窗户问。

“这不是用金子或钱就能买的。”姑娘回答。

“既然不能用金子或钱来买，那么你愿意用它来换什么？你想要什么都可以。”长鼻子公主说。

“好，假如我能见到这儿的王子，今晚和他待在一起，我就把金苹果给你。”姑娘说。

公主得到了金苹果。但在傍晚姑娘来到王子房间的时候，他睡着了。她叫他，喊他，不停地摇晃他，还放声痛哭，可仍不能弄醒他，因为他们给他服了安眠药。到了早晨，天气微明，长鼻子公主就来把她轰了出去。

白天，姑娘坐在宫殿的窗户外面，用金线筒缠线，情形还是如此。公主问她愿意用它换什么，她说这不是用金子或钱能买的。假如允许她夜间到王子那里和他待在一起，她就把金线筒给公主。可是当她上去时，王子又睡着了。无论她怎样喊叫，摇晃，还拼命大哭，也没法让王子醒来。天色刚亮，长鼻子公主又来把她赶出门外。

到了白天，姑娘又坐在宫殿的窗户外面，在金纺车上纺线。这纺车，长鼻子公主也想要。她打开窗户问姑娘要卖多少钱。姑娘和前两次一样说，它不能用金子或钱来买。假如她晚上能见到这儿的王子，并和他待在一起，她就把金纺车送给公主。当时，有几个基督徒被囚禁在宫里。他们在房间里一连两夜听到王子房里有一个姑娘的哭喊声，就把这件事告诉了王子。晚上，公主又拿来安眠药，王子假装吃了，却都倒在了身后，他显然也明白那是种安眠药。

这一次姑娘进来时，王子醒着，她不停地讲述自己的经历。“好，你来得非常及时。”王子说，“因为明天就要举行婚礼，我当然不愿意娶那长鼻子怪物，你是唯一能解救我的人。到时候我会说，想看看新娘的本领，叫她洗干净那件有蜡烛油渍的衬衫；她肯定会满口答应，因为她不知道是你滴上的油渍。然而，这一定是要基督徒才能把它洗干净，而不是这样丑恶的妖怪。我接着说，除了能把那件衬衫洗干净的姑娘外，我不愿意娶其他人为妻。你能干好，这我知道。”

这个夜晚，他俩沉浸在巨大的欢乐和无比的喜悦之中。次日，婚礼即将举行，王子说：“我要先看看新娘有什么本领。”

“行，这不成问题。”后母说。

“我有一件漂亮的衬衫，想在当新郎的时候穿。可是，上面滴了三滴蜡烛油渍，我想把油渍洗掉。我已经发誓，除了能洗干净这件衬衫的姑娘，我谁也不娶；如果连这点小事都干不好，她就不配做我的新娘。”

她们想，这算不得什么，就同意了。那个长鼻子公主用尽全力去洗，可是她越搓洗，油渍就变得越大。

“哼，你连洗衬衫都不会。”她的母亲，那位妖怪老太婆说，“让我来洗！”但是，她一拿上手，衬衫就变得更加难看。她越洗，油渍就变得越大、越黑。

于是，其他妖怪纷纷上来洗；然而，她们洗的时间越长，衬衫也越加难看，最后整件衬衫看上去就像是刚从烟囱里拖出来似的。

“你们当中谁也洗不干净衬衫。”王子说，“在这儿窗外有个流浪来的姑娘。我相信，她比你们中任何人都洗得更好。进来，姑娘！”

她进来了。

“你能把这件衬衫洗干净吗？”他问。

“噢，我不知道。”她说，“我得试一下。”

于是，她拿起衬衫放进水里，它就变得像新下的雪一样白，甚至更白。

“好，我愿意娶你。”王子说。

这时候，妖怪老太婆、长鼻子公主和小妖怪们都气得要命。从此以后，再也没有听到过她们的消息。王子和他的新娘释放了所有囚禁着的基督徒，然后尽可能多带走一些金银财宝，远远地离开了那座在太阳以东、月亮以西的宫殿。

让公主大呼“撒谎！”的灰小子

从前有一个国王，他有一个女儿，非常喜欢撒谎，没有一个人能比得上她。国王宣布，要是谁说个谎言，使得公主指责他在撒谎，他就可以娶公主为妻，还会得到半个王国。许多人都来试，因为每个人都想获得公主和半个王国。可是他们的遭遇全都不怎么好。

有兄弟三人，也想去碰碰运气。两个哥哥首先出发了，但是他俩并不比其他人更幸运。于是，最小的弟弟灰小子上路去了，他在牛棚里遇见了公主。

“你好，”他说，“谢谢你上次的热情款待！”

“你好，”她说，“上次得谢你自己！不过，你们可没有像我们这么大的牛棚。如果在牛棚的每个角落站上一个牧人，他们吹起山羊号角，互相之间根本听不见。”

“噢，我们也有，”灰小子说，“我们的牛棚更大。假如一头母牛在牛棚的这一头怀上了小牛，还没等它走到另一头，就会生下小牛来。”

“是吗？”公主说，“不过，你们没有像我们这么大的公牛。你看，那公牛就在那儿！如果在每只牛角上坐一个人，那么，即使他俩手里都拿着近四米长的量杆，也互相够不到。”

“嘿，”灰小子说，“我们有一头公牛，大极了。倘若每只牛角上坐着一个人，他们吹起木笛，彼此都听不见对方的声音。”

“是吗？”公主说，“但是，你们没有像我们这么多的牛奶。我们把牛奶挤在一个个大木桶里，再搬进来倒进一只只大锅里，做成一大块一大块的干酪。”

“噢，我们把牛奶挤在许多许多大桶里，再装上车运来，倒进酿酒用的大铜锅里，做成像房子一样大的干酪。接着，我们还用一匹灰褐色的母马费劲地把干酪拉来堆在一块儿。可是，有一次它在干酪里产下了一匹小马驹。我们吃了足足七年的干酪以后，才遇见了匹已经长得很大的灰褐色马。我本打算立刻把它赶到磨坊去，可这时候它的脊柱折断了。但是，我有办法治好它。我拔起一棵云杉树，把树安在马背上当脊梁。从此以后，这匹马再也没有另外的脊梁。然而，这棵云杉不断地长啊长，长得又高又大，我就顺着树一下子爬到了天上。在我到达天国的时候，圣母马利亚正坐在那儿，用羊肉汤编织鬃毛绳索。突然，我脚下的云杉树断了，我无法回到地上来。于是，圣母马利亚就用一根绳子把我送下来。我刚巧掉进了一个狐狸窝里，我母亲和你父亲正坐在里面补鞋子。忽然间，我母亲狠狠地揍起你父亲来，打得他的头皮屑都四下飞散开来。”

“你在撒谎！”公主说，“我父亲从来没有过头皮屑！”

让公主发笑的松枝汉斯

从前有一个国王，他有一个女儿，长得非常漂亮，远近闻名。可是，她表情严肃，从来不苟言笑。此外，她十分高傲自大，对所有前来求婚的人都拒不理睬，无论对方多么英俊潇洒，无论对方是王子还是绅士，她谁也不想要。国王一直对这件事感到心烦意乱。他觉得，公主应该像其他人一样结婚了，她的年龄已经不小，没有必要再等下去了，而且她的财富也已经相当多，她将从她母亲那里继承半个王国。

因此，国王很快在教堂前的广场上宣布，谁要是能使公主笑出来，就可以得到她和半个王国。但是，如果有人前来尝试却无法使公主笑出来，就要在他背脊上割开三道口子，再撒上盐。毫无疑问，在这个王国里，很快有不少人被割伤了后背。求婚的人来自东西南北各个地方，他们都认为要使公主发笑，那根本不算一回事。许多可笑古怪的家伙都来了，尽管他们全是滑稽的流浪汉，尽管他们想方设法戏耍胡闹，公主依然还是那样庄重严肃。

在离国王庄园很近的地方住着一个人，他有三个儿子。他们也听说了国王的布告。

大儿子抢先要去，急急地动身了。到了国王的庄园，他对国王说，他愿意试试，会让公主发笑。

“哦，这当然很好。”国王说，“但是肯定不会有多大用处，我的小伙子，因为有许多人到这儿来试过，可是我的女儿仍非常忧郁，他们都失败了。我实在不愿意看到有更多的人来自讨苦吃。”

但是，大儿子认为自己会成功。对他来讲，使公主发笑并不是一件太难的事情，因为当他在基兵尼尔斯带领下服兵役的时候，基兵尼尔斯曾经多次使许多人发笑，其中既有高级军官，也有普通士兵，他们因为他的动作而捧腹大笑。于是，他来到公主窗外的场地上，开始模仿基兵尼尔斯的各种动作进行操练，然而毫无用处，公主还是很严肃。他们把他抓住，在他背上割开三条很宽的血口子，然后打发他回家了。

大儿子回到家后，二儿子出发去试一试。他是一位教师，相貌古怪，两条腿长短不一，而且差别非常明显。他一会儿以短腿撑地，像小男孩一样矮小；一会儿又以长腿撑地，像巨人一样高大。至于演讲起来，他更是滔滔不绝，非常在行。

二儿子来到国王的庄园，说他愿意试试让公主发笑，国王觉得他也不会得到另一种结果。“愿上帝保佑你！”国王说，“我们在每个失败者背上割的口子会越来越宽。”

教师大步走到院子中央，站在公主的窗户外面，他模仿曾经在这个教区待过的七个牧师的样子布道和做弥撒，又仿照七个教堂执事的不同腔调来读《圣经》和唱赞歌。国王笑得前俯后仰，必须扶着门廊的圆柱才行，公主几乎想开颜微笑，但是她马上又忍住了。因此，教师尝试的结果并不比士兵好多少。

人们上来抓住他，在他后背上割开三道血口子，再撒进盐，然后把他轰回家去。

接着，最小的儿子要出发去试，他就是松枝汉斯。可是，他的两个哥哥嘲笑他，还给他看伤痕累累的后背。父亲也不允许汉斯去，认为这次也肯定不会成功。可是，松枝汉斯不肯罢休，他吵着要去，搞得他们全厌烦了，最后只得同意他到国王的庄园去试试运气。

到了国王的庄园，松枝汉斯并不说自己是来使公主发笑的，只是要求他能在那儿干点活儿。但是，他们没有活儿给他干。松枝汉斯并不气馁，他说，在这么一个大庄园里，他们一定用得着一个人给厨娘劈柴提水。

国王觉得这没什么不好，再说他也被汉斯的纠缠不休弄烦了，终于允许松枝汉斯留在那儿，帮厨娘劈柴提水。

一天，他到小溪里去打水，看到一条大鱼停在溪边一棵老松树的根下，那儿的泥土已经被溪水冲走了。他把水桶慢慢地放到鱼下面，逮住了它。在回庄园的路上，他遇见了一个老太婆，她正牵着一只金鹅。

"你好，老奶奶！"松枝汉斯说，"你的金鹅真漂亮，它的羽毛更是光彩夺目！离着很远就闪闪发亮。如果谁有了这些羽毛，就不用去切削松木火把了。"

老太婆也同样非常喜欢汉斯水桶里的大鱼。她说，假如汉斯愿意把鱼给她，她也可以把金鹅给汉斯。她还说，这鹅还有这样一个神奇的特性：无论谁碰上它，只要说一声"你想一块儿走，就黏上吧”的话，他就会被紧紧地黏住，再也离不开。

松枝汉斯非常乐意交换。“鹅也许和鱼一样好。”他自言自语地说，“假如这只鹅果真像你说的那样，我就可以用它做鱼钩了。”他对老太婆说，对这只金鹅他相当满意。他没有走出多远，就遇见了另一个老妇人。她看到这样漂亮的金鹅，忍不住走过来想摸它。她笑容满面，态度和蔼地问松枝汉斯，能不能让她抚摸一下那只美丽的金鹅。

“可以，”松枝汉斯说，“但是，你不准拔鹅的羽毛。”

正当她轻轻地拍鹅的时候，汉斯说：“你想一块儿走，就黏上吧！”老妇人拼命往回抽手，可是不管她愿意还是不愿意，也只得黏在金鹅上。松枝汉斯继续往前走，仿佛只有他与金鹅，没有别人似的。走了一段路以后，他遇见了一个男人。这男人曾受老妇人的欺骗，正要找她算账。他看到老妇人使劲挣扎都无济于事，就知道她被黏得很紧，觉得有机可乘，满可以报复她一下，于是他用一只脚去踢老妇人。

“你想一块儿走，就黏上吧！”松枝汉斯说。不管男人愿意不愿意，他只能跟着走，而且是用一只脚蹦跳着走。他拼命挣扎，想抽回脚，可是结果更糟。因为他险些往后摔一个大跟头。

他们又走了很长一段路，快到国王的庄园了。在那里，他们遇见了国王的铁匠。他手里拿着一把大铁钳，向铁匠铺走去。铁匠是个多嘴的人，喜欢胡闹，跟人寻开心。他看到这伙人跳着蹦着来到跟前，笑得前仰后合。他说：“这肯定是公主想要的一群鹅。可是，他们中谁是雄鹅，谁是雌鹅呢？那个在前面颠着走的一定是雄鹅了。来吧，鹅！来吧，鹅！”他伸出手招引着，就像在给鹅群撒谷子。

但是，这伙人并不停留。老妇人和那个男人看到铁匠在嘲笑他们，气得直瞪眼。铁匠接着说：“假如把整个鹅群拉住，该是多么有趣！”他是一个强壮的人，用铁钳夹住了那个男子的屁股，疼得男子又喊又叫，想挣开。可是，松枝汉斯说了一句：“你想一块儿走，就黏上吧！”

这样，铁匠也不得不跟着走。他弓着腰，用脚使劲蹬着地，想挣脱开去，可是一点用处也没有。他黏得牢牢的，就好像被打进了铁工场的大铁砧里一样。不管愿意还是不愿意，他只得摇摇晃晃地跟着走。

他们向国王的庄园走来，看门狗扑了过来，对着他们汪汪乱叫，仿佛来的是恶狼或者叫花子似的。公主从窗户里往外张望，想知道究竟发生了什么事。当她看到这一伙怪里怪气的人的时候，竟开始笑了。可是松枝汉斯还不满足。“等一会儿，她肯定会开怀大笑呢！”他说完，又带着他的人马转到国王的庄园后面去了。

他们经过厨房的时候，门刚好开着，厨娘正在搅拌麦片粥。她看到松枝汉斯和那一群人的时候，正一只手握着搅铲，另一只手拿着盛满滚烫麦片粥的长柄勺。她跑出厨房门，笑得全身乱颤。当她见到铁匠也在里面一块儿走，便用搅铲拍着自己的大腿，更加放声大笑起来了。

她笑够以后，也觉得这只金鹅实在太漂亮了，一定要走过去摸摸它。

“松枝汉斯，松枝汉斯！”她喊着，手里握着盛粥的长柄勺跑着追了上来，“我可以摸摸你漂亮的鹅吗？”

“还是让她来摸摸我吧！”铁匠说。

“可以！”松枝汉斯说。

厨娘听到铁匠的话，非常生气。“你说的是什么混账话！”她高声尖叫着，举起粥勺去打铁匠。

“你想一块儿走，就黏上吧！”松枝汉斯说。厨娘也黏住了，不管她怎样大声责骂，不管她怎样用力挣扎，也不管她怎样乱蹦乱跳，也只能脚步蹒跚地跟着走。当他们再次来到公主窗外时，她正站在那里等着他们呢。她看到他们又把厨娘连同搅铲和长柄粥勺都黏了上来，马上哈哈大笑起来，笑得国王不得不扶住她才行。就这样，松枝汉斯得到了公主和半个王国。他们举行了盛大的婚礼，全国各地人人都在谈论这件喜事。

烧木炭的人

从前有一个烧木炭的人。他有一个儿子，也是一个烧炭人。父亲去世以后，儿子结了婚，可他却什么活也不愿意干，甚至连炭窑都懒于照管，到了后来，再没有人来雇他烧木炭了。有一次，他设法烧了一窑木炭，运了一些到城里去卖。木炭卖完后，他沿着城里的街散步，四下看看。回家路上，他和几位邻居及本教区的人结伴同行。大家在一起饮酒作乐，还兴高采烈地谈论起他们在城里看到的种种新鲜事。他说，他看到的最稀奇的事是城里有许多牧师，所有的人遇见牧师都脱帽致意，主动打招呼。“我真希望我也是一个牧师，到那时候，别人也向我主动问候，而现在他们中大多数人就好像没看见我似的。”他说。

“嗨，别的不提，你黑得就足够当个牧师的了，”邻居们对烧木炭的人说，“既然我们现在出来闲逛，不妨就到拍卖老牧师遗物的地方去，顺便可以喝点什么，你也可以买下那套牧师用的黑袍和硬领。”于是，他们就这样做了。烧炭人回到家里的时候，身上连一个铜板也没有剩下。

“现在你大概有了钱，而且买回吃的了吧？”他妻子说。

“是的，今后我们生活有指望了。”烧炭人说，“因为我现在已经成了牧师了！你看，这就是牧师的黑袍和硬领！”

“我才不相信你说的呢，喝多了酒，就说大话。”妻子说，“你无论翘起哪一头，还是同一只海豹。”

“在木炭冷下来以前，你既不要埋怨，也不要吹炭窑。”烧炭人说。

有一天，许多牧师穿戴的人经过烧炭人住的地方，向国王的庄园走去，因此人家明白，肯定发生了什么事情。烧炭人想跟他们一起去，他也穿上了牧师的衣服。他妻子认为还不如放聪明点待在家里，因为即使他去为某个大人物牵马，得到一点买烟叶的赏钱，也会买酒喝的。“人家都在讲喝酒，可是没有人谈到酒瘾。”他说，“一个人酒喝得越多，往往酒瘾也就越大。”说完，他大步向国王的庄园走去。在那里，很多陌生人都被请去见国王，烧炭人也跟着进去了。国王对他们说，他丢失了一枚最贵重的戒指，他确信是被偷走的。因此，他把国内所有当牧师的人召集来，看看他们中是不是有人能告诉他哪一个是贼。同时国王许诺，要是谁能讲出来，他会给予很高的酬谢。如果他正在学习当牧师，就可以得到牧师的职位；如果他是牧师，就让他当副主教；如果他是副主教，就让他当主教；如果他是主教，就让他成为仅次于国王的第二把手。然后，国王一个接一个地询问所有的人。当国王来到烧炭人面前的时候，他问：“你是谁？”

“我是聪慧的牧师和真正的先知。”烧炭人回答。

“那么你一定能告诉我，是谁偷走了我的戒指。”国王说。

“是的，要使在黑暗中发生的事情暴露在光天化日之下，并不能纯粹靠期望和理智。”烧炭人说，“但是，鲑龟并不是年年都在云杉树梢上产卵。我为我自己和家里人祈祷已有七年，直到现在还没有得到牧师的职位，所以要指出这个贼来，我必须有充足的时间和大量的纸张，因为我必须记下并计算许多东西。”

只要他能把贼找出来，国王认为他可以有足够的时间和纸张。

他走进国王的庄园里单独为他准备的房间。不久，人人都知道他懂得的东西绝不止主祷文，因为他写过的纸在那儿堆成了许多堆，而且他写的东西没人能看懂，看上去全是些乱涂乱画、歪歪斜斜的符号。很长时间过去了，他没有说出任何关于贼的情况。于是，国王感到不耐烦了，就告诉他，假如三天之内讲不出谁是贼，他就得丢掉性命。

“一个统治国家的人，不该过分草率行事；在炭窑熄火以前，不该把煤炭扒出来。”烧炭人说。但是，国王坚持自己的决定，烧炭人心里明白，他的性命已经没有多少价值了。

当时，有三个国王的仆人轮流侍候烧炭人的日常生活，每天一人，正是这三个人串通一气，偷走了戒指。当其中一个仆人在晚饭后进来收拾完餐桌要走出去的时候，烧炭人长叹一声，朝他看着说：“这是第一。”他是指这是他剩下的三天生命的第一天。“这位牧师并不是光会吃饭。”这位仆人单独和他的伙伴们在一起的时候说。他告诉他们，烧炭人说他是第一个贼。第二天，来服侍牧师的另一个仆人留心着他说些什么。果然不错，当他在晚饭后清理完餐桌往外走的时候，烧炭人目不转睛地盯着他，沉重地叹了口气说：“这是第二。”接着第三天，第三个仆人小心注意着烧炭人的举动。当这个仆人打开房门，拿着杯盘要出去的时候，烧炭人合拢双手说：“这是第三！”接着他沉痛地叹了一口气，仿佛心都要碎了。

这个仆人出来后吓得胆战心惊，连气都喘不过来了。他说，事情非常明显，牧师已经知道是他们几个偷的。于是他们走进房间，一起跪倒在烧炭人面前，恳求他发发慈悲，千万不要说出是他们偷走了戒指。如果他能使他们免遭不幸，他们愿意每人给他送上一百个银币。烧炭人十分爽快地答应了下来，但他必须得到银币、戒指和麦片粥团。他把那枚戒指塞进粥团里面，让其中一个仆人把它喂给国王最大的公猪吃，并且好好注意，别让它再吐出来。

第二天早晨，国王来了，他情绪很坏，马上要求烧炭人说出那贼是谁。

“好吧，现在我已经计算并记下了许多东西。”烧炭人说，“然而，并不是什么人偷走了戒指。”

“胡说！那又是谁偷的呢？”国王问。

“那是国王的大公猪干的。”烧炭人说。于是，他们抓住大公猪，把它宰了，戒指确确实实就在它肚子里。

此后，烧炭人得到了牧师的职位。国王非常高兴，还赐他马匹和庄园，外加一百个银币。烧炭人很快就搬进了新宅。在当上牧师后的第一个星期天，他要到教堂去宣读给他的任命书。出门以前他得进餐，就把任命书放到了旁边的面包上。他又错把它当成了一片面包，于是，他用任命书蘸了肉汤放进嘴里嚼，当他发现那东西太坚韧，根本嚼不动的时候，就整个地扔给了狗。转眼间，狗就狼吞虎咽地吃了下去。现在，他可不知道该怎么办才好，但是教堂他必须去，因为教区居民正等着他。他到了教堂，马上登上讲坛。在讲坛上，他开始自我吹嘘，让大家都认为他肯定是一个出色的牧师。可是过了一会儿，他的形象就不怎么好了。

“我的听众们，你们今天应该听到的话，都进了狗肚子里。不过，我亲爱的教区居民们，请你们下星期天再来，你们就会听到一些不同的话！这次布道就到此结束。”

聚集在教堂里的人觉得这是一个非常奇怪的牧师，因为这样的布道他们从来没有听到过，但是他们认为，他以后会改进的；如果他不改进，总会有办法的。下一个星期天，又要举行弥撒仪式，教堂里挤满了想听新牧师布道的人，还有不少人根本挤不进去。牧师来了，直接走上讲坛。他在讲坛上站了一会儿，没有说一句话。突然，他敲了一下讲台，大声喊道：“听着，老布凯·巴里特，你为什么坐在教堂里这么靠后的地方？”

“噢，我穿着这么破烂的鞋子，神父。”她说。

“嗨，你可以拿一块老母猪的皮，给自己做一双新鞋，你就可以同其他体面的贵妇们一样坐在教堂的前排了。此外，你们必须记住你们走的是哪一条道路，因为我看到当你们来教堂的时候，有些人从北边来，有些人从南边来；当你们离开教堂的时候，又得走原路回去。但是你们停一下，有个问题：你们会到哪儿去？对了，有谁知道，我们所有这些人将来会到哪儿去？接着，我要宣布：前任牧师的妻子有一匹黑色的母马丢失了。它马蹄上方有毛，又有长长的鬃毛，以及其他类似的标记，我就不在这里一一提出来了。还有我旧裤子的口袋上有一个洞，这个我知道，但是你们不知道；至于谁是不是有一块碎布刚好适合补这个洞，你我都不知道。”

这样的布道，部分教区居民相当满意。他们说，他们相信过些时候他一定会成为一个好牧师。但是，大多数人认为这实在太糟了。当副主教来主持弥撒的时候，他们向他诉说对这个牧师的不满，说从来没有人听过这样的布道。其中有一人记得最后那次布道的内容，就原样对副主教叙述了一遍。

副主教说，这是一次非常出色的布道。因为他显而易见是用暗喻的方法来宣讲如何寻找神圣的灵光和避开黑暗及其罪恶，宣讲人们是走宽广的大道，还是狭窄的小路。副主教说，特别是他提到牧师的那匹黑色母马，更是一个很好的比喻，说明我们最后的归宿。至于有洞的口袋，那意味着他的需要，碎布是指他期望从教民那里得到贡献和施舍。

“是的，这一点我们也明白，那是指牧师的钱袋。”听布道的人想。

最后，副主教说，他觉得教民们有了这么一个有才智的好牧师，他们不应该再抱怨了。结果，他们并没能换牧师。但是，当他们认为情况越来越糟，而不是有所好转的时候，就向主教报告了。

主教终于来了。他将来主持弥撒仪式。但是，烧炭人牧师在前一天就悄悄地去了教堂，没让别人知道，他用锯子把讲坛锯出口子，当一个人小心地踩在上面的时候，它勉强还能支撑住，不会倒塌。

第二天，教民们聚集在教堂里，烧炭人当着主教的面布道。他踮着脚轻轻地走上讲坛，开始以他惯有的方式布道。但是，他讲了一会儿以后，变得越来越激动了。他伸出双臂，高声喊道："如果这儿有人曾经干过坏事或者犯下罪恶，他最好离开这个地方，因为就在今天，这里会发生一次崩塌，这将是创世以来发生的任何事情所不能比肩的。说完，他猛击一下讲坛，随着轰隆一声巨响，整个讲坛，还有牧师和讲坛上的所有东西都从教堂墙上坠落下去，教民纷纷逃出教堂，似乎末日即将来临。

这时候，主教对教民们说，他非常惊讶，他们怎么会抱怨一个在讲坛上如此富有才华，如此充满智慧，能预言即将发生的事情的牧师。他说，照他看来，这位牧师至少应该当副主教。果然，没过多久，烧炭人当上了副主教。教民们对他无可奈何。

那时，这个王国里的国王和王后一直想有个孩子。后来，国王听到王后可能已经怀孕，便迫不及待地想知道，这是一个王位继承人呢，还是一个公主。王国内所有博学多才的学者都被召进王宫，让他们预言一下究竟会是王子还是公主，但是他们中谁也说不出来。于是，国王和主教同时都想到了烧炭人。不用多长时间，他们就把他召到跟前，要他对这个问题发表看法。烧炭人说，不行，他也无能为力，因为这种无人知晓的事情非常难猜。

“好了，好了，”国王说，“我不管你知道还是不知道，大家公认你是聪慧的牧师和真正的先知，能预言将要发生的事情。如果你不肯说出来，就得失掉黑袍和硬领。”国王说。“但是，不管怎样，我先考验你一下。”他说完以后，拿起最大的银酒杯，走到海滩上。“如果你能告诉我银酒杯里放的是什么，”国王说，“你也就能说出我的孩子是王子还是公主。”他用手按住了银杯的杯口。

烧炭人一个劲儿地拧着自己的双手，神情非常窘迫不安。“唉，你这只世界上最不幸的螃蟹，所有的辛苦和劳累又换来些什么呢？”他说。

“是的。你看，你再敢说不知道！”国王说。因为他在银酒杯里放了一只大螃蟹。因此，烧炭人不得不走进大厅去见王后。他拿来一把椅子，坐在房间中央，王后就在厅里前后来回地走着。

“人们不会为没生下来的小牛犊建造牲口棚，也不会在孩子出世以前为取名而争吵。”烧炭人说，“眼前的事情，我以前从来没有听说过，也没有看到过：当王后向我走来的时候，我非常确信这将是一个王子；然而，当她离我而去的时候，看上去又像怀着一个公主。”

结果出生的是双胞胎，一男一女。因此，烧炭人又一次猜对了。由于能说出谁也不知道的事情，他得到了许许多多钱，多得要用车载马驮，他还成了仅次于国王的最有权势的显要人物。确实是这样，他得到的一切远远超过了他最初的期望。

渔夫的儿子

从前有一个人到海上去打鱼。他又是划桨又是放钩，辛辛苦苦地忙碌了一整天，可是鱼一次也没有咬钩。将近傍晚，摇船回家的时候，他感到有鱼咬钩了。他拉上来一看，原来是一条很大的比目鱼。他把比目鱼放进水桶以后，鱼竟开始讲话了，它恳切地请求渔夫把它放归大海。渔夫说，这一点他做不到，他辛苦了一整天，什么鱼也没有钓到，因此只能把它带回家去煮着吃。既然没有办法逃脱，比目鱼就请渔夫把自己切成八块：其中两块要给渔夫妻子吃，两块喂雌狗，两块让母马吃，剩下两块要放在桌子上，再把肝和肺埋在地窖里。这些要求渔夫都一一照着做了。过了一段时间，他的妻子怀孕生下了两个小男孩，雌狗生下两只小狗崽，母马生下两匹小马驹，桌子上也出现了两把宝剑。

男孩子们长大了，成为高大健壮的少年。他俩的相貌一模一样，大多数人都无法把他们区分开来。有一天，少年中的一个请求父亲允许他到世界上闯荡一番，碰碰运气。父亲同意了，并且告诉他，他应该带走他走到近前的时候最先狂吠的那只狗、第一匹嘶叫的马和首先会跳起来的宝剑。

他装备停当就出发了。他骑马走了很远很远的路，来到一片大沙滩上。正当他要穿过沙滩的时候，他遇见了一辆挂着黑布帘的马车，车上坐着一位身穿丧服的公主。赶车人把她放到海滩上，就离去了。少年觉得很奇怪，就走到那位公主跟前，问她为什么坐在那儿。她说，他们那里来了一只妖怪，什么都不吃，只吃少女的肉。它已经把那个国家所有年轻姑娘全吃光了，她是唯一幸存者。她是国王的女儿，国王曾经许诺，把她许配给能解救她的人。

少年又问，难道就没有办法把她从妖怪那儿救出吗？她说，这毫无办法。

“现在，我来试一试。”少年说。但是，公主苦苦哀求他，要他赶紧走自己的路，妖怪吃掉她一个人就够惨的了，何必还要再搭上他的性命？

正在这时候，大海开始呼啸，阵阵浊浪掀到半空。接着，一只身躯庞大的妖怪出现了。

“怎么你和我的新娘一起坐在这儿？”妖怪问。

“与其说是你的新娘，还不如说是我的新娘。”少年回答。

“那么，我们就得拼死争斗一番了。”妖怪说。

“那当然了，”少年说，“骏马，冲上去踢它！猛犬，跑上去咬它！宝剑，飞上去砍它！”

于是，他们就展开了一场激烈的搏斗。没过多长时间，妖怪就倒毙在地。少年上前割下了妖怪的舌头，藏了起来。

他们就一起结伴而行，公主自然万分高兴。走近国王庄园的时候，公主说，他应该等在外面，直到国王派马车来接他进去。可是少年不愿意这样，他要立即跟着公主一起进去。“否则你会把我遗忘的。”他说。

“我怎么会忘记危急关头救我命的人呢？”公主说完，取下一枚戒指，系在他的头发里。

少年只好留在外面，而公主进去了。但是，当公主走到国王庄园外的大桥上时，遇见了替国王烧木炭的人。

“你活着回来了？”他问。

公主告诉他，是一位少年救了她的命。

“现在，你必须对国王说，是我解救了你。”烧炭人说，“否则我就把你推下桥去。”她不愿意，但是烧炭人以命相威胁。于是她想，只要能回到家里，她随时都可以说出真相。

公主进了国王的庄园以后，她的小狗扑到她怀里，在她嘴边亲吻着。公主便把少年忘得一干二净。国王高兴得了不得，可以想象，因为女儿得救了，又回到了自己身旁。同时，他又觉得让烧木炭的人娶她实在太不相配了。然而，不管怎样，他们还得开始为婚礼做准备。

在这期间，少年在庄园外面等呀等，始终不见有人出来接他。他就到了离那儿不远的另一座国王庄园。那里面住着王子，也就是少年所救公主的哥哥。

少年问，那边的国王庄园里要举行什么宴会？王子回答，那是他妹妹要和一个烧木炭的人举行婚礼，那人从河妖那里救了公主的命。

“你为什么不去参加婚礼呢？”少年又问。

“不，我和我父亲根本合不来。”王子说，“不过，要是能品尝一点庄园里办喜事的佳肴和饮料，那是很不错的。”

“这不算什么。”少年说，“我的骏马、我的猛犬，还有我的宝剑，可以把婚宴上用的大盘肉和啤酒桶搬来！”于是，它们从大厅的警卫和仆人之间钻过去，取走了肉盘和啤酒。

当王子和少年尝完猪肉和牛肉，喝够啤酒以后，王子又说，要是能品尝一下庄园里办喜宴用的牛排和葡萄酒，那是很不错的。

“这不算什么难事。”少年说，“我的骏马、我的猛犬、我的宝剑，可以把放在国王餐桌边的牛排和葡萄酒拿来！”于是，它们在所有警卫和仆人中间穿过去，拿起牛排和葡萄酒就离开了。国王想查清楚这件事，可是他还没有来得及问，动物和宝剑都已经跑得无影无踪了。

王子和少年非常高兴地吃完牛排，喝过美酒，王子又觉得，品尝一下婚宴蛋糕也是很不错的。

“这件事也好办。”少年说，“我的骏马、我的猛犬、我的宝剑，跑到皇家庄园去，把放在王后面前的婚宴蛋糕拿来！”于是，它们很快跑去了。可是这一次，它们必须马踢、狗咬、剑砍才能闯进去，而且耽误了很长时间，使国王搞清楚了谁是这些动物和宝剑的主人。于是，国王派出一个使者，邀请少年去参加婚礼。但是他不肯去，除非国王本人亲自来，并和王子言归于好，而且须用马车把他们接到庄园去才行。国王没有其他办法可想，只能照办。这样，他们两人都过来出席婚礼。

宴会桌上，少年被安排在紧靠新娘的座位上，另一边坐着烧炭人。那只大海妖被高高地挂在餐桌上方。

“那是谁的庞大身躯？”少年问。

“那是我解救少女时杀死的大妖怪。”烧炭人说。

“这真奇怪，怎么这样大的妖怪连舌头都没有。”少年朝妖怪的嘴看了一眼以后说。

“不，这样的妖怪没有舌头。”烧炭人说。

“可另有一种说法，就是所有活的东西都有舌头。”少年说。

“这种说法不对。”

“现在你看着。”少年说完，取出舌头，塞进了妖怪的嘴里，“黏上去！”少年喊了一声，舌头牢牢地黏住了。

“你还敢说，那妖怪没有舌头吗？”少年说。

这时候，公主转过身来，看到了系在少年头发里的戒指。“是他救了我的命！”她说。

国王觉得这事太离奇了。“你上次还说是烧木炭的人救了你。”他说。于是，公主一五一十地叙述了事情的原委。国王听完这些话勃然大怒，下令把烧炭人塞进他造好的最后一个炭窑里，熊熊大火很快就把他整个吞没了。

接着，王国就举行了真正的婚礼。国王高兴极了，醉得都摇摇晃晃了。

到了晚上，新婚夫妇来到新房。少年忽然看到遥远的地方有火在燃烧。他问那是什么。公主说，那是一个巫婆住的地方，她就是妖怪的母亲。少年听到这话，一定要去，而且一刻也不肯停留，要马上就去。公主恳求他别去了，可是他一定要去。

少年走进巫婆住的房子，请求在那里借宿一夜。“我该把我的骏马、猛犬和宝剑放在哪里？”他问。

“你从头上拔下三根头发，把它们拴好就行！”巫婆说。少年照着做了，然而，这三样东西全都成了石头，少年本人也成了石头。

公主左等右等，等了很久很久也没有等到新郎回来。国王的庄园再次沉浸在巨大的悲痛之中。

少年出门后，过了那么久，人们始终没有听到什么有关他的消息。他的父亲，也就是那个渔夫，觉得应该去看看情况到底怎样了。他走下地窖，来到埋比目鱼的肝和肺的地方。哎呀，那里满地都是血。他就对另一个儿子说：“现在你得马上出发，你的兄弟正处在危险之中！”

他骑着另一匹骏马，带上另一条猛犬，佩好另一把宝剑，就动身了。他骑了很长很长一段路程，也来到了他兄弟除掉妖怪的大沙滩上。在那里，他遇见了一位老人，他问老人前面不远的地方是个什么庄园，为什么披上了黑纱？

老人把事情的经过都告诉了他，说到公主被一位少年所救，又说到婚礼和烧木炭的人，说到少年在新婚之夜离开了公主，此后再也没有人见过他。弟弟明白，老人提到的少年就是他兄弟。于是，他直接前往国王的庄园。在那里，他被错当成了他兄弟，因为他俩的相貌完全一样，连国王和公主都认为他是那真正的新郎。他们一下子欣喜若狂，简直难以用语言来形容。可是，他晚上进入新房以后，也问他们看到的那是什么火光。

“你不记得那是什么火光了吗？”公主说，“上次我们进房的时候，你不正是到那儿去的吗？”

“噢，原来是这样！”少年说，他必须也到那儿去。尽管公主哭着苦苦恳求，也无济于事。

他走进巫婆的房子，也请求让他借宿在那儿。“我该把我的骏马、猛犬和宝剑放在哪儿？”他问。

巫婆对他说的话同对他兄弟说的一样，他应该从自己头上拔下三根头发，把它们全拴起来。“不，我不会这么做的！”少年说，“你先把我的兄弟，他的骏马、猛犬和宝剑交出来！”巫婆说自己对这些一无所知。少年就大喊一声：“我的骏马、我的猛犬、我的宝剑，冲上去，踢她！咬她！砍她！”这时候，巫婆不得不屈服了。她从墙上取下一个瓶子，往地上的四块石头上洒了几滴魔水，石头都活过来了。他们活过来干的第一件事，就是把巫婆打死了。

接着，他们拿过瓶子，往屋外的整个石堆上洒去。刹那间，所有的石块都活了，有的成了人，有的成了家畜。然后，他们一起回到皇家庄园。婚宴的盛况在远近七个王国都传遍了，因为这次是真正的新郎回来了。

“我该把我的骏马、猛犬和宝剑放在哪里？”他问。“你从头上拔下三根头发，把它们拴好就行！”巫婆说。少年照着做了，然而，这三样东西全都成了石头，少年本人也成了石头。

——《渔夫的儿子》

蓝山三公主

从前，有一个国王和一个王后，他们没有孩子，为这件事他们非常伤心，几乎没有一刻快活的时候。

一天，国王站在王宫外面的门廊里，向前眺望着辽阔的土地和自己拥有的这一切——田地宽广，物产丰富。可是他不知道自己死后所有这些会归谁所有，因此看着也觉得没有什么乐趣了。正当他沉思的时候，走过来一个贫穷的老妇人，请求给予一点施舍。她向国王问候，行完礼，还问他为了什么事情如此苦恼，因为他看上去愁容满面。

“这件事你是无能为力的，我的老太太！”国王说，“告诉你也不会有用。”

“也许会有点用。”老妇人说，“有时候，人会时来运转。国王此刻在想没有儿女继承国土和王位，可是你不必为这件事发愁。”她接着说，国王和王后将会有三个女儿，不过他必须好好照看她们，在年满15岁以前，千万不要让她们走到屋外露天的地方。否则，将会刮来一个雪团把她们卷走。

临产时刻终于来了，王后躺在床上生下了一个可爱的女婴；第二年也一样，她又生下一个女儿；第三年还是这样。国王和王后高兴极了。尽管高兴至极，国王也没忘记在房屋的门口派卫兵站岗，不让公主们跑到外面去。

公主们长大了，长得非常漂亮。她们过得很好，唯一不足的，就是不能像其他孩子那样到外面去玩。虽然她们向父母再三恳求，又同卫兵纠缠不休，可总是毫无用处。在她们三人都满15岁以前，那是绝对不行的。

有一天，就在最年轻的公主快满15岁时，国王和王后趁着好天气驱车外出郊游，公主们站到窗前，不时向外张望。外面阳光灿烂，地上草木葱茏，一切显得那样美丽，那样可爱。公主们觉得无论将会发生什么事情，她们都必须出去不可。三人向卫兵又是恳求，又是纠缠，要求放她们到花园里去。卫兵也觉得那样的天气很难得，既然她们一定坚持要出去，就出去一下吧，但是只能是一小会儿，他还亲自陪着照料她们。公主们来到花园里，高兴得又蹦又跳，四下跑着采集所看到的最漂亮的花朵。不一会儿，她们怀里就满是鲜花和绿草，直到再也装不下了。她们想回到屋里去的时候，却一眼看见花园的另一头有一朵很大的玫瑰花，比她们已经找到的所有花都要鲜艳美丽许多倍，因此她们非要摘到这朵花不可。但是，正当她们弯腰去摘这朵玫瑰花的时候，一个大雪团飞来，公主们刹那间失踪了。

举国上下都沉浸在巨大的悲痛之中。国王派人到每一个教堂前的广场上当众宣布：谁能解救公主们，谁就会获得半个王国和国王的金冠，同时可以在三个公主中任意挑选一位做妻子。可以想象，会有许多人想赢得半个王国和一位公主。无论是出身高贵的人，还是地位卑贱的人，都出发到各个角落去寻找，可是没有一个人能找回公主，甚至连她们的音信也没有得到。

这时，有一个上尉和一个中尉愿意去碰碰运气，国王给了他们许多金银珠宝，还祝福他们旅途顺利。

另外还有一个士兵，他和母亲一起住在国王庄园外的一间小屋里。一天夜里，他梦见自己要出发去寻找公主。清晨醒来，梦中情景还历历在目，他就把这个梦告诉了母亲。“你也许是被愚弄了一下。”老妇人说，“必须一连三夜都做同样的梦才行，否则不能算数。”

在接下来的夜里，他都做了同一个梦，他觉得应该出发去寻找公主。

于是，他梳洗干净，穿上军装，来到国王庄园的厨房。这是两位军官出发后的一天。

“你回家去吧，”国王说，“公主的地位也许对你来讲是高不可攀的，而且我已经支付了太多的旅费，现在没有余钱了，你不如改天再来吧。”

“我要走，我愿意今天就走。”士兵说，“有没有旅费，我不在意，除了在瓶里灌点烈酒，背包里装点食物之外，我不需要任何其他东西。”但是，他必须要有一个充足的干粮袋，里面得装上尽可能多的牛肉和猪肉。

国王想，假如他不想要其他东西，这些要求可以满足。

就这样，他上路了，没走出多远，就赶上了上尉和中尉。

“你要到哪儿去？”上尉看到他的军服后问。

“我要出去试着寻找公主们。”士兵回答。

“我们也是去找她们的，”上尉说，“既然你也是出于同样的目的，那可以跟我们结伴同行，因为倘若我们都找不到她们，你肯定也找不到她们的，我的士兵！”

他们一起走了一段，士兵离开大路，走上了一条通往森林的小道。

“嗨，你要往哪儿走？”上尉说，“最好还是沿着大路走。”

“我知道本该是那样的。”士兵说，“不过我要走的路在这儿。”

士兵继续走着小路，另外两人看到这情形，也转头跟了上来。这条小路引着他们在森林里走了很远很远，他们穿过杂草丛生的广阔荒野，又越过与世隔绝的狭窄溪谷，直到最后他们周围逐渐明亮了。走出森林以后，面前是一座很长很长的、只供行人通行的小桥。他们正要走过桥去，可是桥头有一头大熊守着，它两条后腿直立着，迎面走来，好像要把他们吃掉似的。

“我们现在怎么办？”上尉说。

“据说，熊特别爱吃牛肉。”士兵说着，扔给它一条牛前腿。

这样，他们得以上了桥。可是，在桥的另一头还站着狮子，它张开血盆大口，怒吼着向他们冲过来，好像要把他们一口吞下去。

“现在最好还是转身回家去吧，我们永远不会活着通过这一关的。”上尉说。

“狮子也不一定就那么可怕。”士兵说，“我听说它极爱吃猪肉。”于是，他扔了一条猪腿给狮子，看它又嚼又啃地吃起来，就这样他们又过关了。

黄昏时分，他们走到一座豪华的大庄园前。里面的房间一个比一个漂亮，处处富丽堂皇，光彩夺目。可是，华丽的东西不能填饱肚子。上尉和中尉走来走去，晃着自己的钱袋叮当作响，想买点东西充饥，但是他们看不见一个人，也找不到一点食物。于是士兵从自己的干粮袋里拿出牛肉和猪肉让他们吃。这时候，他们不再摆架子了，也不等士兵再请第二回，就大口大口吃起来，仿佛一辈子从来没吃过这些东西似的。

第二天，上尉说，他们必须去打猎，找点野味来吃。紧靠庄园有一片巨大的森林，里面有野兔和飞禽。中尉留在家里，把剩余的干粮煮好了。士兵和上尉也打到了许多猎物，多得差点儿拿不回来。当他们走到大门口的时候，发现中尉几乎没有力气给他们开门。

“发生了什么事？”上尉问。

中尉告诉他们，就在他们走后不久，来了一个个子很小很小的长胡子老头儿，拄着拐杖，非常可怜，乞讨一个铜币。但是，铜币刚到他手里，就掉到了地板上。尽管他使劲去追，可是他身体僵直，手脚哆嗦，怎么也抓不到铜币。“我觉得这老头儿很可怜。”中尉说，“就俯下身子去捡起铜币。可是这时候，他的手脚却不再僵直了，开始用拐杖大力揍我，打得我几乎全身都动弹不得。”

“你真丢人！作为国王陛下的军官，竟然让一个残废的老头儿痛打一顿，还有脸在这儿讲！”上尉说，“呸！明天我留在家里，情况将会大不相同。”

第二天，中尉和士兵出去打猎，上尉留在家里做饭，收拾屋子。可是，他所遇到的情况绝不比中尉更好。老头儿又来乞讨一个铜币，他刚拿到手，就马上掉在地上，铜币一下子不见了，哪儿也找不到。于是，他请上尉帮他把铜币找出来。但是，上尉刚弯下腰，老头儿就开始用拐大力敲他，每次上尉想直起身子进行回击的时候，就挨到重重的一杖，他被打得两眼金星直冒。另外两人晚上回来时，他还趴在原地，目瞪口呆。

第三天，士兵留在家里，另外两个去打猎。上尉吩咐他要特别小心留神：“因为那个老家伙会把你活活打死的，我的士兵！”

“噢，假如一个人的生命让这么一个老家伙夺走，那也太不值得了。”士兵说。

他们刚刚走出大门，老头儿就又来乞讨了。

“我从来就没有钱。”士兵说，“但是，吃的东西等会儿烧好了可以给你。不过我要生火的话，你还得去劈点柴。”

“这活儿我不会干。”老头儿说。

“你不会干，总可以学吧。”士兵说，“这活儿很快就可以干完的，只管跟我到柴房去。”

在柴房里，士兵拖出一根大圆木头，砍了一个裂口，又打进一个楔子，于是木头上出现了一条又长又深的裂缝。

“在我开始往下劈的时候，”士兵说，“你必须躺下来，沿着这条裂缝好好注意看，这样你很快就能学会怎样劈木柴了。”

这老头儿也并不聪明，就照着士兵说的做了。他躺下来目不转睛地盯着木头。当士兵看到他的胡子正好在木头裂缝里的时候，把楔子又打了出来，然后用斧柄狠揍老头儿；接着，又在老家伙头上挥动着斧子威胁说，如果不马上供出国王女儿的下落，就砍下他的脑袋。

“饶命，饶命！我告诉你！”老头儿喊道，“在这个庄园东边，有一个大土墩。在土墩顶上，你掘开一块泥地，会看到一块巨大的石板，在石板底下有一个很深的洞，你下到洞底，就会走到另一个世界，公主们就在那儿和山中巨妖们住在一起。那个洞深不见底，漆黑一片，而且还得通过洪水和烈火两道关。”

士兵问明情况后，就把老头儿从木头夹缝里拉出来，老头儿赶紧和他告别，拔腿溜走。

上尉和中尉回到家里，看到士兵居然还活着，都感到万分惊讶。士兵把一天的经过从头至尾详细地说了一遍，还告诉他俩公主们在哪里，怎样才能找到她们。他们高兴极了，就好像已经找到了公主一样。他们吃完饭，就带上一只藤篮和所有能找到的粗细绳索，来到大土墩旁边。首先按老头儿所说的，挖松了泥地，在下面找到了一块巨大的石板，他们用尽全力才好不容易把它撬开。接着，他们想丈量一下洞究竟有多深，把绳子接了两三次，可还是没有碰到底。于是他们不得不把所有的绳子，无论粗的还是细的，全都接在一起，方才觉得绳子似乎到达了洞底。

上尉愿意第一个下去。“但是当我扯动绳子的时候，你们必须赶紧把我拉上来。”他说。

下面洞里黑乎乎、阴森森的。当冰冷的水流突然从四面涌来，灌进了他的耳朵时，他吓得要命，连忙扯动绳子。

接着，中尉想试着下去，但是他的情形也好不了多少。在他总算通过了洪水关以后，看到下面有熊熊烈火，正往上喷射着火焰，他怕得要死，也只好半途返回。

最后，士兵坐进藤篮，他始终坚持着，通过了洪水和烈火两道关，一直到了洞底。下面漆黑一片，伸手不见五指。他也不敢轻易放开藤篮，只是原地绕着转圈，在自己周围摸索。这时候，他看见在很远很远的地方，有一丝微弱的亮光，就像黎明破晓时的那种亮光一样。他朝着亮光走去，渐渐地，他的四周开始变亮了。没过多久，一轮金色的太阳照耀在空中，周围的一切一下子显得格外明亮，格外美丽，如同在地面世界一样。他先遇见一大群奶牛，那些奶牛又肥又壮，全身都闪着亮光。走过牛群，他来到一座高大华丽的王宫前。

在王宫里，他穿过许多房间，也没有碰到一个人，直到走遍所有房间才听到了纺车的“嗡嗡”声。他进去一看，原来是大公主正坐在里面纺着铜线。这间房子和房里的每一件东西都是用闪闪发亮的铜制成的。

“啊呀，怎么又有人到这儿来！”公主失声叫了起来，“愿上帝保佑你！你来这儿干什么？”

“我要把你从山里救出去。”士兵回答。

“亲爱的，快走！如果妖怪回来，他会马上要了你的命，他长着三个头！”她说。

“即使他长着四个头，我也不怕。”士兵说，“既然来了，我就得留下来。”

“好，既然你这么坚决，我就来看看能不能帮助你。”公主说。接着，她叫他藏在前厅酿酒用的大缸后面，等妖怪回来了，她会替他捉虱子，直到他熟睡为止。“但是当我出去呼唤母鸡进来啄食他头上掉下去的虱子的时候，你必须赶快进来。”她又说道，“现在你先过去试试能不能舞动那把放在桌上的宝剑。”

宝剑太重了，他甚至连拿都拿不起来。因此他喝了一口挂在过道门后牛角里的壮力酒，才勉强拿得动；他又喝了一口，就能举起它了；他接着又猛喝了一大口，这时候，他可以将宝剑挥舞自如了。

突然，妖怪呼啸而来，响声震动了整个王宫。

“咄！咄！我的房子里有生人的血和骨头的气味。”他说。

“是的，昨天飞来一只渡鸦。”公主说，“它把嘴里叼着的一根男人骨头抛进了烟囱。我把它扔了出去，还清扫了好半天，不过还是留下了气味。”

“我完全能闻出来。”妖怪说。

“现在过来，我给你捉捉虱子。”公主说，“这样你醒来就会觉得舒服多了。”

妖怪马上同意了，不用多久他就发出了鼾声。公主看到妖怪已经入睡，就把椅子和棉被垫在他的头底下，开始叫母鸡去了。于是，士兵手持宝剑，轻手轻脚地走进来，一剑下去，把妖怪的三个脑袋全砍了下来。

公主高兴得手舞足蹈，带着士兵到她的两个妹妹那里去，好让他把她们也从山里救出去。他们先穿过一个院子，又走过许多狭长的房间，来到一道大门跟前。“好，你从这儿走进去。”公主说，“她就在里面。”

他打开大门，里面是一个大厅，所有东西全是用纯银制成的，二公主正坐在那儿，在银纺车上纺线。

“啊呀，我的天哪！”她说，“你到这儿来干什么？”

“把你从妖怪这儿救走。”士兵说。

“噢，亲爱的，你赶快离开！”公主说，“如果他发现你在这儿，会当场要了你的命！”

“有此可能，如果不是我先要了他的命的话。”士兵说。

“假如你坚持要这样做，”她说，“你得躲在前厅里的大缸后面。不过，一听见我叫母鸡，你必须赶快出来。”

但是，他首先得试试有没有足够的力气去挥动妖怪放在桌上的宝剑，这把剑比第一把剑要大得多，也重得多，士兵只能勉强摇动它。他从牛角里喝上三口酒，就能把它举起来；当他又喝上三口酒以后，就可以任意舞动它，就像是在玩耍翻煎饼用的小铲子一样。

不一会儿，外面响起了一阵隆隆的撞击声，可怕极了。紧接着，长着六个头的妖怪进来了。

“咄！咄！”妖怪刚把鼻子伸进门就嚷了起来，“我这屋里有生人的血和骨头的气味！”

“是的，刚才飞来一只渡鸦，衔着一块大腿骨，把它抛进了烟囱里。”公主说，“我把它扔了出去，可是渡鸦又扔了进来。最后，我弄走了骨头，还连忙用烟熏了一下，可是气味大概不会那么快就去掉。”

“我完全能闻出来！”妖怪说。

但是，他感到很疲倦，就把头放在公主的膝上休息，而她在妖怪的头上捉虱子，直到所有的头全都发出鼾声为止。接着，她去叫母鸡，士兵走了进来，把六个脑袋都剁了下来，仿佛它们是长在洋白菜茎上的菜根似的。

你可以想象，二公主的快乐绝不亚于她的姐姐。但是，她们高兴得又歌又舞的同时，想到了最年幼的妹妹。于是，她们给士兵指路叫他穿过一所很大的庭院，再穿过许许多多房间，最后，他走到三公主居住的金色大厅。

她正坐在那儿，在一架金纺车上纺着金线。这屋里从地板到房顶，所有地方都金光闪闪，让人看了直晃眼。

“愿上帝保佑我们！你来这儿干什么？”公主坐在那儿

问，“快走！快走！否则他会把我们全都杀死的！”

“杀两个和杀一个也差不了多少。”士兵说。

公主哭着求他离开，而他一定要留下来。于是，他先试试能不能舞动放在前厅桌上的那把宝剑。一开始，他只能稍微移动一点——这把剑比前两把要大得多，重得多，他喝了三口酒，即使这样，他也仅仅是能拿得动宝剑；接着，他又喝了三口，便能举起它了；喝过三次以后，他就能轻而易举地挥舞宝剑，好像在摆弄一根羽毛一样。三公主和她两个姐姐一样，与士兵商定了同样的办法：在妖怪熟睡以后，她就叫母鸡来，这时候，士兵就得动作利落，赶快来把妖怪除掉。

忽然，传来了阵阵轰隆声，仿佛墙壁和屋顶都要塌下来似的。

“咄！咄！我这儿的房里有生人的血和骨头的气味。”巨人使劲地用他的九个鼻子嗅着说。

“是的，你从来没有见过这样的怪事：就在刚才，飞来了一只渡鸦，把一块男人骨头抛进了烟囱，我把它扔出去，它又抛进来，持续了不少时候。”公主说。最后她说已把骨头埋了，事后又是清洗，又是烟熏，可是仍然留下了一些气味。

“我完全能闻出来。”妖怪说。

“过来，在我的怀里躺一会儿，让我替你捉虱子。”公主说，“这样你就会舒舒服服地睡着。”

巨人照她说的做了。当他像野兽一样鼾声大作的时候，她用长凳和棉被支撑住他的九个头，使自己脱开身，便开始叫母鸡。于是，士兵只穿着袜子走了进来，举起宝剑向妖怪砍去，一下子剁掉了八个头，宝剑太短了，第九个头够不着。

第九个头惊醒过来，开始大声咆哮："呸！呸！这儿有生人的气味！"

"对了，生人就在这儿。"士兵回答。在妖怪还没有来得及站起身，抓住点什么的时候，士兵又劈了一剑，第九个脑袋也滚落了下来。

现在，你知道，公主们是何等快活！她们再也不用坐着在妖怪头上捉虱子了。对这个救她们出苦海的士兵，她们不知道怎样感激才好，最小的三公主摘下自己的金戒指，把它系在了他的头发里。然后她们收拾好自己能拿得动的金银财宝，回家了。

他们一扯动绳子，上尉和中尉就一个接一个地把公主们拉了上去。可是，当她们都平安地上去以后，士兵马上意识到自己没有在公主们之前坐进藤篮先上去，实在是太愚蠢了，因为他不太信任那两个伙伴。于是，他想试他们一下。他在藤篮里放上一个大金块，自己远远地闪在一边。果然，当藤篮吊到半空的时候，他俩就割断了绳子，藤篮掉下来，撞在岩石上，碎石从他耳旁擦过。"这下我们除掉他了。"他们在上头说。接着，他们又以性命相威胁，一定要公主们说是他俩把她们从妖怪那里救出来的。公主们一百个不愿意，尤其是最小的公主更是强烈抗议。但是她们怕丢掉性命，只好同意。

上尉和中尉带着公主们回到了王宫。国王的庄园里举行了盛宴。国王喜出望外，高兴得不知道怎么办才好，他从酒柜里取出最好的酒，为上尉和中尉斟满，表示欢迎和感谢。我想，如果说以前这两人没有得到过任何荣耀的话，现在算是得到了。他们整天趾高气扬地走来走去，一副贵人的样子，因为事情已经十分明显，他们将任意挑选一位公主娶为妻子，而且还要平分半个王国。他们都想娶最小的三公主，但是无论怎样乞求和威胁都无济于事，她说什么也不答应。于是，他们向国王禀报，要十二个人来看住小公主。他们说，自从她被抢回以来，始终非常忧伤，所以他们担心她会自寻短见。于是，无论公主到哪里，都有卫兵紧紧跟随。

接下来，王宫上下开始为两位大公主准备喜筵，这将是一次前所未有的盛大婚礼。他们忙碌着酿制啤酒，烘制糕点，屠宰牲口，仿佛永远做不完似的。

此刻，士兵还在地底下，在另一个世界里闲荡。他为自己再也看不到人们的笑脸和白昼的亮光而感到难过，但是他想怎么也得找点事情来做。于是，他从一个房间走到另一个房间，一天、两天，许多天过去了，他打开了所有的柜橱和抽屉，翻遍了每个架子，还查看了一切精致的摆设，最后来到一张桌子的抽屉前，他打开一看，里面放着一把金钥匙。他便用这把金钥匙试着去开所有的锁，可是一把锁都打不开，直到后来，他才试着打开了床上方的小壁橱，在里面找到一个生了锈的旧哨子。

“试试看这个哨子能不能吹响，这倒是很有意思。”他想。然后，他把哨子放进了嘴里。还没有弄明白是怎么回事，就听见从四面八方传来翅膀的拍击声。顷刻之间，一大群鸟落下，整个田野里黑压压的一片。

“我们的主人今天有什么愿望？”它们问。士兵说，如果自己是它们的主人，它们能否告诉他用什么办法才能重新回到地面上去。

结果，没有谁能告诉他。

“但是，我们的母亲还没有来。”它们说，“如果她不能帮助你，就无法可想了。”

于是，他又吹了一次哨子。不一会儿，就听到遥远的地方有拍打翅膀的声音，忽然刮来一阵狂风，把他吹得像院里的一捆干草似的，从这幢房子撞到另一幢房子，要不是他抓紧了栅栏，大概会被立即刮跑了。一只老鹰随即落下来，停到他面前，这只老鹰高大雄健，简直无法用语言来形容。

“你来势真猛。”士兵说。

“你一吹哨子，我就赶来了。”老鹰说。

接着，士兵就问她是否有办法帮他离开他所在的世界，回到地面上去。

“除了飞行，没有别的办法离开这儿。”老鹰说，“如果你为我屠宰十二头牛，让我好好饱餐一顿，我会试着帮助你的。你有刀子吗？”

“没有，但是我有宝剑。”士兵说。

老鹰吃下十二头牛以后，请士兵再宰一头，带着路上吃。

“每次我张开嘴，你必须很快地扔给我一块肉。”她说，“否则，我会没有力气带着你高飞的。”

士兵按照她说的做了，把两个装满肉的大口袋挂在她的脖子上，自己趴在她的长满羽毛的背上。于是，巨鹰扇动翅膀，像一阵风似的向前飞去。士兵只听见耳朵两旁狂风呼啸而过，他紧紧地抓住老鹰，每当她张开大嘴，他都要费好大的劲才能勉强扔进一块肉去。当周围的天色开始变亮，老鹰放慢拍打翅膀的速度，士兵早有准备，他抓起最后一条牛后腿，扔给了她。老鹰顿时又恢复了体力，驮着他飞了起来。在一棵高大的云杉树梢上休息片刻以后，她再次驮着士兵展翅高飞，大片大片的陆地和海洋在他们下面一闪而过。在靠近国王庄园的地方，士兵从巨鹰身上下来，她便飞回去了。临走前，她说，如果士兵以后有什么事情，只需一吹哨子，她就会马上赶来。

这时候，国王的庄园里一切准备就绪，上尉和中尉与两位公主结婚的日子也临近了。可是，她俩没有一天不是在悲伤和哭泣中度过的，婚期越近，她们就越是悲伤。国王觉得实在太奇怪了，问她们究竟有什么委屈，现在她们已经获救，得到了自由，同时就要举行婚礼，为什么反而愁眉苦脸，闷闷不乐呢？大公主开口说，她们永远不会再快乐，除非能得到曾经在蓝山里玩过的那种金板玩具。

国王给王国内最出色、最熟练的金匠下令，让他们为公主制作一副同样的金板玩具。然而，不管他们怎样一试再试，也没有一个人能做出来。

最后，除了一个老金匠之外，其他金匠都找遍了。可是，这位老金匠已经年老力衰，许多年没有制作过一件像样的金器。士兵就去找他，开始跟他当学徒。老人也为新收一个徒弟感到非常高兴。要知道，老人已经很长时间没有收学徒了。他从箱子里翻出一瓶酒，坐下来和士兵对饮起来。没过多久，他就有点醉了。士兵劝他到国王那里去，说自己能为公主们制作那套玩具。老金匠答应了，想当年他确实做过非常精致奇妙的金器。

当国王听说门外有一个人能复制出一模一样的金板玩具的时候，一刻也等不得，马上就出来看。

“他们说，你能制作出来我的女儿们想要的那种玩具。这是真的吗？”国王问。

老金匠回答，是的，那不是瞎说，他说话算数。

“好极了。”国王说，“这是给你制作玩具用的金子。但是，假如造不出来，你就得丢掉性命，因为你是自己找上门来的。”国王还规定他在三天之内必须做好。

第二天早晨，老金匠睡醒了，酒劲也已过去，他有些后悔，又哭又闹，一个劲儿地责骂徒弟胡闹，让他在喝醉酒的时候给自己招来灾祸。他说自己最好马上自杀，因为这条命问都不要问是保不住了，最杰出的金匠都无法制造出这种玩具。

“别再抱怨这件事了，把金子给我。”士兵说，“我来制作这种玩具。不过，我要一个独自使用的房间，好在里面干活儿。”

他马上得到了房间，老人对他感激不尽。

可是，士兵除了在房里闲逛，什么活儿也没有干。老金匠心急如焚。

“不要再为这件事操心。”士兵说，“离交出玩具的时候还早着呢。假如你对我做出的承诺不放心，可以自己来制作。”

第一天和第二天，情况都是如此。到了最后一天，老金匠还是没有听到一点使用锤子和锉刀的声音。他觉得现在再也别想保住性命了。

但是在夜幕降临的时候，士兵打开窗户，吹响了他的哨子。

老鹰刹那间就赶来了，问他有什么事。“我想要公主们在蓝山玩过的那副金板玩具。”士兵说，“你大概愿意先吃点东西吧？在那边牲畜棚，我已经为你准备了两条宰好的牛，你就去吃了吧。”老鹰吃完以后，路上没费多长时间，日出以前就带着玩具回来了。士兵把玩具放到床铺底下，躺下就睡了。

第二天一大清早，老金匠就跑来猛敲他的房门。

“你这样跑太危险了。”士兵朝门外喊，“从早到晚你都像一个疯子似的跑来跑去。如果我连安静地睡一会儿都不可以的话，你还是去收别人当学徒吧！”

可是这一次，老金匠一定要进来，士兵只得松开了门钩。

当然，老金匠的焦虑也到此结束了。

当他拿着玩具来到国王的庄园时，公主们远比老金匠本人更要高兴，最高兴的就数小公主了。

“这个玩具是你自己做的吗？”她问。

“不，说实话，这确实不是我做的。”他说，“它是我的一个学徒做的。”

“我们很想见见这个徒弟。”公主们说。

士兵来了。最年轻的公主一眼就认出了他，她推开守卫，跑过去伸手给他说：“你好，谢谢你上次救了我们！”

“就是他把我们从山中的妖怪那里救出来的。”三公主对国王说，“我愿意嫁给他！”她摘掉了士兵的帽子，让大家看到自己系在士兵头发里的那枚戒指。

好了，上尉和中尉所干的丑恶行径被全部揭发出来了。他们只能以命来抵自己的罪行，而想当高贵老爷的梦想也破灭了。士兵得到了金冠和半个王国，并与最年轻的公主举行了婚礼。大家都频频举杯，畅怀痛饮。虽然其他人无力救出公主，但是吃喝玩乐，却人人都会。

假如他们没有喝够，那么直到现在他们一定还坐在那儿，不停地喝呢。

在这个庄园东边，有一个大土墩。在土墩顶上，你掘开一块泥地，会看到一块巨大的石板，在石板底下有一个很深的洞，你下到洞底，就会走到另一个世界，公主们就在那儿和山中巨妖们住在一起。那个洞深不见底，漆黑一片，而且还得通过洪水和烈火两道关。

——《蓝山三公主》

金鸟

从前有一个国王，他有一座花园。花园里长着一棵苹果树，这棵树每年都结一个金苹果。可是每到他们要摘的时候，金苹果就不见了。没有人知道苹果到哪儿去了，它丢得莫名其妙。

这位国王有三个儿子，有一天，他对儿子们说，要是他们当中有谁能找回金苹果，或者抓住偷苹果的贼，就可以继承他的王位。

大王子先行动起来。他坐在树底下，想找出贼来。到天快黑的时候，一只金鸟飞来，老远看去金光四射。王子看到金鸟以后，心里非常害怕，不敢再待在那儿，飞快地跑回了家。

第二天清晨，苹果不见了。大王子又恢复了勇气，开始打点行装，要出发寻找金鸟。国王给他装备齐整，送他上路。

大王子走出一段路后，感到肚子饿了，就打开背包，坐在路边吃起干粮来。有一只狐狸从云杉林里跑出来，坐在旁边看着他。

“亲爱的，请给我一点东西吃吧！”狐狸说。

“我只能给你烧焦的牛角。”王子说，“我自己也需要食物，谁也不知道我要走多远的路，旅行多长时间。”

“行，就这样吧！”狐狸转身回到森林里去了。

大王子吃饱喝足以后，接着赶路，他来到一座大城市。城里有一家旅馆，在那里永远只有寻欢作乐，从来没有忧愁，大王子觉得住那儿实在太好了，就留了下来。旅馆里成天举行各种舞会和狂欢宴，既热闹又有趣，他完全忘记了金鸟，忘记了自己的旅行，忘记了整个王国。他一直留在此地，没再回去。

第二年，该二王子到花园去捉拿偷苹果的贼了。当苹果将熟的时候，他也坐在树底下。有一天夜里，金鸟突然来了，它像太阳似的闪闪发光。二王子看了，怕得要命，拔腿飞快地跑回家里。

第二天清晨，苹果没有了。二王子又变得勇敢起来，想出发找到金鸟。他开始着手准备行装，国王同样为他装备得非常齐整，毫不吝惜财物。

可是，他的遭遇和哥哥如出一辙。在走出一段路以后，他觉得肚子饿了，就打开背包，坐在路旁，开始吃东西。一只狐狸从云杉林里出来，坐在旁边看着他。

“亲爱的，请给我一点东西吃吧！”狐狸说。

“我把烧焦的牛角给你吧！”二王子说，“我自己也需要食物，没有人知道我要走多远的路，旅行多长时间。”

“行，就这样吧！”狐狸转身回到了森林里。

二王子吃饱喝足以后，继续赶路。最后，他来到了他哥哥来过的城市的同一家旅馆，在那儿终年只有寻欢作乐，从来没有忧愁，他也觉得那个地方实在太好了，而且他遇见的第一个人就是他哥哥，因此，他也在这里住了下来。这时，哥哥由于长期沉湎于吃喝玩乐，已经穷得几乎连衣服都没有了。现在，他们又可以成天跳舞唱歌，过着愉快而开心的日子，所以二王子也忘记了金鸟，忘记了自己的旅行，忘记了整个王国。他也留在了那里，没再回去过。

等到苹果又将熟的时候，轮到小王子去花园设法抓获偷苹果的贼了。他找来一个朋友，以便帮自己爬上树去。他还带着一桶啤酒和一副纸牌来消磨时光，以免睡着。突然，远方射来太阳般的光辉，早在金鸟飞到以前，他们就能看清鸟身上的每一根羽毛。王子赶紧爬上树去，金鸟冲下来偷金苹果的时候，王子想一把逮住它，结果只揪到了它尾巴上的一根羽毛。于是，他来到父亲睡觉的房间。当他拿着羽毛走进去的时候，周围变得像晴朗的白昼一样明亮。

他说，他也想到外面广阔天地中去，设法打听他哥哥们的下落和捉住那只金鸟，因为他刚才离鸟那么近，已经在鸟身上留下了记号，还得到了它尾巴上的一根羽毛。国王来回踱着步子，沉思了很长时间，考虑该不该让他去。国王非常担心小王子也会一去不复返。小王子再三恳求，最后终于取得了父亲的同意。他也开始打点行装，国王为他准备了许多钱物，然后他就上路了。

走了一段路以后，他感到肚子饿了，就打开背包，坐下来吃东西。正吃得高兴的时候，一只狐狸从云杉林中走出来，坐在旁边看着他。

“亲爱的，请给我一点吃的东西吧！”

“我的食物，我自己也很需要。”小王子说，“因为我不知道我还要走多远的路。然而，给你一点食物总还是可以的。”

狐狸放一块肉在嘴里嚼，他问王子要到哪里去，王子告诉了他。

“如果你肯听我的话，我就可以帮助你，这样你会有好运的。”狐狸说。

小王子答应了。于是他们结伴同行。走了一段时间，来到了永远只有欢乐、从来没有忧愁的城市，住进有他哥哥的旅馆。

“我必须绕开这个地方，这里的狗非常讨厌。”狐狸说。他还告诉王子，他的哥哥们在这里干些什么。“一旦你走进这家旅馆，就不会再往前走了。”他又说。

小王子保证他不会进到里面去，然后他们分手了。可是，当小王子来到这家旅馆，听到从里面传出的音乐和欢闹声的时候，不用问，他也情不自禁地走了进去。他又遇见了两个哥哥，与他们一起吃喝玩乐，非常痛快，他也忘记了狐狸和旅行，忘记了金鸟和自己的父亲。但是，他在这里过了一段时间以后，狐狸来了——他是冒险进了这家旅馆——他把门推开一条缝，向小王子使了一个眼色，并且说，现在他们必须上路了。小王子顿时醒悟过来，与狐狸一同出发了。

走了一段时间后，他们看到远方有一座高大无比的山。狐狸说：“山那边三千公里的地方有一棵长着金树叶的金椴树，被你取下一根羽毛的金鸟就栖在这棵椴树上。”

他们一起到达椴树那里。当小王子要过去抓金鸟的时候，狐狸交给他一些非常漂亮的羽毛，叫他手持羽毛不停晃动，用来引诱金鸟，它看到羽毛就会飞过来，停在他的手上。但是狐狸警告小王子不要去碰椴树，因为这棵树为一个巨大的妖怪所有，只要碰一碰，哪怕最细小的树枝，妖怪也会跑出来当场把他杀死。小王子说，他不会去碰那棵树的。可是，他把金鸟抓到手以后，却认为不管怎样都要从椴树上折下一根树枝不可，因为树枝金光闪烁，确实太漂亮了，于是，他折了一根，仅仅是一根非常细小的树枝，然而就在那一瞬间，妖怪出来了。

“是谁偷了我的椴树和金鸟？”妖怪怒吼道。

“做贼的人总认为每个人都偷东西。”小王子说。

无论小王子说什么，妖怪都要杀死他。于是小王子请求保住性命。

“行，行，”妖怪说，“假如你能把我最近的邻居从我这儿偷走的马找回来，我就饶你一命。”

“我上哪儿去找他呢？”小王子问。

“他们在地平线那儿的一座蓝色高山后面三千公里的地方。”妖怪说。

小王子答应尽自己的最大努力去找。可是，当他走到狐狸面前的时候，狐狸非常不乐意。

“你把事情弄得一团糟。”狐狸说，“假如你听我的话，我们现在就可以走在回家的路上了。”

他们只得继续赶路，因为这是性命攸关的事情，而且小王子已经做出了承诺。最后，他们来到了那个地方。

小王子要进去牵马，狐狸说："当你进入马厩，会看到墙上挂着各种各样的马勒，有金的，也有银的，但是千万不要去碰它们。因为你要是碰了，妖怪会马上出来，把你当场杀死。你要拿你所看到的马勒中最难看、最破烂的一副。"

小王子答应照他说的去做。可是，他走进马厩以后，就觉得这样做实在不合情理，因为里面华丽的马勒多得是。于是，他拿了最光彩夺目的那副马勒，它像金子一样闪闪发亮。然而，就在刹那间，妖怪来了，暴跳如雷，两眼直冒怒火。

"是谁在偷我的宝马和马勒？"他尖声喊道。

"做贼的人总认为每个人都偷东西。"小王子说。

"不管你说什么，我要马上杀死你。"妖怪说。

小王子请求保住性命。

"行，行，"妖怪说，"假如你能把我邻居从我这儿偷走的可爱少女找回来，我就饶你一命。"

"他住在哪里？"小王子问。

"他住在地平线那儿的一座蓝色高山后面三千公里的地方。"妖怪说。

小王子答应去找回少女，这样他才被允许离开，保住了一条性命，不过可以想象，当他走到外面的时候，狐狸满脸不高兴。

"你又把事情搞得乱七八糟。"狐狸说，"要是听我的话，我们早就走在回家的路上了。现在我不想再和你待在一起了。”

但是，小王子非常真诚地恳求，而且答应，只要狐狸肯和他在一起，叫他干什么他就干什么。最后狐狸让步了，他们仍旧做朋友，相处得很好。接着，他们继续赶路，终于来到了那位可爱少女住的地方。

“虽然你答应得好好的，”狐狸说，“但是我仍然不敢让你走进妖怪的住处。这一次还是让我自己进去吧。”说完，他走了进去。不一会儿，他就带着少女出来了，然后三个人沿着来时的路回去了。

他们来到有马的妖怪那里，带走了那匹马和最灿烂夺目的马勒；他们又来到有椴树和金鸟的妖怪那里，拿走了椴树和金鸟。

就这样旅行了一程以后，他们来到一块黑麦地。这时候，狐狸说：“我听见后面传来轰隆隆的声音。现在你和公主先走，我在这儿待一会儿。”然后他用黑麦秆编织了一件长袍，披在身上，看起来就像是有个人正站在那里布道似的。忽然，三个妖怪急匆匆地赶来了。

“你有没有看见一个人带着一位可爱的少女、一匹套着金马勒的骏马，还有一只金鸟和一棵金色的椴树经过这儿？”他们高声问站在那里布道的狐狸。

“是的，我曾经听我祖母的祖母说起过，有这样的一伙人经过这儿。不过，那是很久很久以前的事了。那时候，我祖母的祖母卖薄饼，一个薄饼值一个先令，但是她两个薄饼只卖一个先令，最后又把那个先令还给了买饼的人。”

三个妖怪听到这儿，不由得放声大笑起来，他们笑得互相搂抱在一起，“既然我们睡了那么长的时间，还不如回去再睡会儿觉。”说完，他们从原道回去了。

狐狸很快赶上了小王子。当他们来到那家永远寻欢作乐的城市旅馆的时候，狐狸说：“我怕狗，不敢穿过这座城市，我必须绕道过去。但是，你进城时一定要小心提防，别让你的哥哥们碰到你。”

然而，小王子进城以后却在想，不去看望一下两位哥哥，同他们说几句话，实在太说不过去了，因此他就去找他们。可是，两个哥哥一看见他，马上把少女、骏马、金鸟和椴树全从他那儿抢走了，还把他本人塞进一个木桶，扔到了大海里，然后他俩带着少女、骏马、金鸟和椴树回到了国王的庄园。但是，少女不肯说话，脸色苍白，神情沮丧；骏马变得非常消瘦和虚弱，几乎连站也站不住了；金鸟也沉默不语，身上也不再发光；甚至椴树也很快枯萎了。

在这期间，狐狸在城市的周围不停地转悠，等待着小王子和可爱的少女。他不知道为什么他们还迟迟不来。他转来转去，等着，盼着，最后他来到了海边。当他看到有一个木桶在海面上漂浮的时候，就喊道：“小王子，是你在那里漂浮吗？”

“噢，是我。”小王子在桶里回答。

狐狸以最快的速度游过去，抓住了桶，把它拖上岸，然后他又开始咬桶箍。当他把铁箍从木桶上弄掉以后，就大声喊道："使劲用脚踹！"

小王子在里面拳打脚踢，伸展全身，很快就把桶板打散了。于是，他们结伴来到国王的庄园。他们一到达，少女立即容光焕发，喜笑颜开；骏马也变得膘肥体壮，每根毛发都闪闪发亮；金鸟也光芒四射，歌声不断；连椴树也枝叶发亮，开出鲜艳的花朵。少女说："是他拯救了我们！"

他们把椴树种在花园里，小王子将迎娶少女，她本来就是一位公主。那两个哥哥被塞进钉了许多铁钉的木桶中，从悬崖上滚落下去。

王国准备举行婚礼。但是狐狸要求小王子把自己放在大木墩上，还要求小王子砍下他的头。无论小王子怎样拒绝都没有用。可是在头被砍掉的刹那间，狐狸就变成了一位漂亮的王子。原来，他就是他们从妖怪那里救出的那位公主的哥哥。

这次婚礼是如此盛大和豪华，酒喝得如此痛快，人们直至今日还津津乐道。

从前有一个国王，他有一座花园。花园里长着一棵苹果树，这棵树每年都结一个金苹果。可是每到他们要摘的时候，金苹果就不见了。没有人知道苹果到哪儿去了，它丢得莫名其妙。

——《金鸟》

地主的新娘

从前有一个非常富有的地主，拥有一座巨大的庄园，箱底又藏着许多银子，此外他还拿钱到外面去放债取利。可是美中不足，他是一个鳏夫。一天，邻近农家的女儿到他这儿来干活儿，地主很喜欢。她是个穷人家的孩子，他想，只要稍微提一下婚事，她必定会马上同意的。于是，地主便对姑娘说，他打算再结婚。

“是的，谁都会有不少打算。”姑娘说。她站在那儿，脸上露出了顽皮的微笑。

“我是想让你做我的妻子。”地主说。

“不，别提了，这件事万万不行。”姑娘说。

地主可是很不习惯听到别人说“不”字的，女孩越不愿意嫁给他，他越是热切地渴望娶到她。地主派人叫来她的父亲，告诉他说，如果能娶到他女儿，就不再讨要这位农民以前的债，还把牧场旁边的那块地送给他。

这位父亲答应说，她只是一个孩子，还不知道好歹。

但是，尽管对女儿软硬兼施，再三劝说，却一点用处也没有。姑娘说，即使这个地主坐在金子堆里，金子一直埋到他耳根下边，她也不愿意嫁给他。

地主等了一天又一天，仍然没有结果，他不耐烦了，对姑娘的父亲说，如果他还打算遵守以前许下的诺言，现在就得马上解决这件事，他不愿意再拖下去了。

农民说，他只有一个办法，就是让地主把婚礼的一切事务准备就绪，在牧师和参加婚礼的客人到齐以后，再派人去找姑娘，假称有活儿要她来干。她一到，就立即举行婚礼，她必晕头转向，没有时间定下神来仔细琢磨。

地主觉得这个办法十分妥当。于是，他吩咐仆人们酿啤酒，制糕点，精心地准备一场盛大的婚礼。

前来赴宴的客人到齐以后，地主喊来一个男仆，叫他跑到南边农庄的邻居那里，让农民履行自己的诺言。

“但是，如果你不能立即回来的话，”地主挥舞起拳头说，“我就要——”更多的话他没来得及说出来，因为男仆已经像身上着手火似的飞快地跑开了。

“主人让我向你问候，请你履行对他的诺言。”男仆对南边农庄的老汉说，“你必须赶紧做好，因为主人脾气很坏，已经在大发雷霆了！”

“好的，好的，你跑到牧场去把她带走好了，她就在那儿。”农民说。

男仆来到牧场，姑娘正在那儿耙草。男仆说：“你父亲曾经答应过我家主人的那件事，现在我奉命来办。”

“哼，哼！又想来愚弄我！”她想。“噢，你要带走吗？”她说，“那大概是我们的暗褐色小母马吧？你得走过去牵，她就拴在豌豆地的另一边。”

男仆飞身跳上褐色小马，一阵风似的跑回家去。

“你把她带回来了吗？”地主问。

“她在下边的门外。”男仆回答。

“那就领她到楼上母亲的房间里去吧。”地主说。

“哎呀！这怎么领呀？”男仆说。

“你就照我吩咐的去做。”地主说，“要是你一个人管不住她，可以多找些人帮忙。”

男仆看着地主的脸色，知道在这个庄园里与地主争论毫无用处。他出去把在场的所有仆人都叫去帮忙。有的用力在前面拉着马头，有的在后边使劲推着马背，好不容易将小母马推上楼，拉进了房间。里面早已放好了为新娘准备的全套用品。

“现在我已经按照您的吩咐办好了，主人。”男仆说，“但是这可真危险，也是我在庄园里干过的最难的事情。”

“好，好，这件事不会让你白干。”地主说，“现在打发女人们去把她打扮好。”

“哎呀，那是干什么？”男仆惊叫起来。

“别说废话！叫她们把她打扮得漂漂亮亮的，别忘了套好花环和戴上花冠。”地主说。

男仆赶紧跑到厨房。

“姑娘们，听着！”他说，“现在都上楼去，把那匹暗褐色小母马打扮成新娘，我们的主人显然是要让客人们大笑一场。”

姑娘们把所有的新娘用品都给小母马穿戴起来，然后男仆下楼告诉地主说，现在她已经打扮一新，既挂着花环，又戴了花冠。

“好极了，带她下楼来！”地主说，“我要亲自站在大厅门口迎接她！”

楼梯上传来沉重的马蹄声，因为她，那位“新娘”，并没有穿着绣花鞋下楼。门打开了，当地主的“新娘”走进大厅的时候，在场的所有人都忍不住哄堂大笑起来。人们都说，地主对这位“新娘”非常满意，从来没有向别人求过爱！

拉小提琴的小弗里克

从前有一个佃农，他只有一个儿子。这孩子长得瘦弱，体质很差，所以不能下地干活儿。他的名字叫弗里克，由于个子十分矮小，因此大家都叫他小弗里克。

佃农家里边一贫如洗，所以到处奔波，想给儿子找一个放牛或者跑腿的差事，可是没人肯雇用他。直到后来，警长留用了这男孩。警长新近刚辞退一个干杂活儿的男仆，还没找到愿意替他干活儿的人，因为他是个远近闻名的无赖。佃农想，有活儿干总比没有活儿干强，至少孩子可以有口饭吃，因为替警长干活儿，他只供吃饭。至于工钱和衣服，那就根本谈不上了。

男孩在警长家里干满三年以后，想回去了。于是，警长一次付清他的全部工钱。警长说，干一年活，应该得到一个铜币，这不算少了。因此，男孩总共得了三个铜币。

当然，三个铜币对小弗里克来说已经是巨大的数目了，他以前从来没有见过这么多钱，但是他还是问能不能再多给一点。

“你的所得已经超过你的该得了。”警长说。

“不能给我一点买衣服的钱吗？”小弗里克说，“我当初来时穿的衣服都已经破了，还没添过任何新衣服。”他的衣服确实都成了碎布条挂在身上。

“我们说好只供吃饭。饭你吃了，另外又给了你三个铜币，所以我已经不欠你什么了。”警长说。不过，小弗里克还是被允许到厨房去拿点干粮装进包里。他离开那儿，准备去城里买些衣服。他特别高兴，不时摸摸口袋，看看那三个铜币是不是都在里面。

他走了很长一段路，来到一个峡谷当中，几乎没有什么路会通到外面。他很想知道在这些山的另一边会有什么，以及他怎样才能翻过山去。

于是，他开始爬山。他不能走得太快，爬一会儿就得休息片刻，休息的时候，他便数数自己的三个铜币。当他爬到山顶，发现山上只是一大片长满绿苔的高原，其他什么也没有。他坐了下来，想看看他的钱是不是还在。就在这刹那间，一个高大的穷人出现在他面前，当小弗里克看清对面的人有多高、多大的时候，不由自主地叫出声来。

“别害怕，”穷人说，“我不会伤害你的。我只是以上帝的名义请求你给我一个铜币。”

“哎呀！”男孩说，“我只有三个铜币，这是我到城里去买衣服用的。”

“我的境况比你更惨，”穷人说，“我一个铜币也没有，而且我的衣服比你的更加破烂不堪。”

“好吧，你应该得到一个铜币。”男孩说。

他走了一会儿，又感到累了，就坐下来休息。忽然，另一个穷人又站在他的面前，这个穷人比第一个更高大，相貌也更丑陋。当小弗里克看清他有多高、多丑的时候，又不由自主地惊呼起来。

“别怕我，我不会伤害你的。我只是以上帝的名义，请求你给我一个铜币。”穷人说。

“哎呀，说实话，”男孩说，“我只有两个铜币，这是我进城去买衣服用的。假如早一点遇见你，我就——”

“我的境况比你更惨，”穷人说，“我一个铜币也没有，我比你高大，衣服却比你穿得还少。”

“好吧，你应该得到一个铜币。”男孩说。

接着，他又走了一段路，感到累了，才坐下来休息。他刚坐下，就又有一个穷人站在他的面前。可是他实在太高大了，男孩必须往上看，直到他两眼朝天仰望，才能看清穷人丑陋的脸。当看清他的个子有多么高大，容貌有多么丑陋，衣服有多么破烂的时候，小弗里克不由自主地大声惊叫起来。

“别怕我，我的孩子。”这人说，“我不会伤害你的，因为我是一个穷人，只是想以上帝的名义向你要一个铜币。”

“哎呀，我的天哪！”小弗里克说，“我只剩下一个铜币了，这是我进城买衣服用的。要是早一点遇见你，我就——”

“嗨，我连一个铜币都没有，我身材比你高大，衣服却比你穿得更少，我的境况比你要凄惨得多。”穷人说。

小弗里克说，他应该得到一个铜币，这是没有办法的事。三个穷人各自得到小弗里克的一个铜币，而他自己却一个也没有了。

“既然你的心地这样善良，肯把自己所有的东西都给别人，”穷人说，“每一个铜币，我要满足你的一个愿望。”原来是同一个穷人接受了他的全部三个铜币，他只是每次改变一下自己的外貌，所以男孩认不出他来。

“我一直希望听到拉小提琴的声音，看着人们欢乐地跳起舞来。”男孩说，“因此，如果让我提出愿望的话，我就要这样一把小提琴，凡是有生命的东西，都会跟着它的音乐跳舞。”

穷人说，他会得到这把小提琴的，然而这只是一个微不足道的愿望。“你应该为另外两个铜币，要求更好的东西。”

“我一直希望去射击和打猎，”小弗里克说，“因此，如果让我提出愿望，我就要这样一支火枪，用这支火枪，无论距离多么远，我都能击中任何目标。”

穷人说，他会得到这支枪的，然而这也是一个微不足道的愿望。“你应该为最后一个铜币，要求更好的东西。”

“我一直希望与和蔼可亲、心地善良的人交往。”小弗里克说，“因此，如果让我提出愿望，我就希望没有一个人能拒绝我向他要求的第一件事情。”

“这个愿望可算不得无足轻重了。”穷人说完，就迈开大步向山中走去，一会儿就不见了踪影。小弗里克就躺下睡觉了。

第二天，他带着小提琴和火枪从山上走了下来。

他首先来到一家商店，要了一套衣服；接着在一个农庄要了一匹马，在另一个农庄，要了一部雪橇；然后又在另一个地方，要了一件粗毛皮大衣。他没有听到一个“不”字，无论那些人原本是多么吝啬，也必定给了他所要求的东西。最后，他像一位气派十足的绅士那样，乘着马拉雪橇，在乡村漫游。

在滑行了一段路以后，他遇见了自己曾经的主人。

“你好，主人。”带着小提琴的小弗里克停下雪橇，向他问候道。

“你好，”警长说，“我做过你的主人吗？”

“是的，你不记得我替你干了三年活，得了三个铜币吗？”小弗里克说。

“哎哟，我的天哪，转眼你就变得阔气起来了，”警长说，“你是怎么成为这样一个体面的大人物的？”

“噢，这话说起来就长了。”小弗里克说。

“你的兴致那么高，还带着小提琴旅行？”警长说。

“是的，我总是喜欢让人们跳舞。”男孩说，“但是我最神奇的东西，还是这把火枪。无论离得有多远，只要我用它瞄准了一件东西，都能把它打下来。你看到那边云杉树上停着的一只喜鹊吗？我从这儿就能打中它，你愿意打赌吗？”

警长非常愿意打这个赌，如果有可能的话，他想把马、庄园和数百个银币都押上。但是在当时，他的赌注是身上带的所有钱，外加喜鹊掉下来的时候，他还要去找出来，因为他根本不相信火枪能打到那么远。可是枪声一响，喜鹊就掉了下来，落到一个很大的荆棘丛里。警长大步走进去找到喜鹊，把它高高举起来给男孩看。正在这时候，小弗里克拉起了小提琴，警长开始跳起舞来，周围数不清的荆棘都刺到他的身上。

男孩不停地拉琴，警长就不停地跳舞，不停地号叫，不停地求饶，到后来，他的衣服全被刺破，变成碎布条，最后几乎一丝不挂了。

“好吧，现在我想你同我当初离开你家的时候一样衣衫褴褛了。”男孩说，“这次我就放你走。”但是，警长首先必须付清输给他的钱。

小弗里克来到城里，住进一家旅馆。他拉起小提琴，所有来到旅馆的人都翩翩起舞，他过得非常愉快，非常幸福。毕竟不论他要求什么，都没有一个人会拒绝他。

但是，正当他玩得兴高采烈的时候，卫兵进来逮捕了他，把他押送到警察局。因为警长提出控告，说小弗里克袭击了他，把他洗劫一空，还险些要了他的命，因此这男孩将被绞死，绝不宽恕。可是，小弗里克自有办法摆脱一切困境，这就是他的小提琴。他一开始拉琴，卫兵们就只得跳舞，直到他们个个累得躺在地上张嘴喘粗气为止。警长又派来许多卫兵和警卫。但是，只要小弗里克拿起小提琴，拉出调子来，他们就不得不一直跳舞，而且远在跳舞结束之前，就累得精疲力竭了。

后来，当小弗里克深夜熟睡的时候，他们偷偷地靠近他，把他抓住了。抓到以后，他们便宣判立即用绞刑处死他，并马上押赴刑场。那地方聚集了一大群人，大家都来看这个少有的场景。警长也来了，他感到心满意足，这一下他输掉的钱和受伤的身体都可以得到补偿，还能亲眼看到小弗里克被绞死。

但是绞刑并不能很快执行，因为小弗里克身体很弱，连路都走不动，而且他故意装得更为虚弱；不过小提琴和火枪他都带在身边，这两件东西没人能拿走。他走到绞架下，往梯子上爬的时候，爬一步就休息一下，到了最高的台阶上，他坐了下来，请求他们不要拒绝他最后一个愿望：在被绞死以前，他非常想用他的小提琴来演奏一支乐曲。他们同意了。只有警长恳求大家无论如何也不要答应让他去碰一下琴弦，否则他们全都会完蛋。小弗里克抓紧时机很快就拨动他的琴弦，在场的人和动物都开始跳起舞来，无论是用两条腿走的，还是用四条腿爬的；是副主教，还是传道牧师；是法庭推事，还是法警；是警长，还是刽子手；是狗还是猪，全都一样。他们扭在一起不停地跳着，一边狂笑，一边乱叫。有些人跳得筋疲力尽，趴在地上，好像死去一样；另一些人跳得晕头转向，支持不住，昏了过去。他们全都很不好受，可是最惨的还要数警长，他跳舞的时候拼命扭动，脊背上大块大块的皮肉因为背靠桦树都磨掉了。再也没人想到去对付小弗里克，他带着小提琴和火枪走了，想去哪里就去哪里。

后来，他的一生都过得非常快乐，因为没有任何人能拒绝他要求的第一件事。

如果让我提出愿望的话，我就要这样一把小提琴，凡是有生命的东西，都会跟着它的音乐跳舞。

——《拉小提琴的小弗里克》

索里亚·莫尼亚王宫

从前有一对夫妇，他们有一个儿子，名叫哈尔佛。从小他就不肯做什么事情，只是坐着扒炉灰。父母曾经打发他去学手艺，可是哈尔佛在哪儿也待不长久，去了没几天，就逃出来，跑回家去，仍然坐在炉边拨弄炉灰。但是有一次，外面来了一个船长，他问哈尔佛有没有兴趣跟他一起出海，去看看外面的世界。哈尔佛愿意去，没花多少时间，他就准备好了。

他们航行了多长时间，我没有听说，可是他们后来遇到了一场极大的暴风雨。当狂风暴雨过去，海面恢复平静的时候，他们已经漂流到了一个谁都不知道的陌生地方。

当时，海面一丝风也没有，连羽毛在空中都会纹丝不动。船只得停泊在那儿。哈尔佛问船长能不能允许他上岸去看看，因为他宁愿上岸散步，也不想躺着睡觉。“你觉得你还能见人吗？”船长说，“你除了身上穿的破烂衣服，又没有像样的衣服可换。”但是，哈尔佛坚持要去，船长只好答应了。不过船长告诫他，一起风，他就得马上回来。于是，哈尔佛就上岸去了。

这是一个非常美丽的地方，到处是广阔的平原，有可爱的田园和牧场，然而他没有看到一个人。不久，起风了，可是哈尔佛觉得他还没有看够，想走得更远一点，看看究竟能不能找到人。不一会儿，他走到了一条大道上，路面非常平坦，上面都可以滚鸡蛋，哈尔佛就沿着这条路走下去。将近黄昏的时候，他看到远处有一座巨大的宫殿，灯火辉煌。他已经走了整整一天，又没带着干粮，肚子实在饿极了，很想到宫殿里歇息；可是他走得离宫殿越近，心中就越害怕。

宫殿里，炉火烧得正旺。哈尔佛走进厨房，这么漂亮的厨房是他从来没有见过的。里面的碗碟和器皿不是金的，就是银的，可就是一个人影也没有。哈尔佛站了一会儿，见没有人出来，就走过去，打开了一扇门，门里竟然坐着一位公主，正在纺车边纺线。

“哎呀！”她喊道，“陌生人怎么敢到这儿来？要是不想让妖怪吃掉，你最好还是快走，这儿住着一个长着三个脑袋的妖怪。”

“即使他长着四个脑袋，我也不在乎，我倒是很想见识一下那个妖怪。”男孩说，“我不想离开，我又没干什么坏事。不过你得给我一点东西吃，因为我实在饿极了。”

哈尔佛吃饱以后，公主叫他试试能不能挥动挂在墙上的宝剑。结果，哈尔佛甚至不能把它举起来。

“噢，”公主说，“那么你就得喝一口挂在宝剑旁边的瓶子里的酒，妖怪出门要用这把剑的时候，总是这样做。”

哈尔佛喝了一口，马上就能舞动那把宝剑了，仿佛它根本没有什么重量似的。他想，要是妖怪现在回来就好了！

突然，妖怪呼啸而来，哈尔佛藏到了门背后。

“哎哟！这儿有生人的血腥气味！”妖怪说着就把头伸进了门内。

“是的，那你就得小心了。”哈尔佛说完，就砍下了他所有的头。

公主获救了，可是她又想到了自己的两个妹妹，便说：“要是我的妹妹们也能得救，该有多好啊！”

“她们在哪儿？”哈尔佛问。

她说，一个妹妹被妖怪带到离这儿六十英里的一座宫殿里，另一个妹妹被带到离这儿九十英里的一座宫殿里。“现在，”她说，“你必须先帮我把妖怪的尸体收拾掉。”

哈尔佛身强力壮，转眼工夫就把这地方清理好，弄干净了。

第二天天色微亮，他就出发了。这一整天，他连蹦带跳，从不平平稳稳地走。当他看到宫殿的时候，心里又有点儿害怕了。这座宫殿比第一座华丽得多，不过，这儿也是一个人影不见。因此哈尔佛没有在厨房停留，一直往里走。

“哎哟，难道还有陌生人敢到这儿来吗？”公主惊叫起来，“我都不知道来这儿已经有多久了，在这期间，我始终没有见过一个人。你最好还是马上离开，这儿住着一个长着六个脑袋的妖怪。”

“不，”哈尔佛说，“即使他再长六个脑袋，我也不走！”

“他会抓住你，把你活活吞下去的。”公主说。

但是这毫无用处，哈尔佛不肯离开，他并不害怕那个妖怪。但是他想要点吃的和喝的东西，因为他赶了一天路，肚子很饿。他吃饱喝足以后，公主再一次要求他离开这里。

“不，”哈尔佛说，“我不走，因为我没有做错事，没有什么可担心的。”

“他可不管这个。”公主说，“他想抓你，就从来不讲什么道理。但是，既然你不肯走，那就得试试能不能挥动妖怪在打仗时用的那把宝剑。”

他挥不动宝剑，于是公主叫他喝一口挂在宝剑旁边的瓶子里的酒。他喝过以后，就能舞动自如了。

突然，妖怪回来了，他的身躯非常粗壮，非常庞大，必须侧着身子才能进门。妖怪刚伸进第一个头，就喊叫起来：“哎哟！这儿有生人血腥的气味！”就在这时候，哈尔佛砍下了妖怪的第一个头，接着又把其余的头都砍掉了。公主高兴得不知道应该怎么办才好，然而她想起了自己的姐妹们，希望她们也能获救。哈尔佛觉得这件事肯定有办法，他真想立即就出发。可是，他首先得帮公主把妖怪的尸体弄走。结果，他第二天早晨才上路。

第三座宫殿很远，他走一阵，跑一阵，直到傍晚的时候才到。它比先前两座更加雄伟壮观。这一次他几乎一点也不害怕了，他穿过厨房，直接走了进去。里面依然坐着一位公主，长得花容月貌，简直无法用语言来描述。

她像另外两位公主一样，自从来到这里，从来没有见到过一个人。她还说，哈尔佛应该离开这儿，否则长着九个脑袋的妖怪会把他活活地吃掉。

“即使他在九个脑袋以外还有九个脑袋，然后再长九个脑袋，我也不走。”哈尔佛说完，就站到了壁炉边。

公主苦苦恳求，但是哈尔佛坚持留下来，还说：“妖怪愿意什么时候来，就让他什么时候来吧！”

于是，公主把妖怪的宝剑给了他，还让他喝了一口瓶里的酒，使他能舞动那把宝剑。

忽然，外面狂风大作，妖怪呼啸着回来了，他比先前两个妖怪更加庞大，更加肥胖，他也同样必须侧着身子才能慢慢地挤进门来。“哎哟！这儿有生人血腥的气味！”他吼叫着。就在这刹那间，哈尔佛砍下了他的第一个头，接着又砍下其余的头。然而，最后一个头是最坚韧的，虽然哈尔佛觉得自己够强壮了，可是把这个头砍下来，却也花了九牛二虎之力。

现在，三个公主都来到了这座宫殿，她们是那么欢乐，那么喜悦，这是她们一生中从未有过的。她们都喜爱哈尔佛，他也喜爱她们。他可以娶他最喜爱的一个公主，而在她们三个人中，最年轻的那个公主最爱他。

时间一天天地过去，哈尔佛逐渐变得沉默寡言，忧心忡忡起来。公主们就问他有什么心事，是不是不喜欢和她们在一起。他说他当然喜欢她们，但是他十分想家，他的父母还健在，他很想去看望他们。她们认为这件事很容易办到。“只要肯听我们的话，你就可以平平安安地回家，然后再回来。”公主们说。于是，她们帮他穿戴整齐，打扮得像王子一样英俊潇洒，然后在他的手指上戴了一枚戒指。这枚戒指非常神奇：戴着它，他想回家或者想再回来，都能做到。她们还提醒他，一定别把戒指弄丢了，也别提她们的名字。否则，一切幸福就会结束，他也永远不会再见到她们。

“现在我希望回到家里，这儿就是家！”哈尔佛说。正像他所希望的那样，他的愿望马上变成了现实，他已经站在了他父母的小屋门外。此刻正是傍晚时分，当他的父母在暮色朦胧中看见进来了一位服饰华丽、气质高贵的陌生人的时候，确实大吃一惊，连忙躬腰屈膝，向他行礼。

哈尔佛问他们，他可不可以留在这儿住一个晚上。

“我们没有条件。”他父母说，“我们没有这种条件来招待你这样一个绅士。最好到庄园去，那地方不太远，从这儿可以看到那儿的烟囱。在那里，一切东西应有尽有。”

哈尔佛不去，他愿意留下来。可是，他的父母坚持让他上庄园去，说在那儿他可以有吃有喝的，而他们甚至连一把给他坐的椅子也没有。

“不，”哈尔佛说，“明天清早以前，我不愿意上庄园去，就让我住下吧，我可以坐在炉子旁。”

对于这个要求老人无法拒绝。于是，哈尔佛坐在炉子旁边，开始拨弄炉灰，就像他以前在家的时候做的一样。

他们在一起说了许多话，哈尔佛说到东讲到西，最后他问他们是不是有过孩子。

他们说有过一个男孩，名字叫哈尔佛，但是他们不知道他上哪儿去了，也不知道他现在是死了还是活着。

“他可能是我吗？”哈尔佛问。

“这怎么可能呢？”老妇人说着，站了起来，“哈尔佛非常懒惰，他什么事情也不愿意做，他的衣服总是破破烂烂的，一块破布条搭着另一块破布条，他绝不可能成为像您这样一位体面的绅士，先生！”

过了一会儿，老妇人走到炉边拨火，炉火余烬的红光照到哈尔佛的脸上，和他在家时的情景一模一样，老妇人认出了他。

“真的是你吗，哈尔佛？”她说。两位老人欣喜若狂，简直难以用语言来表达。于是，哈尔佛就把自己遇到的一切都诉说了一遍。他母亲特别高兴，一定要马上带他到庄园去，在那些以前高傲无比的女孩子面前炫耀一番。

她在前面领路，哈尔佛在后面跟着。到了那里，她就说，哈尔佛回来了，现在她们可以亲眼看看，他是多么英俊，就像一位王子似的。

“我们当然知道。”姑娘们摇着头说，“他一定还是过去那一副肮脏的样子。”

正在这时候，哈尔佛走了进来，姑娘们一个个都慌得手足无措，把套裙都忘在了炉子旁，只穿着衬裙就跑了出去。当她们再进来的时候，几乎都不敢抬头正眼看哈尔佛。

“哼，你们总觉得自己是那么高贵，那么美丽，世界上再没有人能比得上你们，但是只要看一眼被我救出来的大公主，就会明白了，”哈尔佛说，“跟她相比，你们就像是放牧的姑娘一样；二公主更美丽；还有最小的公主，她是我最心爱的人，简直比太阳和月亮还要美丽许多倍。但愿她们在这儿就好了，你们可以亲眼看看！”

他话音刚落，三位公主就站到了他的面前。庄园里为公主们举办盛宴，可是她们不愿意留在那里。“我们想去看看你的父母，再出去转一下。”她们对哈尔佛说。于是，他就陪着她们走了。他们来到庄园外的一个大湖前，紧靠在湖边有一个非常美丽的绿草坡。公主们说，她们想坐下来休息一会儿，因为坐在这儿看着清澈的湖水，实在太好了。

他们就坐了下来。不一会儿，最小的公主说：“我给你捉一下头上的虱子，哈尔佛。”哈尔佛就把头枕在她的怀里，小公主为他捉着虱子。没过多久，哈尔佛就睡着了。于是，她从他的手指上取下戒指，换上了另外一枚，然后对姐姐们说：“现在，拉住我的手，就像我拉住你们的手一样——但愿我们能飞到索里亚·莫尼亚王宫！”

哈尔佛醒来发现公主们走了，他无比悲伤，大哭一场，别人怎样劝解都无济于事。尽管父母一再恳求，他也不愿意留在家里。他向他们告别，说也许再也见不到他们了，因为假如找不到公主们，他觉得活着也没有什么意义了。

他还剩下三百个银币。当他出发走了一段路以后，遇见一个人骑着一匹挺不错的马。他很想把马买下来，就上去和那人讲价钱。

“说真的，我并不想卖这匹马。”那人说，“不过，如果我们能讲一个好价钱——”

哈尔佛问他这匹马要卖多少钱。

“我买这匹马没花多少钱，它也值不了多少。这匹马骑着走道还算不错，可是用来拉车就不行了。如果你骑一段，再走一段，它就可以一直驮着你和你的干粮袋。”

最后，他们讲定了价钱，哈尔佛把干粮袋放在马背上，走一阵子，骑一阵子，连续不断地赶路。到了晚上，他来到一片绿色的草地，那里长着一棵大树，他就坐在树底下。他放马去吃草，自己并没有躺下睡觉，而是取出了干粮袋。天一亮，他就继续上路。整整一天，他就走一阵子路，骑一阵子马，不知不觉进入了一片大森林。林中有许多长满青草的空地，在透过树木的阳光照射下，显得格外美丽。哈尔佛不知道他到了哪里，也不知道他要往哪里去。他来到草地上，让马去吃点青草，自己也啃点干粮，除此之外，他不肯花更多的时间休息。他时而走路，时而骑马，总觉得森林好像是永远走不出去似的。

第二天夜晚，他看见有灯光从树林中照过来。“但愿这儿有人住着，我也可以暖和一下，再找点东西来吃。”他想。

他走到亮着灯光的地方，那是一间非常破旧的小屋。透过窗户，他看到里边有一对老夫妇。他们都已经上了年纪，头发像鸽子羽毛一样灰白，老妇人还有一个很长很长的大鼻子，她正坐在壁炉旁，用她的鼻子拨弄通红的炭火。

“晚上好！”哈尔佛说。

“晚上好！”老妇人说，“你到这儿来有什么事情吗？一百多年来，还没有一个陌生人到过这儿。”

于是哈尔佛说，他要到索里亚·莫尼亚王宫去，还问她是不是认识去那儿的路。

“不认识，”老妇人说，“但是过一会儿，月亮会出来，我可以问问他。月亮肯定知道，他应该看到过那座王宫，因为他照亮一切。”

当皎洁明亮的月亮升上树梢的时候，老妇人走了出去。“喂，月亮！喂，月亮！”她喊道，“你能告诉我去索里亚·莫尼亚王宫怎么走吗？”

“不，”月亮回答，“我不能，因为有一次我照到那里的时候，被一片云彩挡住了。”

“再等一会儿。”老妇人对哈尔佛说，“西风不久就会来，他肯定知道，因为他刮向四面八方和每一个角落。”

“嗨，嗨，你还有一匹马呢。”老妇人走进屋后说，“松开这只可怜的牲口，让它到草场去吧，别把它拴在门口挨饿！你愿意把这匹马换给我吗？我们这儿有一双旧靴子，穿上它，你每跨一步就可以走出三十七英里半远。这双靴子可以用你的马来换，这样你可以更快地赶到索里亚·莫尼亚王宫。”

哈尔佛立即同意了。老妇人非常喜爱这匹马，高兴得手舞足蹈。“从此以后，我也可以骑着马去教堂了。”她说。

哈尔佛仍然坐立不安，可是老妇人叫他不用着急。“你躺在长凳上睡一会儿觉，因为我们没有床可以给你。”老妇人说，“我会注意西风什么时候来的。”

忽然，西风呼呼地刮起来了，吹得四周的墙壁发出“嘎吱嘎吱”的响声。老妇人跑出门外。

“喂，西风！喂，西风！你能告诉我去索里亚·莫尼亚王宫的路吗？这儿有一个人想去。”

“是的，我很熟悉这条路。”西风说，“现在我正要去那里，吹干婚礼上用的礼服。如果他跑得快，就可以跟我一起走。”

哈尔佛从屋里冲了出来。

“你想跟着我，就得使劲跑。”西风说完就出发了。他们不停地翻山越岭，走过了不知道多少个荒滩野地，跨过了不知道多少条大河小溪。哈尔佛用尽全力，才能勉强跟上。

“噢，我没有时间跟你一起跑了。”西风说，“因为在我去吹干衣服以前，我得首先去刮倒一片云杉林。你只要顺着这条山边的小路走，就会遇见几个正在洗衣服的姑娘，那时候你离索里亚·莫尼亚王宫也就不远了。”

不一会儿，哈尔佛来到洗衣服的姑娘们跟前，她们问他有没有看到西风，他应该来吹干婚礼上用的礼服。“看到了，”哈尔佛说，“他只是去刮倒一片云杉林，不久就会到这儿来的。”然后，他问她们去索里亚·莫尼亚王宫怎么走，她们给他指了路。他来到王宫前面，发现那里熙熙攘攘，非常热闹，到处都是人和马。哈尔佛一路上跟着西风穿越了不少灌木和丛林，全身的衣服已经被划得破烂不堪，因此在喜宴开始以前，他一直待在不引人注目的地方，不愿意抛头露面。

按照当地的习俗，新娘要向女宾们敬酒，而婚宴的主持人要向新娘、新郎和所有在场的人敬酒。最后，他与哈尔佛干杯。哈尔佛喝完酒后，把公主在湖边草地时戴到他手上的戒指放进了酒杯，请婚宴主持人代他向新娘问候，并且把戒指交给她。看到戒指，公主马上从桌旁站了起来。“谁最应该娶到我们中的一个？”她问，“是解救了我们的人呢，还是坐在旁边的新郎？”

所有的人都认为，只能是前一个。哈尔佛听到以后，马上脱下破烂衣服，把自己打扮成漂亮的新郎。

“对了，真正的新郎在这儿！”最年轻的公主看见他以后，高声喊了起来。于是，她抛开原先的新郎，与哈尔佛举行了婚礼。

伯纳·瓦尔赛格

从前有一对夫妇，他们有一个独生儿子，名字叫汉斯。母亲觉得他必须到外面去学点手艺，便对自己丈夫说，他应该带着儿子一块儿出去，“你要想方设法使儿子成为超越一切工匠的能手”，然后，她在父子俩的背包里放好干粮和一卷烟叶。

父子俩找过许多工匠，但是所有的工匠师傅都说，他们可以把这个少年教得和自己一样好，但是无法让他比自己更出色。

丈夫回到家里把这个情况告诉妻子，妻子说：“你怎么安排他我不管，但是我已经说过了，你一定要让他成为超过一切工匠的能手。”

于是，她又在他们的背包里放上干粮和一卷烟叶，父子俩只得再次出发。

走了一段路以后，他们来到一条冰道上。在那里他们遇见了一个人，乘着一辆由黑马拉着的雪橇。

“你们要上哪儿去？”他问。

“我想到外面去找一个杰出的工匠，让儿子跟他学手艺，因为他的妈妈要儿子成为超过所有工匠师傅的能手。”父亲说。

“你赶得真巧。”乘雪橇的人说，“因为我就是这样的一个人，我到处旅行，也在找这样一个学徒。来吧，站在雪橇后面！”他对男孩说。

于是，雪橇带着男孩一下子飞到了空中。

“不，不，等一会儿！”男孩的父亲大声地喊道，“我想知道你叫什么名字？你住在哪里？”

“噢，我住在东西南北，四海为家，伯纳·瓦尔赛格就是我的名字。”那位师傅说，“一年以后你再来，到时候我会告诉你，他是不是学成了。”然后，瓦尔赛格带着男孩离开此地，走得无影无踪。

一年过去，男孩的父亲回来了，想听听儿子的情况。“一年时间还没法学成。”师傅说，“但现在他已经学会拄着拐杖走路了。”他们一致商定由伯纳·瓦尔赛格再带他一年，把他完全教会，然后他父亲再来。

一年的期限又到了，他们还是在同一个地点会面。

“他现在学成了吗？”父亲问。

“现在他是我的师傅，你永远见不着他了。”伯纳·瓦尔赛格说。男孩他父亲还没有真正弄清楚怎么回事，那师傅和男孩就都不见了。

父亲回到家里，妻子问他儿子回来没有，他究竟到哪儿去了。

“哎呀，天知道他在哪儿。”丈夫说，“他们一下子就飞到空中。”于是，他把事情的经过说了一遍。

可是妻子听说丈夫没弄清楚儿子在哪里，就又让他出发去找。“你一定要把孩子找回来，哪怕你必须从魔鬼老爱立克本人那里找去！”她说完，给了他一个干粮袋和一卷烟叶。

他走了一段路以后，来到一片大森林。这片森林很大很大，他走了一整天，也没有走出去。将近天黑的时候，他看见前方有一大片亮光，就朝那儿走去。最后，他来到山脚下的一间小屋跟前，屋外站着一位妇人，她正在用自己长长的鼻子从井里打水。噢，那个鼻子可真长。

“晚上好，老妈妈！”他说。

“晚上好！”妇人说，“已经有一百年没有人叫我妈妈了。”

“今天晚上，我能在屋里借宿吗？”他问。

“不行。”妇人回答。

于是，他拿出烟叶卷，点燃，送给妇人闻闻香味，她便高兴得手舞足蹈，就许可这位父亲在此过夜。他问起了伯纳·瓦尔赛格，妇人说，对这个人她一无所知，不过她管辖着所有四条腿的动物，也许它们中有的会知道他的情况。她吹起一支短笛，把动物全部召集起来，逐个询问，可是谁也不知道伯纳·瓦尔赛格。“没关系，我们是姐妹三人。”妇人说，“或许我的姐妹会知道他在哪里。你可以借用我的雪橇，这样晚上就能赶到，但是最近的妹妹离这儿也有三千英里。”

那位父亲出发了。当晚他就赶到了目的地。当他走上前来的时候，也有一位妇人站在那儿用鼻子从井里打水。

“晚上好，老妈妈！”他说。

“晚上好！”妇人说，“已经有一百年没有人叫我妈妈了。”

“今天晚上，我能在这儿借宿吗？”他问。

“不行。”妇人回答。

他拿出烟叶卷，点燃，送给妇人，她高兴得手舞足蹈，那位父亲也得到许可留下过夜。他问起了伯纳·瓦尔赛格。老妇人说不了解他，不过她管辖着所有的鱼，也许它们中有的会知道他。于是她吹起一支短笛，把鱼儿们召集起来，逐个询问，可是谁也不清楚伯纳·瓦尔赛格的情况。“没关系，我还有一个妹妹，”妇人说，“也许她知道他的情况。她住在离这儿六千英里的地方。你可以借用我的雪橇，这样晚上就能赶到。”

那位父亲出发了。当天晚上，他赶到了目的地。第三位妇人正站在那儿，用自己长长的鼻子拨火堆，那个鼻子可真长。

“晚上好，妈妈！”他说。

“晚上好！”妇人说，“已经有一百年没有人叫我妈妈了。”

“今天晚上，我能在屋里借宿吗？”他问。

“不行。”妇人回答。

然而当他拿出烟叶卷，点燃起来，并且给她闻了以后，她就高兴得开始跳起舞来。那位父亲也能过夜了。他问起了伯纳·瓦尔赛格。她说，她对这个人什么也不知道，可是她管辖着所有的飞鸟。她吹起自己的短笛，把鸟儿们召集起来，逐个问遍，但还缺老鹰没来。过了一会儿，老鹰来了。老鹰说自己刚从伯纳·瓦尔赛格处来。于是，妇人叫它把这个男子带到那儿去。但是老鹰想先吃点东西，再休息一天，因为经过长途飞行，它实在太累了，几乎都不能从地上起飞。

老鹰吃饱、休息好了以后，妇人从它尾巴上拔下一根羽毛，让男子坐在那个缺了羽毛的地方，老鹰就带着男子飞走了，可是他们将近半夜才飞到伯纳·瓦尔赛格住的地方。老鹰说："门口堆放着许多白骨和尸首，你别去看。在屋里的人全都睡得很死，不会醒来，你直接走到桌子的抽屉前，拿出三块面包。如果你听到有人在打鼾，就从他头上拔下三根羽毛，他不会被你弄醒的。"

男子照它说的做了，拿到三块面包以后，先拔了一根羽毛。"哎哟！"伯纳·瓦尔赛格喊道。又拔了一根，他又喊"哎哟"。可是当他拔下第三根的时候，伯纳·瓦尔赛格大喊一声，男子觉得四周的墙壁都要震塌了，然而他还是睡得很香。

接着，老鹰又告诉男子以后该怎么办，他都照着做了。他来到牲口棚的门前，踢到了一块鹅卵石，就拿了起来；鹅卵石下面有一块碎木片，他也捡了起来；然后他敲牲口棚的大门，门马上打开了，他扔出那三块面包，就有一只兔子跑出来吃，他便抓起兔子。老鹰叫他从自己尾巴上再拔掉三根羽毛，分别带上兔子、鹅卵石和木片，还有他自己。

老鹰飞出很长一段路，停在一块岩石上。"你看到什么没有？”它问。

“是的，我看见一群乌鸦正飞来追赶我们。”男子说。

“我们再赶一段路。”老鹰说完，又继续朝前飞。

过了一会儿，它问：“现在你看见什么了吗？”

“是的，现在乌鸦就紧紧地跟在我们后面。”男子说。

“现在，你把从伯纳·瓦尔赛格头上拔下来的三根羽毛扔下去。”老鹰说。

男子照着做了。他刚扔下羽毛，它们就变成了一群渡鸦，把乌鸦赶回了家。

接着，老鹰带着男子又飞行了很长一段路。后来，它停在一块岩石上休息。“你看见什么了吗？”老鹰问。

“我不太肯定，”男子说，“但是我觉得在很远的地方有什么东西在朝我们追来。”

“我们再赶一段路。”老鹰说。

过了一会儿，老鹰又问：“现在你看到了什么没有？”

“看到了，现在伯纳·瓦尔赛格正紧紧地跟在我们后面。”男子回答。

“现在，你把从牲口棚门口鹅卵石下捡的碎木片扔下去。”老鹰说。

男子照着做了。他刚扔下木片，它们就长成了一大片茂密的森林，这样伯纳·瓦尔赛格就不得不回去取斧头，为自己开出一条路。

接下来，老鹰又飞了很长的一段路，它非常疲惫，便停在一棵松树上休息。“现在你看见什么了吗？”它问。

“是的，但我不敢肯定地说。”男子回答，“我觉得似乎在遥远的地方隐约看到伯纳·瓦尔赛格。”

“那么，我们就再赶一段路吧！”老鹰说着，又腾空而起。

过了一会儿，它又问：“现在你看见什么了吗？”

“是的，现在他已经紧紧地跟在我们后边了。”男子说。

“那么，你就把从牲口棚门口拿的鹅卵石扔下去。”老鹰说。

男子照着做了。鹅卵石一下子变成了一座高大的石头山，伯纳·瓦尔塞格只能先给自己开出一条道来。但是，当他到达半山腰的时候，摔断了一条腿，不得不回去治伤。

在这段时间里，老鹰带着男子和兔子飞回了他们的家。他们一回来，男子就去了教堂，把圣土撒在兔子身上，兔子就变成了他的儿子汉斯。

到了田野上，汉斯把自己变成了一匹暗褐色的马，让父亲牵着在田野里走，还说：“当有人要买我的时候，你就说，要把我卖一百个银币。不过你千万不要忘记取下笼头，否则我就永远摆脱不了伯纳·瓦尔赛格，因为来买马的人就是他。”

接下来的情形果真如此。那边走来一个贩马的人，很有兴趣买下这匹马，汉斯的父亲得到了一百银币，但是当买卖做完，钱也付清的时候，马贩子还想要笼头。“不行，这不算在里面的。”他说，“笼头可不能给你，因为我还有许多匹马要送进城里去卖。”于是，他们各走各的路。然而没走出多远，汉斯又变回了自己。当父亲回到家里的时候，他已经坐在炉子旁的长凳上了。

第二天，他把自己变成了一匹浅棕色的马，告诉父亲牵着他到田野里去。“当有人过来要买我的时候，你就说，要卖二百个银币，他肯定会付这笔钱，过后还会请你喝酒。但是无论你喝什么酒，干什么事，千万不要忘记把我的笼头取下来，否则你就永远看不到我了。”汉斯说。事情就是这样的，父亲把马卖了二百银币，也喝了酒。当他们分手的时候，他刚好还记得把笼头取下来。没走出多远，汉斯又变了回来。当父亲回到家里，汉斯早已经坐在炉旁的长凳上了。

第三天还是一模一样。男孩变成了一匹大黑马，并且对父亲说，会有人来出价三百个银币，过后还让他喝好多酒，直到他酩酊大醉为止，不过无论他干什么事，喝多少酒，可千万不要忘记把笼头取下来，否则他一辈子也别想逃离伯纳·瓦尔赛格。他父亲说，这件事他当然不会忘记。他来到田野，得了三百个银币，可是伯纳·瓦尔赛格把他灌得烂醉如泥，他也就忘记把笼头取下来了，伯纳·瓦尔赛格牵着马走了。他走出一段路，要进店去买更多的烈酒，于是把一个烧得通红的钉桶放到马的鼻子底下，而把放燕麦的食槽放在马尾下面，又将马笼头的缰绳拴在围栏上，然后走进了小店。马站在那里又踩脚，又踢蹄，还一个劲儿地用鼻子喷气。这时候，走出来一位姑娘，对马非常同情。“噢，真可怜，你的主人是哪一个，怎么能这样对待你呢？”她说着，就把缰绳从围栏上松开，这样马就可以掉转身子，吃到燕麦了。

“他的主人就是我！”伯纳·瓦尔赛格喊道。他飞快地跑出门。

但是，马早已经挣脱笼头，跳进养鹅池里，变成了一条小鱼。伯纳·瓦尔赛格追过来，变成了一条大狗鱼。于是，汉斯又把自己变成一只鸽子，伯纳·瓦尔赛格就变成了一头巨鹰，飞着向鸽子猛扑过去。

这时候，有一位公主在国王庄园的窗户里看到了这一场追逐。“如果你心里和我一样明白的话，就飞进窗户到我身边来。”公主对鸽子说。鸽子冲进窗户，又变成了汉斯，并且说明了事情的缘由。

“那么你变成一只金戒指，戴在我的手指上。”公主说。

“不，这没有用。”汉斯说，“因为这样，伯纳·瓦尔赛格就会使国王得病，而且在他来医治以前，不管谁都无法让国王康复，这时候他会要求得到金戒指。”

“我会说，这枚戒指是母亲留给我的，我不想失掉它。”公主说。

汉斯就把自己变成一枚金戒指，戴到了公主的手上，伯纳·瓦尔赛格无法找到他。可是，事情就像他所预料的那样：国王病了，在伯纳·瓦尔赛格到来以前，没有一个医生能治好国王的病，他就提出要公主的戒指作为条件。国王就派人去向女儿索要戒指，可是她说，她不想失掉它，因为这是母亲留给她的。国王听到这话非常生气，就说不管是谁留给她的戒指，他都要拿走。

“你再生气也毫无用处，”公主说，“我无法把它摘下来。如果你要戒指，就把我的手指也拿走吧。”

“我来帮忙，戒指就能取下来。”伯纳·瓦尔赛格说。

“不，不用你操心，我还是自己试试看。”公主说。她走到壁炉旁边，弄上一点炉灰。

于是，戒指摘了下来，但是同时也消失在灰烬里了。伯纳·瓦尔赛格把自己变成一只公鸡，又拍翅又伸爪，在烟囱里寻找戒指，弄得灰土四处飞扬。但是，汉斯又变成一只狐狸，一口咬掉了公鸡的头——这下子伯纳·瓦尔赛格的魔法被破除了，他彻底完蛋了。

从没被话难倒的公主

从前有一个国王，他有一个女儿。这个女儿固执任性，蛮不讲理，谁也说不过她。因此，国王许下诺言，谁要是能说得过公主，就可以得到她，还可得到半个王国。

许多人都想去试一试，因为并不是每天都有这种机会的。因此，国王庄园的大门一刻也关不住，成群结队的人来自四面八方，有的骑马，有的步行，可是没有一个人能用话难倒公主。最后国王宣布，凡是来试过而又不成功的人，要用国王的大烙铁在他的两只耳朵上烫上烙印——他可不愿意让这些人白白地跑进他的庄园来。

有兄弟三个人，也听说了这事。由于家境不好，他们很想去碰碰运气，看看能不能赢得公主和半个王国。他们兄弟之间互敬互爱，相处得很好，因此一路上结伴同行，相当融洽。

走出一段路以后，小弟弟灰小子发现了一只已死的小喜鹊。

“看我找到了什么！看我找到了什么！”他喊道。

“你找到什么啦？”两个哥哥问。

“我找到了一只已死的小喜鹊。”他回答。

“嗨，扔了它！你拿着它有什么用？”两个哥哥说。他们总是以为自己是最聪明的。

“噢，我只有这样的事可做，也只有这样的东西可带，我还是拿着它吧。”灰小子说。

他们又走了一段路后，灰小子发现了一个很旧的柳木环。

“看我找到了什么！看我找到了什么！”他喊道。

“这次你又找到了什么？”哥哥们问。

“我找到了一个柳木环。”他回答。

“呸！你要它有什么用，扔了它！”两个哥哥说。

“噢，我只有这样的事可做，也只有这样的东西可带，我还是拿着它吧。”灰小子说。

他们又往前走了一段路后，灰小子发现了一个破碟子，他又把它捡了起来。

“哥哥，看我找到了什么！看我找到了什么！”他说。

“现在，你又找到了什么？”哥哥们问。

“一个破碟子。”他说。

“唉，那算是什么好东西？扔了它！”他俩说。

“噢，我只有这样的事可做，也只有这样的东西可带，我还是拿着它吧。”灰小子回答。

他们又朝前走了一点，灰小子发现了一只弯弯的山羊角，不一会儿，他又找到了配对的另一只羊角。

“看我找到了什么！看我找到了什么！哥哥！”他喊道。

“这回你又找到什么啦？”两个哥哥问。

“两只山羊角。”灰小子回答。

“唉，快扔掉！你要它们有什么用？”他俩说。

“我只有这样的事可做，也只有这样的东西可带，我还是拿着吧。”灰小子说。

不久，他又发现了一个楔子。

“嗨，哥哥！看我找到了什么！看我找到了什么！”他喊道。

“你发现的都是些破烂玩意儿，这次你又找到了什么？”两个哥哥问。

“我找到了一个楔子。”他回答。

“啊，扔了它！你要它有什么用？”他俩说。

“我只有这样的事可做，也只有这样的东西可带，我还是拿着吧。”灰小子说。

当他们穿过国王庄园附近的田地的时候——这里最近刚撒过肥——灰小子弯下腰，捡起了一只磨破了的鞋底。

“喂，哥哥，看我找到了什么！看我找到了什么！”他说。

“但愿你在到达国王的庄园以前，能多得到一点见识，”两人说，“这一次你又找到什么啦？”

“一只破鞋底。”他回答。

“哎呀！那种东西也要捡起来！赶快扔了吧！你要它有什么用？”哥哥们说。

“噢，我只有这样的事可干，也只有这样的东西可带，我还是拿着吧，也许我还会赢得公主和半个王国呢！”灰小子说。

“是的，看来你是很可能会如愿以偿的！”哥哥们笑着说。

他们走进庄园去见公主。最先进去的是大哥。

“你好。”他说。

“你好。”公主回答。她说着，就转过身去。

“这儿暖和极了。”他说。

“在烧红的煤里更暖和。”公主回答。烙铁在那儿烧得红红的。他看到烙铁，嘴里的话一下子就说不出来了。这样，他便失败了。

第二个兄弟的遭遇也不好。

“你好。”他说。

“你好。”她说着，也转过身去。

“这里实在热得厉害。”他说。

“在烧红的煤里更热。”她回答。这样，他也变成了哑巴，也被烙铁烫上了印记。

最后进来的是灰小子。

“你好！”他说。

“你好！”她回答。接着，就转过身去。

“这儿又暖和，又舒服。”灰小子说。

“在烧红的煤里更暖和。”她回答。她并没有对第三个进来的人脾气好一些。

“这样我就有办法在那儿烤我的喜鹊了，对吗？”他问。

“我担心喜鹊会炸裂。”公主说。

“噢，这不用担心，我在它周围放上这个柳木环。”男孩回答。

“木环太大了。”她说。

“我就打进一个楔子。”男孩说着，就拿出了一个楔子。

“油会从喜鹊身上流下来。”公主说。

“我在下面用这个接一下。”男孩回答。他拿出了那个破碟子。

“你说话怎么这样拐弯抹角的？”公主说。

“不，我说话不会拐弯抹角。拐弯抹角的是这个。”男孩边回答，边掏出了一只山羊角。

“呀，我从来没有看见过这样的山羊角！”公主喊了起来。

“还有一个一模一样的。”男孩说着，取出了另一只山羊角来。

“你费尽心机想来难倒我，是吗？”她说。

“不，我没有费尽心机，而是费尽这个。”男孩说完，就掏出了那只破鞋底。

就这样，公主被弄得哑口无言。

“现在，你是我的了！”灰小子说。

他得到了公主和一半国土，最后还得到了整个王国。

和妖怪比赛吃粥的灰小子

从前有一个农民，他有三个儿子。他家境贫寒，年老力衰，几个儿子什么事也不愿意干。有一大片很好的森林归他家的农庄所有，父亲想让他们去砍伐一些木材，好还一部分债。

最后，他好不容易才说服他们去干这活儿。大儿子首先去伐木。当他走进森林，刚开始砍一棵枝叶茂盛的云杉树时，一个体形庞大、粗壮结实的妖怪来到他面前。“如果你在我的森林里乱砍滥伐，我就杀死你！”妖怪说。大儿子一听这话，扔掉斧头，拔腿拼命往家跑。他气喘吁吁地逃回家里，讲述他碰到的事情。父亲骂他是个胆小鬼，还说自己年轻的时候，从来没有被妖怪吓得不敢伐树。

第二天，该二儿子出发了，他的遭遇也完全一样，才向云杉树砍了几下，妖怪就到了他的身边：“如果你在我的森林里乱砍滥伐，我就杀死你！”二儿子几乎都不敢正眼瞧妖怪一下，就像他哥哥一样，扔掉斧头，拔腿飞快地逃走了。回到家里，父亲非常生气，说自己年轻的时候，从来没让妖怪吓破胆过。

第三天，灰小子要去伐木了。

“嘿，你去？”两个哥哥说，“一定会成功的，你这个从来没有出过家门的人！”

灰小子没有说什么大话，只是想要一点干粮带在身上。母亲没有干粮，就架起铁锅为他做了一些奶酪，他把奶酪装进牛皮缝制的干粮袋里，就出发了。

砍了一会儿树，妖怪走到他跟前："如果你在我的森林里乱砍滥伐，我就杀死你！"

但是，灰小子动作一点也不停，他跑进林子取出奶酪，用力捏着，使得奶油从指缝里流了出来。"假如你还不闭上嘴，"他朝妖怪喊道，"我把你也捏扁了，就像捏这块白石头，能挤出水来一样！"

"亲爱的，饶了我吧！"妖怪说，"我来帮你砍树。"

"那好吧！"灰小子饶恕了他。妖怪非常能干，结果他们一天就砍了许多木材。

这时候，天色已近黄昏了，妖怪说："现在你跟我回家吧，到我家比去你家近得多。"

灰小子跟着走了。他们到了妖怪家里以后，妖怪想把壁炉的火生起来，就让灰小子去提水倒进粥锅里。可是放在那儿的两只铁桶又大又沉，一点都拎不动。

于是，灰小子说："真不值得带这两个铁桶去打水，我还是去把整个水井都端来算了。"

"不，亲爱的，"妖怪说，"我可不能失去我的井，还是你来生火，我去打水吧。"

提来水后，他们煮了满满一大锅粥。

"对我来讲，无论怎样我都不在乎。"灰小子说，"如果你愿意像我一样，我们就来一个吃粥比赛吧！”

“可以！”妖怪回答说。

他们坐到了餐桌旁，但是，灰小子偷偷地把装干粮的皮袋系在胸前。因此，他倒进皮袋里的粥要比吃下去的多得多。当皮袋灌满之后，他拿出一把带鞘的小刀，在皮袋上割了一道口子。妖怪看看他，没说什么。

他们又吃了好半天，妖怪放下匙子说：“我再也吃不下了。”

“你还得吃！”男孩说，“我刚吃了个半饱。如果你像我那样，在肚子上开一个口子，你想吃多少就能吃多少。”

“但是，这样做大概会疼得要命吧？”妖怪问。

“不，一点儿也不疼。”灰小子回答。

于是，妖怪就按照灰小子所说的做了。不难明白，他搭上了一条命。灰小子就带着山里所有金银回家去了。用这些金银，他总算能偿还债务了。

随从

从前，有一个农家少年，他梦见自己将娶遥远国度里的一位公主。这位公主容貌美丽，而且非常富有，她的财富永远用不完。少年醒来，仍然觉得公主活生生地站在他面前。他想，公主是如此花容月貌，假如得不到她，他也就无法活下去了。于是，他卖掉了家中的一切，到各地去寻找这位公主。

他走了很远的路。冬天时候，他来到一个国家，那里所有的大路都是笔直的，连一个拐弯都没有。他从一条路一直往前走了好几个月，来到了一座城市。在这座城市的教堂的门外放着一个巨大的冰块，里面有一具尸体，来教堂的所有教徒在经过冰块的时候，都要啐上一口。

少年非常纳闷，当牧师从教堂里出来的时候，他就问这究竟是怎么回事。

“这是一个野蛮的坏人，因犯罪而被处决以后，就放在那里，为大家所嘲笑和唾骂。”

“他干了什么坏事？”少年问。

“他活着的时候是一个卖酒的，”牧师说，“他往酒里掺水。”

少年觉得这算不上什么严重的罪行，既然这个人已经为此付出了生命的代价，他们可以把他埋葬在基督教徒的墓地里，让他得到死后的安宁。

牧师说，这根本行不通。因为这要雇人砸碎冰块，把他弄出来，还要花钱买一块墓地。掘墓人也要有报酬才肯挖坑，而且教堂主持敲丧钟，教堂执事唱挽歌，牧师撒泥土等都得花钱。

“你想，会有人为一个被处决的罪犯支付所有这些费用吗？”牧师问。

少年回答，只要能让死者入土为安，他将从自己不多的钱中，负担葬礼的一切费用。

于是，他们把卖酒的人从冰块里弄出来，埋在基督徒的墓地里，他们为他鸣钟唱歌，牧师也撒了泥土，还喝了葬礼酒，互相间又哭又笑，热闹了一场。

少年付完葬礼的费用以后，钱袋里已经没有多少铜币了。

他接着赶路，可是没走出多远，就有一个男子追上了他，问他一个人走路是不是感到太孤单了。

少年说，他并不觉得孤单，因为他一直有着满腹心事要考虑。

那位男子又问，那么他也许需要一个仆人。

“不，”少年说，“我已经习惯于做我自己的仆人。再说，即使我愿意要一个仆人，也雇不起，因为我没有钱可以供他吃饭和付他工钱。”

“你需要仆人，这一点我知道得比你还清楚。”那位男子说，“你需要一个能以生死相托，完全可以信任的仆人。如果你不愿意雇我当仆人，那么可以把我当作你的随从。我向你保证，我会对你大有用处。这不需要你花一个铜币。我会自己行走，伙食和衣服也不缺。

少年答应了。

从此，他们就一起旅行。在大多数情况下，那位男子走在前面领路。

他们越过高山和荒原，走了很远的路，经过不少的国家。这一天他们来到一座陡峻的高山前，随从上前敲敲石壁，请求石壁开门。石壁果然打开了。他们走进幽深的山腹，一个巫婆带着一把椅子迎了上来，说："请坐下，你们一定走累了。"

"你自己坐那儿！"随从说。

她不得不自己坐下了，而她坐下以后，就不得不一直坐在了那儿，因为这把椅子特别奇怪：它不松开靠近它的任何东西。在这段时间里，他们在山中转来转去，随从四处寻找，直到看见一柄挂在门背后的宝剑为止。他对巫婆说，如果他得了剑，就让她离开那把椅子。

"不，"巫婆喊道，"还是向我要别的东西吧！任何其他的，你都可以拿走，但是别拿走宝剑，那是我们三姐妹的宝剑！"

"好吧，那么你就在那儿一直坐到世界的末日。"随从说。

她只好答应了。

于是，少年和随从取下剑走了，但是仍旧让巫婆坐在那儿。

他们又走了很远的路，越过了光秃秃的山岭和辽阔的荒原，来到一座陡峭的高山跟前。随从敲敲石壁，请求让他们进去。情况还是与上次一样，山壁打开了。他们走进幽深的山里，一个巫婆带着一把椅子迎了上来，请他们坐下；她说，他们大概走得累了。

随从说："你自己坐那儿吧！"结果这巫婆和她姐姐一样，不得不坐。她坐上了椅子，就一直坐在了那儿。在这段时间里，少年和随从在山中四处转悠，打开了所有的柜子和抽屉，最后随从发现了他要找的东西，那是一个金线团。他坚持要这个线团，而且答应巫婆，如果把金线团给他，就让她从椅子上站起来。她说，他可以拿走她拥有的一切，可是她不愿意失去金线团，因为那是她们三姐妹的线团。但是当她听到要是随从得不到线团，就让她永远坐在那里直至世界末日的时候，连忙说，他可以拿走线团，只要肯松开她就行。随从取走了金线团，但是仍然让她坐在那儿。

接着，他们又走了许多地方，穿越了许多荒原和森林，又一次来到一座陡峻的高山跟前。这次的情况和前两次一模一样：随从敲打山壁，山壁开了，在山里边，一个巫婆带着一把椅子迎了上来，请他们坐下。但是随从说了一声："你自己坐下吧！"她就坐在了椅子上。他们穿过许多房间，随从找到了一顶旧帽子，它挂在门后的一个木钉上。他想要这顶帽子，可是巫婆不肯，因为这是她们三姐妹的帽子，如果她把帽子给了人，会遭到不幸的。但是，当听到如果他得不到帽子，就得在椅子上坐到世界末日来临的时候，她连忙说，他可以把帽子拿走，只要把她松开就行。随从得到帽子，却让巫婆和她的两个姐姐一样，仍然坐在那儿。

后来，他们走到一个峡湾旁，随从取出金线团，使劲扔向峡湾另一边的山崖上，线团又弹了回来，他连续扔了几次以后，金线就变成了一座桥。他们从桥上走过了峡湾。到达另一边后，他让少年尽可能快地把线团重新缠起来，“因为缠得慢的话，那三个巫婆会追上来，把我们撕成碎片。”少年飞快地缠了起来，当只剩下最后一根线的时候，巫婆们急匆匆地赶到了。她们跳进水里，拼命想把线头抢到手。可是线头没有抓到，她们便在峡湾的水流中淹死了。

少年与随从又走了几天，随从说：“现在我们很快就要走到你梦中的那位公主所居住的王宫了。到了那里，你就进去对国王说明你梦里的情景和你旅行到这儿来的目的。”他们到达以后，少年照着随从说的做了，受到了相当好的接待。他单独有一间房间居住，随从也有一间。等到吃晚饭的时候，他被邀请同国王一起共进晚餐。

看到公主的时候，他马上就认了出来，梦中要娶的正是她。他对公主说了自己的打算，她回答说非常喜欢他，也愿意嫁给他，但是少年得先经过三次考验。吃完饭后，公主给了他一把金剪刀，说：“第一次考验是：你拿走金剪刀，把它藏起来，明天吃晚饭的时候再还给我。我想，这并不是什么难事。”接着，她又拉下脸说：“如果通不过考验，你就得丧命，这是规则。你将被押上刑车处决，你的脑袋将放在木杆上，就像窗外的那些求婚者的头那样。”确实，在国王庄园的四周挂着许多人头，好像秋天停在木杆上的乌鸦一般。

少年想，这大概是诡计。可是公主是那样的活泼可爱，热情奔放，他早把剪刀和自己全忘记了。当他俩嬉闹的时候，公主把剪刀从他身边取走了，而他还毫不知觉。

晚上，少年回到自己的房间里，告诉随从全部的情形，讲到公主让他藏好的剪刀。随从问：“她给你的剪刀大概还在身上吧？”他摸摸口袋，可是哪里还有什么剪刀。剪刀丢了，少年非常懊丧。

“好吧，你别着急！我会设法替你把剪刀找回来。”随从说完，就走到了牲口棚。那里有一只公山羊，归公主所有，这是一只神奇的山羊，它在空中飞行比在原野上奔跑要快上许多倍。随从抽出三姐妹的宝剑，在两只羊角之间猛敲一下，然后问道：“今天夜里公主什么时候骑着你到她情人那里去？”公山羊叫着说，它不敢讲出来，但是又挨了一下揍以后，便说，公主十一点钟来。随从戴上三姐妹的帽子，这样谁都看不见他了，一直等到公主来。她取出一个很大的牛角，用牛角里面的药膏涂抹在山羊身上，嘴里还不停地说着：“飞到空中去，飞到空中去，越过屋子的房梁，越过教堂的尖塔，越过田野和湖泊，越过高山和峡谷，飞到我的情人那里去，今天夜里他正在山里等着我！”就在山羊腾空而起的一刹那，随从也骑到了羊背上，坐在公主后面，他们像一阵风似的在空中飞过，一路上并没有花多长时间。忽然，他们来到一座高山前，公主敲了两下，他们走了进去，来到她的情人山妖那里。

“现在又来了一个新的求婚者想娶我，我的朋友。”公主说，“他年轻英俊，不过，除了你我谁也不想要。”她在妖怪面前柔情地说。“我让他接受考验，这就是我让他藏起来保管好的那把剪刀，现在你把它收好了！”于是，他俩就得意扬扬地大笑起来，仿佛已经把那个少年押上刑车分了尸似的。

“好，我来把它藏起来保管好。当渡鸦啄食少年的肠子的时候，我将躺在新娘的怀里睡大觉了。”妖怪说着，把剪刀放进了一个有三道锁的铁盒子里。可是，当他把剪刀放进盒子的那一瞬间，随从把它取了出来。谁也看不见随从，因此妖怪只是把空盒子锁上了，他把钥匙藏在自己施过魔法的臼齿蛀洞里，认为放在这个地方少年难以找到。

半夜过后，公主回家了。随从和她一起坐在公山羊背上，回家也没花多少时间。

第二天，快吃晚饭了，少年又被请到国王的餐桌前，可是这时候，公主的表情非常难看，十分生硬高傲，几乎不愿意对少年坐的方向瞧上一眼。

用完晚餐，公主换了一副非常严肃和神圣的脸，假笑着说：“你也许还留着我昨天请你收藏的那把剪刀吧？”

“是的，我还留着。”少年说着，取出剪刀扔到桌子上。公主狼狈不堪，但是，她仍然堆着笑容，说：“既然你把剪刀保管得这样好，那么收藏我的金线团对你来讲也不是什么困难的事了。好好保管它，明天吃晚饭的时候再还给我。不过，假如拿不出来，你就得丧命，被处决掉，这是规则。”

少年认为这算不上什么，就接过金线团，放进口袋里。但是，公主又开始和他嬉笑，他也早把金线团丢到九霄云外去了。正当他们胡闹得高兴的时候，公主从他身上偷走了线团，然后让他走了。

少年回到房间，讲述他们说过的话和做过的事。随从问他：“她给的金线团，你也许还留着吧？”

“是的，我还有。”少年说着，把手伸进放金线团的口袋里，却掏不出金线团来了。他沮丧万分，不知道怎么办才好。

“好了，现在你别着急。”随从说，“我会试着把金线团再找回来。”他带上宝剑和帽子，走到一家铁铺，在宝剑上又打上了12伏格的铁。

他来到牲口棚，在山羊的两角之间重重地敲了一下，山羊跌倒在地。然后他问：“今天夜里，公主什么时候骑着你到她的情人那里去？”

“十二点钟。”公山羊叫着说。

随从又把三姐妹的帽子戴在头上，等待公主拿着牛角飘然而来，把药膏抹在山羊身上。然后，公主又像第一次一样，念念有词地说：“飞到空中去，飞到空中去，越过屋子的房梁，越过教堂的尖塔，越过田野和湖泊，越过高山和峡谷，飞到我的情人那里去，今天夜里他正在山中等我！”他们出发的那一瞬间，随从坐到了公山羊的后背上，他们像一阵风似的飞到空中，很快到了妖怪居住的高山，公主敲了三下，他们就走了进去，来到了她的情人妖怪身边。

“我昨天给你的金剪刀，你是怎么收藏的，我的朋友？”公主说，“求婚的少年拿到了剪刀，把它还给了我。”

妖怪说，这是不可能的，因为他把剪刀锁进了有三道锁的盒子里，还把钥匙藏在了他臼齿的蛀洞里。但是，他们打开盒子一看，剪刀不见了。公主说，她已经把自己的金线团给了求婚者。

“这就是那金线团，”她说，“我又从他身上偷回来了，他并没有注意到。但是他有这么大的本事，我们现在应该想个什么更好的办法呢？”

他们苦思冥想，终于又想出了一个。他们点起一堆火，要把金线团烧掉，这样就可以确保少年找不到它了。正当她把线团扔进火里的时候，随从早站在那儿准备好了，一把抓起金线团，他俩都没有看见，因为他戴着三姐妹的帽子。

公主在妖怪那儿又待了一会儿，将近天亮的时候才回家。随从和她一起坐在公山羊的后背上，飞得又快又好。

当少年被邀请去吃晚饭的时候，随从把金线团交给了他。这次公主比上一次更加冷淡和高傲。吃完饭后，她噘起嘴说：“昨天给你收藏的金线团，我大概不会再拿到了吧？”

“不，”少年说，“你会拿到的。”他把金线团扔到桌子上，桌子震得跳了一下，连国王都吃了一惊。

公主的脸色变得像死人一样苍白，但她很快又露出了笑容。她说，这件事办得很好，现在她只剩下最后一个小小的考验："假如你确实很能干，到明天吃晚饭的时候，能送来我想要的东西，你就可以娶我。"

少年觉得自己注定是要丧命的，因为他根本无法知道公主想要什么，更不用说去把它搞到手。回到自己房间时，他灰心丧气，谁都无法宽慰他。随从要少年尽管放心，说肯定能把事情办好，就像前两次做的那样。少年平静了下来，躺着睡着了。

随从到了铁匠那里，在宝剑上又打上24伏格的铁。他又来到牲口棚，在公山羊的两只角中间狠揍一下。

"今天夜里公主什么时候到她的情人那里去？"他问。

"一点钟。"公山羊回答。

随从戴着三姐妹的帽子，站在牲口棚那里。公主给山羊抹上药膏，说了她常说的话，她的情人正在山中等她。他们就像一阵风似的飞到空中，随从也坐在后面。但是这一次，情形就不那么顺利了，因为随从总是出其不意地对公主这儿打一下，那儿敲一下，一路上他几乎一直在揍她。他们到了山壁跟前，公主敲敲大门，门打开了，他们就走进山里，来到她的情人面前。

她不停地抱怨，情绪非常不好，说不知道天气会那样坏，总觉得有人在打她和公山羊，弄得她全身青一块紫一块的，这一路上她受尽了罪。接着，她告诉妖怪，求婚的少年又弄到了金线团，这究竟是怎么回事，无论公主和妖怪都无法解释。

"不过，你知道我想出了什么主意？"公主说。

这个妖怪可不知道。

“是这样的，”她说，“我说要他到明天晚餐之前搞来我想要的东西，那是你的头。你相信他能搞到手吗，我的朋友？”公主说完，亲密地抚摸着妖怪。

“我不相信。”妖怪说。他发誓少年绝不可能得到他的头，说着就大笑起来，那笑声比鬼哭狼嚎还要难听。他们都认为少年在搞到妖怪的头以前，早就被押上刑车分尸，再让渡鸦啄掉他的双眼了。

黎明时分，公主要回家了。可是她说她很害怕，因为觉得有人在跟踪她，她不敢单独回去，一定要妖怪护送。妖怪答应了，牵出自己的公山羊，那是一只和公主的一模一样的公山羊。他给山羊抹上药膏，还在两只羊角之间也涂上一层。当妖怪骑上山羊的时候，随从就坐在他的后面。于是，他们从空中飞回了国王的庄园。随从在路上不停地用宝剑敲打着妖怪和公山羊，一下又一下，一下又一下，因此他们飞得越来越低，最后差点儿掉进了海洋里。当妖怪明白过来事情不太对头的时候，随从已经把公主送到了国王的庄园。他站在外面，看着她平安无事地回到家中。但是，公主进去后刚关上大门，随从就把妖怪的头砍了下来，大步走到少年的房间，说：“这就是公主想要的东西。”

你要知道，这一切都办得非常利索。当少年吃完晚饭以后，公主快活得像一只百灵鸟似的。

“你大概弄到了我想要的东西了吧？”她说。

“我确实搞来了。”少年说完，就从衣服下面取出妖怪的头，扔到桌子上，饭桌和餐具都翻倒在地。公主吓得简直要晕过去了，但是她无法否认，这就是她想要的东西。现在，少年就要娶她了，这是她亲口许诺的。因此，大家就喝了婚宴上的喜酒，整个王国都充满了喜悦。

随从把少年拉到一边，告诉他，新婚之夜，他可以闭上眼睛，呼呼大睡。不过，假如他爱惜自己的生命，肯听从劝告的话，那么他在把公主身上的那张妖怪的魔皮脱掉以前，甚至连一会儿瞌睡都不能打。他必须用九根桦木树枝制成的鞭子使劲抽打公主，然后把她放到三缸牛奶里去清洗：首先放进盛着上一年乳清的缸里用力搓刷；接着，放进酸牛奶里轻揉；最后再在甜牛奶缸里漂净。树枝已放在床底下，牛奶缸也在房间的角落里，一切东西都已经准备就绪。少年答应一定听他的话。

到了晚上，他们来到新婚的床上，少年假装躺下睡觉。公主坐起来，用胳膊撑在床上，看他是不是睡着了。她先按按少年的鼻子，他依旧睡得很香；接着，她又拉拉少年的头发和胡子，确信他还是睡得像一根木头似的。于是，她从枕头底下抽出一把屠宰牲口用的大刀，想割下少年的脑袋。可是少年猛地坐起来，打掉了她手中的刀子，又一把揪住她的头发，用树枝鞭子使劲抽打公主，直到她的衣服全都成了碎片，身上一丝不挂为止。然后，少年把她扔进乳清缸里。这时候，他才看清公主是个什么样的怪物，她像渡鸦一样通体漆黑。但是当他把公主放在乳清里搓刷，在酸奶里轻揉，又在甜奶里漂净以后，妖怪的魔皮从她身上脱掉了，她变得非常温顺美丽。

第二天，随从提醒说他们必须起程回去了，少年和公主也已经做好出发的准备。前一天夜里，随从把妖怪留在山中的所有金银和奇珍异宝都搬回了国王的庄园。当他们清晨要出发的时候，整个庄园里到处堆满了财物，人们几乎无法通行。这批财宝的价值比国王的领土和庄园还要高出许多，他们都不知道怎样才能带走。可是，随从有办法解决这个难题，因为在妖怪那儿还留下六只能在空中飞行的神奇公山羊。他们在公山羊身上装满财宝，这样它们只能在田野上一步步地行走，没有力气腾空而起，在空中飞行了。山羊们带不走的东西，只好留在国王的庄园里。他们长途跋涉了很远很远的路，到了最后，连山羊们都精疲力竭，再也走不动了。少年和公主想不出还有什么别的办法，当随从看到他们没法继续赶路的时候，他把整个嫁妆背在身上，再带上公山羊，一直走到离少年的家只剩下五公里多一点的地方。这时候，随从说："现在我必须和你分别，不能再和你一起走了。"可是少年不愿意和他分别，他死活不愿意失去这个好随从。随从只好又跟着一起走了五公里。少年再三恳求他一同回家，但他做不到。

于是少年问，他一直跟着帮了大忙，想要什么报酬?

随从说，他想要少年五年后所有财富的一半。

少年答应了他。

随从离开以后，少年放下自己所有的财物，空身回到家里。他们举行了盛大的酒宴，这件事轰动了邻近七个王国。酒宴结束以后，他们用公山羊和他父亲的十二匹骏马，运了整整一个冬天，才把所有的金银运回家里。

五年以后，随从来了，想要自己的一份财物。这时候，少年已经把所有的东西都分成了相同的两份。

“可是，还有一样东西你还没有分开。”随从说。

“是什么？”少年问，“我觉得我把所有的东西都分开了。”

“你有了一个孩子。”随从说，“也得把他分成两半。”

原来如此！可是正当少年把剑举起来，要劈下去的时候，随从在后面抓住了剑尖。

“我不会让你劈开孩子的，现在你不高兴了？”他问。

“不，我从来没有这么高兴过。”少年说。

“当你把我从冰块里救出来的时候，我也一样非常高兴。”他说，“保留你拥有的一切吧，我什么也不需要，因为我是一个四处游荡的幽灵。”

原来，他就是那个在教堂外面大冰块里受到众人唾弃的卖酒人。为了感谢少年拿出钱财，使他得以葬入基督教徒的墓地，得到死后的安宁，他才一直充当少年的随从，帮助他实现心愿。他得到许可跟随了少年一年，现在，他最后被允许探望少年一次。随后，他们必须永远分别了，因为天国的钟声正在召唤他。

小胖墩

从前，有一个老妇人，她总是坐着烤面包。她有一个小男孩，长得圆滚滚、胖乎乎的，因此她叫他“小胖墩”；她还有一条狗，他们叫它“金牙”。有一天，狗忽然开始汪汪地叫起来了。

“跑出屋去看看，我的小胖墩，”老妇人说，“‘金牙’在对谁乱叫！”

小男孩跑出去看了，回来说：“啊呀，我的天哪！来了一个又高又大的女山妖，她把头夹在胳肢窝里，身上还背着一只口袋。”

“快跑到面板底下躲起来！”老妇人说。

这时候，那个巨大的女山妖走了进来。

“你好！”她说。

“愿上帝保佑！”老妇人说。

“小胖墩今天没在家吗？”女山妖问。

“没在家，他和他爸爸一起到森林里去打松鸡去了。”老妇人回答。

“那可就糟透了！”女山妖说，“我有一把精致的小银刀想送给他。”

“嘻嘻，我在这儿！”小胖墩说着，从面板底下走了出来。

“我老了，背也硬了。”女山妖说，“你得自己钻进袋子里去取银刀。”

小胖墩刚爬进袋子里，女山妖就把袋子抡到背上，出门走了。但是走了一段路后，女山妖感到疲倦了，就问：“还要走多远，我才能找到一个睡觉的地方？”

“一公里多。”小胖墩回答。

于是，女山妖把袋子放在路旁，独自一个人走进小树林里躺下睡了。小胖墩抓住这个机会，拿起小刀在袋子上割了一个口子，钻了出来，还在里面放了一块大松树根，然后跑回到了母亲的身边。女山妖回到家里，看到袋子里的东西，气得要命。

第二天，老妇人又坐着烤面包。突然，狗又乱叫起来。“跑出屋去看看，我的小胖墩，”她说，“‘金牙’在对谁汪汪叫？”

“啊呀，啊呀！又是那个丑恶的大女山妖！”小胖墩说，“现在她又来了，把头夹在胳肢窝里，身上背着一个大口袋。”

“快跑到面板底下躲起来。”他母亲说。

“你好！”女山妖说，“小胖墩今天在家吗？”

“他确实没在家。”母亲说，“他和他爸爸一起到森林里打松鸡去了。”

“那可就糟透了！”女山妖说，“因为我有一把漂亮的小银叉想送给他。”

“嘻嘻，我在这儿！”小胖墩说着走了出来。

“我的背硬了。”女山妖说，“你得自己钻进袋子里去取银叉。”

当小胖墩一爬进袋子，女山妖就把袋子抡到背上，马上走了。他们走了很长一段路以后，女山妖感到疲倦了，就问：“找个可以睡觉的地方还有多远？”

“五公里。”小胖墩回答。

于是，女山妖把口袋放在路边，走进森林里，躺下睡了。趁她去睡觉，小胖墩在袋子上割了一个洞，钻出来，又在袋子里放一块大石头。女山妖回到家里，在炉子里生上火，架了一口大锅，准备炖小胖墩。但是当她提起口袋，准备把小胖墩抖搂出来，掉出来的却是一块大石头，把锅底砸了一个窟窿，锅里的水流下去，把火都浇灭了。这一次，女山妖气得要发狂了，她咬着牙说：“无论有多难，我一定要把他骗到手！”

第三次还是如此。“金牙”开始狂叫，母亲对小胖墩说：“跑出去看看，我的小胖墩，‘金牙’在对谁叫。”

小胖墩跑了出去，又进来说：“哎哟，我的天哪！那个女山妖又来了，把头夹在胳肢窝里，身上背着一个袋子！”

“快跑到面板底下躲起来！”他母亲说。

“你好！”女山妖说着，跨进了门口，“小胖墩今天在家吗？”

“他真的没在家。”母亲说，“他跟他爸爸到森林里打松鸡去了。”

“那可就糟透了！”女山妖说，“因为我有一只好看的小银匙想送给他。”

“嘻嘻，我在这儿！”小胖墩说着，从面板底下走了出来。

“我的背硬了。”女山妖说，“你得自己钻进袋子里去取银匙。”

小胖墩刚爬到袋子里，女山妖就把袋子抡到背上，立即上路了。这一次，她不再躺下睡觉，而是背了装着小胖墩的口袋，大步流星，一直走回家中。到家的时候，恰好赶上是一个星期天。

于是，女山妖对她女儿说：“你把小胖墩取出来，剁成碎块，在我回来以前煮成肉汤，因为我现在要到教堂去，邀请朋友们来做客。”

女山妖走后，她女儿取出小胖墩要把他宰杀掉，可是她不知道该怎样下手。

“等一下，让我来做给你看。”小胖墩说，“把你的头放在长凳上，你看着我做好了。”

她照他的话做了。小胖墩打昏了女山妖的女儿，煮好一锅汤，又拖着松树根和大石头爬到屋子上边，把松树根放在门上方，把石头放在女山妖的烟囱管子上。

女山妖和丈夫从教堂回到家中，看见锅里的汤，就过去品尝。

“肉汤真好喝！”女山妖说。

“肉汤真好喝！”小胖墩说。可是，这声音他们没有注意到。

接着，山妖丈夫拿起勺子来尝肉汤。

“肉汤真好喝！”他说。

“肉汤真好喝！”小胖墩藏在烟囱管上说。

这时候，他们才注意是谁在说话，想走出门外查看一下。但是，当他们走过门，小胖墩把松树根和大石头砸到他们的头上，把他们都砸死了。于是，他拿着屋子里所有的金银财宝回到了母亲的身边。这一下他可变得非常富有了。

公绵羊和猪

从前，有一只公绵羊在农庄的饲养场里养膘。他活得很舒坦，吃得又饱又好，长得又大又肥。有一天，女工走来，给了他很多饲料，还说：“快吃吧，公绵羊！你在这儿不会待多久了，明天我们就要宰掉你。”

有一句古老的谚语说：“老妇人的忠告万万不可轻视，明智的劝告和烈性的美酒一样，会带给你各种好处，却无法阻挡死亡。”“但是，这次也许会有逃脱的办法。”公绵羊独自在想。

于是他尽量地吃，在吃饱喝足以后，用力撞开大门，一口气跑到了邻近的农庄。他走进猪圈，去找一头早在田野里就非常熟识的猪。他们一直是非常要好的朋友。“你好，见到你真高兴。”公绵羊对猪说。

“你好，见到你我也很高兴。”猪说。

“你知道为什么你过得这么舒服，为什么他们这么好地照料你吗？”公绵羊说。

“不，我不知道。”猪说。

“要知道，许多张贪吃的嘴，很快会喝干一桶酒。他们想屠宰你，吃掉你。”公绵羊说。

“是这样吗？”猪问，“但愿他们吃完之后会做谢恩祷告！”

“如果你愿意像我一样逃走，我们就跑到森林里去，盖一间房子，一起住在那儿。常言道：坐自己的板凳最保险。”

猪也愿意一起走。他说：“有一个好伙伴是最快乐的事情。”于是，他们就离开了农庄。

走出一段路后，他们就遇见了一只鹅。

“你们好，伙伴们，见到你们真高兴。”鹅说，“你们今天急急忙忙地要上哪儿去呀？”

“你好，见到你我们也很高兴。”公绵羊说，“在农庄我们生活过于好了，因此想到森林里独自居住。在自己家里，每一个人都是主人。”

“是的，在我那儿我也生活得太好了。”鹅说，“可以让我跟你们一块儿去吗？要知道，朋友在一起，日子过得欢。”

“可是整天闲聊，嘎嘎乱叫，房子盖不成，草棚搭不了。”猪说，“你又会干些什么呢？”

“主意妙，办法好，小虫也像巨人一样爬得高。”鹅说，“我能啄来苔藓填塞墙缝，让房子舒适又暖和。”

鹅被允许加入这个行列，因为猪愿意房子暖和又舒适。

鹅没法走得太快，他们又走了一段路，遇见一只野兔从森林中跳着出来。

“你们好，伙伴们，真高兴见到你们。”野兔说，“你们今天要走多远的路呀？”

“你好，我们也很高兴见到你。”公绵羊说，“我们在家里生活得太好了，因此想到森林中去盖一间房子独自居住。经过外面的闯荡，才知道自己的家是最好的！”

“现在，每个灌木丛下都是我的家。”野兔说，“但是一到冬天，我就对自己讲，要是我能活到来年夏天，一定给自己盖一间真正的房子，所以我非常乐意跟你们一起去。这样，我终于能为自己盖房子了。”

“是的，如果我们碰上真正的麻烦，也许只能带着你去吓跑狗了。”猪说，“因为我们盖房子，你不可能帮上什么忙。”

“来到世上的一切生灵，都有自己的一技之长。”野兔说，“我有尖利的牙齿，可以咬制木钉，用我有力的脚爪，可以把它们钉进墙里，所以我是完全合格的木匠。正像人们常说的那样：有了好工具，才能干好活儿；必须用锥子，才能剥掉母马皮。”

不用问，他也被允许加入这个行列，去盖房子。

他们又往前走了一段路，遇见了一只公鸡。

“你们好，你们好，伙伴们！见到你们我真高兴！”公鸡说，“你们今天要上哪儿去呀？”

“你好，见到你我们也很高兴。”公绵羊说，“我们在家里都生活得太好，因此想到森林中去盖一间房子，独自居住。因为在室外烤面包，既会损失煤，又会丢掉面包。”

“是的，在我那里，我也过得不错。”公鸡说，“但是建造自己的家毕竟胜过待在别人的屋檐下。公鸡在家才是最富有的。假如能和你们这样的好伙伴在一起，我也想到森林中去盖房子。”

“对，拍打翅膀，高声啼叫，确实非常引人注目。但是把嘴放在斧把上，可砍不成什么榫头。”猪说。“你又不能帮助我们盖房子。”他们也说。

“一个地方既没公鸡又没狗，住在那儿有什么意思。”公鸡说，“我每天清晨醒得早，可以吹响起床号。”

“对，早晨起得早，黄金赚不少，就让他也参加吧！”猪说，他一直是个最顽固的贪睡鬼，“睡觉是一个大窃贼，它总要偷走你一半的时间。”

于是，他们一个跟着一个结伴向森林中走去，盖起自己的房子：猪去伐木头，公绵羊把木头运回来；野兔是木匠，用嘴啃制木钉，再钉进墙壁和房顶；鹅去啄取苔藓，填进墙缝里；公鸡每天喔喔啼叫，注意不让他们早晨睡过了头。当房子建成，屋顶也盖上了桦树皮和草皮以后，他们就住了进去，过得非常快活。“还是住在自己的家里最好。”公绵羊说。

但是，在森林里离他们不远的地方有一个狼窝，里面住着两只大灰狼。他们看到附近建起了一所新房子，很想知道邻居是什么样的人。

两只狼想：近邻赛远亲，生活在和睦的近邻之中，胜过自己声名远播。

于是其中一只狼找个理由走了进去，要借个火点自己的烟斗。他刚走进门，公绵羊就猛撞了他一下，狼一头栽进了壁炉；猪开始打他、啃他，鹅也啄他、钳他，公鸡跳到房梁上，使劲嘎嘎地叫着；野兔吓得要命，上蹿下跳，在四个角落里乱踩瞎跑。

最后，狼好不容易才逃了出去。

“毗邻成相知。”等在门外的另一只狼说，“既然在里面待了这么久，你大概走进一个流连忘返的乐园了吧？但是，你借的火呢？怎么连烟和烟斗都没有了？”

“这借的真是一个奇怪的火，他们也真是一伙奇怪的人。”进屋的那只狼说，“这些人的行为是我以前从来没有见到过的。但是，是我自己去寻求伙伴，也只能说是自作自受。当我进门的时候，鞋匠用一个袋子打我，让我一头栽倒在铁砧上。旁边还坐着两个铁匠，他们用力压着皮袋鼓风，然后又用烧红的夹子和钳子把我身上的肉一片又一片地撕下去！猎人到处乱跑，在找他的猎枪，还算幸运，他没有找到。另外还有一个家伙，高高地坐在房顶上面，拍打着翅膀大声喊道：‘用铁钩钩住他，把他拉过来，把他拉过来！’要是他抓住了我，我肯定不会活着跑出来了！”

耶特鲁德啄木鸟

从前，上帝和圣彼得到凡世间漫游，日子很美好。有一次，他们走进一位正坐着烤面包的妇人家里，妇人的名字叫耶特鲁德，头上戴着一顶红帽子。他们已经走了很长时间，感到饿了，因此上帝非常客气地向耶特鲁德要点薄饼尝一下。妇人拿起一块小面团，把它擀开，盖住了整个铁盘子。这个薄饼太大了，他们不能要。于是，她又拿了一块更小的面团，可是当她摊在铁盘上烤好后，这个薄饼还是太大，他们也不能要。第三次，她拿了块比刚才还要小的面团，只有一丁点大，可是这次做好的薄饼仍旧太大。

“那我就没有什么可以给你们吃的了。”耶特鲁德说，“你们只能饿着肚子继续赶路吧，因为所有的薄饼都是大的。”

这时候，上帝非常恼怒：“对待我的态度这么恶劣，你将受到惩罚，你会变成一只鸟，只能在树皮和树干之间找到你的食粮。而且除了下雨，你都找不到水喝。”

他的最后一句话还没说完，妇人就变成了啄木鸟，从面板旁边钻进烟囱，飞了出去。所以直到今天，人们还可以看到啄木鸟头上戴着那顶红帽，在各处飞来飞去，它的全身相当黑，那是被烟囱染黑的。它一直敲打着树木寻找食粮，还不时吱吱叫着，盼望下雨，因为它口渴而等着水喝。

当放牧人的狐狸

从前有一个妇女，要到外面去雇一个放牧人。在路上，她遇见了一只熊。

“你要上哪儿去？”熊问。

“噢，我想雇一个放牧人。”妇女回答。

“你愿意雇我来当放牧人吗？”熊问。

“行，只要你懂得怎样呼唤牲口，就——”妇女说。

“嘿——依！”熊吼叫了一声。

“不行，我不想要你。”妇女听到这叫声后说。她继续往前赶路。

走了一阵子，她遇见了一只狼。

“你要上哪儿去？”狼问。

“我想雇一个放牧人。”妇女回答。

“你愿意雇我来当放牧人吗？”狼问。

“行，只要你懂得怎样呼唤牲口，就——”妇女说。

“嗷——嗷！”狼号叫了一声。

“不行，我不想要你。”妇女说。

她又走了一段路，遇见了一只狐狸。

“你要上哪儿去？”狐狸问。

“噢，我想雇一个放牧人。”妇女说。

“你愿意雇我来当放牧人吗？”狐狸问。

“行，只要你知道怎样呼唤牲口，就——”妇女说。

“狄尔——达尔——霍洛姆！”狐狸呼叫起来，声音清脆又响亮。

“好，我愿意雇你来当放牧人。”妇女说。于是，她就让狐狸来放牧她的全部牲口。

狐狸放牧的第一天，就吃掉了妇女所有的山羊；第二天，又咬死了她所有的绵羊；第三天，把所有的母牛都吞下了肚。

当他晚上回到家中，妇女问他把她的牲口弄到哪里去了。

“它们的头在小河里，而身子在树丛中。”狐狸说。

这时候，她正坐着搅拌奶油，但觉得还是应该去查看一下牲口怎么样了。在她离开的这段时间里，狐狸把嘴伸进搅拌器里，吃光了里面的奶油。妇女回家看到狐狸干的坏事，非常生气，拿起仅剩下的一丁点奶油，扔过去打狐狸，有一滴溅到了他的尾巴尖上。从此以后，狐狸就有了一个乳白色的尾巴尖。

丈夫的女儿和妻子的女儿

从前有一对男女，再婚结成了夫妇。他们原先各自有一个女儿。妻子的女儿生性刻毒懒惰，从来不愿干活儿，而丈夫的女儿则非常聪明，又乐于助人。尽管这样，她也从来不能让后母满意，后母和她的女儿一直处心积虑地想除掉她。有一次，两个女儿坐在水井旁边纺线，妻子的女儿纺的是亚麻，可是丈夫的女儿除了猪鬃之外什么也没有。"你是那么聪明能干，"妻子的女儿说，"不过，我还是要和你比赛纺线。"她们约定，第一个纺断了线的人，必须跳进井里。突然，丈夫的女儿纺的线断了，她不得不跳下井去。小女孩跌到井底，并没有受伤。她朝四下一望，只看见一片绿油油的草场。

她在草场上走了一段路，来到一道灌木篱笆跟前，她想踩着爬过去。"噢，你别在我的身上踩得太重，"树篱说，"你善待我，我下次也会帮助你的。"女孩动作轻得像一根羽毛，小心翼翼地跨过去，几乎没有挨着篱笆。

她又往前走了一段路后，来到一条有深色斑纹的母牛跟前，奶牛的角上顶着一个盛牛奶的木桶。这是一头非常漂亮的大奶牛，两个乳房鼓得圆圆的，十分坚挺。"噢，请把我的奶挤出来，"母牛说，"因为我的乳房实在胀得要命。你愿意喝多少牛奶就喝多少，再把剩下的泼在我的牛蹄上，这样我以后也会帮助你的。”

女孩照着母牛的请求做了。她一拿起乳头，奶水就喷射到木桶里；然后她自己喝了个够，再把剩余的牛奶泼在牛蹄上，木桶仍旧挂回到牛角上。

她在草场上继续走出一段路，遇见了一只很大的公绵羊。它身上有很厚、很长的绒毛，走路时都拖在地上，一只羊角上挂着一把大剪刀。“噢，请把我的毛剪下来。”公绵羊说，“因为我拖着这些长毛气喘吁吁地走路实在太热，连气都快透不过来了。你愿意拿多少羊毛就拿走多少，再把其余的缠在我的脖子上，那么我以后也会帮助你的。”她马上表示同意。公绵羊非常安静地躺到她的怀里，她剪得很麻利，没在绵羊身上剪破哪怕是最细小的破口。然后，她取走了想要的羊毛，把剩下的缠在了羊脖子上。

继续走，她来到一棵苹果树前，树上果实累累，树枝都被苹果压得弯到了地上，在靠近树干的地方立着一根小木杆。“请把苹果从我身上摘下来。”苹果树说，“让我的枝条能伸直，因为我弯成钩子那样站着实在太累了。不过，你一定要慢慢地、小心地用木杆打，才不会把我打坏了。你想吃多少苹果就吃多少，再把剩余的放到我的树根旁，那么我以后也会帮助你的。”于是，她先把手能够得着的苹果摘下来，然后拿起木杆，非常仔细地把高处的也打了下来。女孩自己吃饱以后，再把其余的苹果堆到了树根旁。

接下来，女孩又走了一段很长很长的路，来到一座大庄园前。那里住着一个巫婆和她的女儿。女孩走了进去，问能不能留下来当女仆。巫婆说：“我们曾经有过许多女仆，但是没有一个会干活儿。”

可是，她恳求说一定要留下她干活儿。巫婆就雇用了她，给了她一个筛子，叫她用筛子去打水。用筛子盛水实在不合情理，但她仍然去了。她来到水井边，听到小鸟们在歌唱：

涂上泥巴，
垫上麦秸！
涂上泥巴，
垫上麦秸！

她就照着做了，果然相当顺利地用筛子打回水来。但是，当她把水打回家，巫婆看见筛子的时候断定说：“这肯定不是你自己想出的主意！”

接着，巫婆叫她清扫牛棚，再挤牛奶。可是，牛棚的大铁铲又重又笨，根本拿不动，她真不知道该怎么办才好。但是小鸟们又唱歌提醒她，应该拿起扫帚，先把垃圾清扫出去一点，其余的就全都会跟着流走了。她照着做了，牛棚马上变得像清扫过的那样干净整洁了。现在她该给奶牛挤奶了，可是它们很不老实，又踢又跳。外面的小鸟又唱了起来：

喷出一股
细细的牛奶，
让所有小鸟
都喝上一点！

她照做了，给小鸟们喷过去一股细细的牛奶，于是所有的奶牛都安静地站着，让她挤奶，不再踢腿，也不蹦跳，甚至连脚都没有抬一下。

当巫婆看到她提着牛奶进来的时候，断定说："这肯定不是你自己想出的主意！现在你把这些黑羊毛拿去洗白了。"姑娘这时候一点也不知道该怎样把这活儿干好，因为她从来没有看见过有人能把黑羊毛洗白了。尽管如此，她还是什么话也没说，拿着羊毛来到了水井旁边。小鸟们又唱道，她应该拿起羊毛放到那儿的大桶里，它们就会变白了。

"不，不，"当她拿着羊毛进来的时候，巫婆惊呼起来，"既然你什么事情都能干得很好，那么留你也没用了，不然只会把我活活气死，我最好还是把你解雇了。"

说完，巫婆摆出了三个首饰盒，一个红的、一个绿的和一个蓝的，女孩可以拿走她想要的那个，那是她的报酬。女孩不知道应该去拿哪一个，可是小鸟们又唱起来：

不拿那个绿的，
也不拿那个红的；

只拿那个上面有
我们画了三个十字的
蓝色首饰盒！

她就拿了那个蓝色首饰盒。“看不出，你还真行。”巫婆说，“你会为此付出代价的。”

女孩即将离开的时候，巫婆拿起一根烧得通红的铁棍朝她扔去，可是她马上闪到门背后躲起来，铁棍并没有打中她，因为小鸟们已经告诉她应该怎样做。她以自己最快的速度离开那里，可是走到苹果树下的时候，听到后面路上传来“隆隆”的声响，这是巫婆和她的女儿追来了。女孩怕得要命，不知道往哪儿跑才好。

“到我这儿来。”苹果树说，“我会帮助你的，快跑到我树底下藏起来，因为如果她们抓住了你，就会抢走你的盒子，还把你撕成碎片。”

姑娘藏到树下。巫婆和她的女儿追来了。

“你看见一个姑娘吗？”巫婆问。

“噢，对了，”苹果树说，“刚才有一个姑娘跑过这儿。但是，她已经离得很远，你们追不上了。”

巫婆扭过头，回家去了。

女孩往前走了一段路，当她来到公绵羊跟前的时候，听到后面又响起了“隆隆”声，她怕得要命，不知道藏在哪里才好，因为她明白，巫婆又追来了。

“到我这儿来，我会帮助你的。”公绵羊说，“躲到我的毛底下，她们就看不到你了。否则，她们会抢走盒子，还把你撕成碎片。”

很快，巫婆怒气冲冲地跑来了。

“你有没有看见一个姑娘？”她问公绵羊。

“噢，是的。”公绵羊说，“我刚才看见了一个，但是她跑得飞快，你追不上她了。”

巫婆转过身子，回家去了。

女孩走了很久，来到母牛跟前，她听见后面路上再一次响起了“隆隆”声。

“到我这儿来。”母牛说，“我会帮助你的，快藏到我的乳房底下，否则巫婆来了，她会抢走你的盒子，把你撕成碎片的。”

没过多久，巫婆就来了。“你看见有个姑娘来过这儿吗？”她问母牛。

“是的，我刚才看见一个，可是她现在早已走远了。她跑得飞快，你显然追不上她了。”母牛说。巫婆转过脸就回家去了。

女孩往前走了一段很长的路，来到离灌木篱笆不远的地方，她又听到了“隆隆”声，简直吓得要死，因为她当然知道这是巫婆又转回来了。

“快到我这儿来，我会帮助你的。”篱笆说，“爬到我的树枝底下，她们就看不到你了，否则她们会抢走你的盒子，还把你撕成碎片。”她钻到了篱笆的树枝底下。

“你看到有个姑娘来过这儿吗？”巫婆问篱笆。

“不，我没有看到什么姑娘。”篱笆回答。它非常生气，发出“噼噼啪啪”的响声，而且一下变得非常高，根本别想从它上面跨越过去。巫婆没法可想，只能转身回家去了。

这个女孩，也就是丈夫的女儿，平安回到家里，后母和她的女儿更是嫉妒极了，因为女孩现在长得更加美丽。她们不准她住在屋里，把她赶进了猪圈。她把猪圈打扫得干净又整洁，然后打开首饰盒，想看看，作为做工的报酬她究竟得到了什么东西。她发现盒子里有那么多的金银首饰和奇珍异宝，可以把四周的墙壁和天花板全都挂满。这个猪圈简直比最华丽的国王庄园还要金碧辉煌。后母和她的女儿看到这情景，气得简直要发狂了。她们开始寻根问底，一定要问清楚她在巫婆家做工是怎么回事。“噢，”女孩说，“既然我得到了这样的工钱，当然可以让你们知道。”

妻子的女儿也想出发去当女仆，想要得到同样的金首饰盒。于是，她们又坐下来纺线了，这次是妻子的女儿纺猪鬃，而丈夫的女儿纺亚麻，谁首先把线弄断了，就得跳井。没过多久，当然是妻子的女儿纺断了线，她们把她投下了井。

情况还是一样。她掉到井底，没有摔伤，来到了一片美丽的绿色草场。她走了一段路后，来到篱笆跟前。

“别在我身上踩得太重，那么我下次也会帮助你的。”篱笆说。

“哼，我在乎你一堆灌木篱笆干什么。”她说着，故意重重地踩在篱笆上，弄断了不少树枝。

不一会儿，她来到母牛跟前，母牛的乳房正胀得难受。

“请给我挤一下奶。”母牛说，“下次我也会帮助你的。你想喝多少牛奶就喝多少，但是把剩余的泼在我的蹄子上。”

她照着做了，给母牛挤了奶，然后一个劲儿地喝，结果没再剩下牛奶泼到牛蹄上去，又把奶桶扔到了远远的地上。

又走了一段路以后，她来到公绵羊跟前，公绵羊正拖着长毛走路。

“请给我把毛剪一下，那么我也会为你办点事的。”公绵羊说，“你想拿走多少羊毛就拿多少，但是把剩余的缠在我的脖子上。”

她剪起了羊毛，却如此轻率鲁莽，在绵羊的皮上剪了许多大口子，还把所有的羊毛都拿走了。

过了一会儿，她来到苹果树前。苹果树弯腰站着，承受着满树苹果的重量。

“请把我的苹果摘下来，这样我就能伸直枝条。腰弯得像钩子那样实在太累了。”苹果树说，“不过要摘得小心一点，这样就不会把我打坏了。你想吃多少苹果就吃多少，但是把剩余的好好放在我的树根旁，那么我也会帮助你的。”

她把最下面的苹果摘掉，又把够不着的用木杆打了下来。但是，她根本不是小心翼翼，把许多大树枝都打断了；她吃苹果，吃到实在吃不下了，才把剩余的苹果胡乱扔到树底下。

她又走了一段路，便来到巫婆居住的庄园，她请求在那里当女仆。巫婆说，她不想要什么女仆，因为从前的女仆不是愚蠢得什么活儿都不会干，就是太聪明，把她的财宝全骗走了。妻子的女儿并不气馁，而是坚持说，她愿意当女仆。最后巫婆说，如果她会干活儿的话，可以雇用她。

她要干的第一件事情，就是用筛子打水。她走到井边，把水倒进筛子里，可是水倒得有多快，水流出去也有多快。这时候，小鸟唱了起来：

涂上泥巴，
垫上麦秸！
涂上泥巴，
垫上麦秸！

可是她根本不理睬小鸟在唱些什，还朝它们扔土块，小鸟全都远远地飞走了。因此她只得拿着空筛子走回家里，挨了巫婆一顿臭骂。

接着，她该去清扫牛棚和给母牛挤奶了。她觉得自己不应该干这种脏活儿。不过，她仍旧向牛棚走去，但她根本拿不动那把铁铲。小鸟们把对丈夫的女儿说的话，同样对她讲了，她必须拿一把扫帚，先把垃圾扫出去一点，其余的就会跟着流掉。但是她抓起扫帚，向小鸟们扔去。当她去挤牛奶的时候，母牛们很不安宁，又踢又跳，每次她在木桶里挤了一点奶，它们就把木桶弄翻在地。小鸟们又唱道：

喷出一股
细细的牛奶，
让所有的小鸟
都喝上一点！

可是她不停地抽打母牛，还抓起手边的东西向小鸟们扔去，简直乱极了。她既没清扫牛棚，又挤不成牛奶。回到屋里，巫婆对她狠狠地打骂一顿。最后，她该把黑羊毛洗白了，可是情形并没变得好些。

巫婆认为她实在太差劲，但还是拿出三个首饰盒，一个红的，一个绿的，一个蓝的，对女孩说，她什么用处也没有，世界上的事情她一件都不会干，但是仍然被允许拿一个自己想要的盒子作为工钱。这时候，鸟儿又唱了起来：

不拿那个绿的，
也不拿那个红的，
只拿那个上面有
我们画了三个十字的
蓝的首饰盒！

女孩不理会小鸟唱的歌，拿起那个最闪闪发亮的红盒子，就动身回家去了。她可以慢悠悠地走，因为没有人来追赶她。回到家里，她母亲高兴极了。她们马上走进大客厅，把首饰盒放在那儿，相信里面除了金银财宝之外不会有其他东西，她们梦想所有的墙壁和天花板都会变得金光灿烂。但是刚一打开红盒子，长蛇和癞蛤蟆就争着往外跑。妻子的女儿张开嘴巴的时候，也同样如此，从里面吐出来的全是长蛇、癞蛤蟆和所有能想得到的丑恶东西，直到后来，根本没有人可以和她一起待在屋里了。这就是她给巫婆当女仆所得到的工钱。

躺在海底的磨

从前，在那古老又遥远的年代里，有兄弟两人，其中一个非常富有，另一个却十分贫困。圣诞节前夜即将来临，穷弟弟什么吃的都没有，既没肉，也没面包，因此他到哥哥那里，以上帝的名义讨一点食物，用来过圣诞节。可是他哥哥生性吝啬，即使在圣诞之际也不会对弟弟好一点。

“如果你愿意照我说的去做，可以得到一整只火腿。”他说。弟弟这个可怜虫，马上答应下来，还对哥哥感激不尽。

“给你火腿，然后你直接走到地狱去！”有钱的哥哥说完，就把一只火腿扔给了他。

“好吧，我答应了的事，就得遵守诺言。”弟弟说。他拿起火腿就出发了。

他走呀走，走了整整一天。在昏暗的夜幕中，他来到一个灯火通明的地方。“我得看看，也许就是这个地方吧！”带着火腿的弟弟想。在柴房的外面，站着一个留了很长白胡子的老头，正在为圣诞节劈柴火。

“晚上好！”带火腿的弟弟说。

“晚上好！这么晚了你要上哪儿去？”老头问。

“我要到地狱去，不知道我走的路对不对。”弟弟回答。

“对，你走的路很对，这儿就是。”老人说，“现在你走进屋里，他们都想买你的火腿，因为猪肉在地狱里是非常罕见的东西。但是，你不要卖掉，除非他们用放在门背后的那个手摇磨跟你交换。你出来以后，我再教会你怎样操作那个磨。它的用处很大，样样东西都能替你磨出来。”

带火腿的弟弟再三感谢老人的忠告，然后走去敲魔鬼的门。

进门以后，果然像老人所说的那样：所有恶魔，无论大小，都像蚂蚁围着小虫一样，在他四周坐下，竞相抬高价钱，争着买他的火腿。

“说实话，这只火腿是我和妻子用来做圣诞晚餐的。既然你们一心要买，我也只好留给你们了。”弟弟说，“但是，假如把它卖给你们的话，我只想要门背后的那个手摇磨来交换。”魔鬼可真舍不得那个磨，他们一再讨价还价，争论不休，但是弟弟坚持非磨不换，最后魔鬼只得把磨拿出来。

弟弟出屋到了院子里，向砍木柴的老人请教怎样用这个磨。他学会以后，谢过老人，就飞快地赶回家去。紧赶慢赶，没等他走进家门，平安夜的钟声就已经敲响了十二下。

“你究竟跑到哪里去了？”他妻子问，“我在这儿，坐了一个钟头又一个钟头，总是盼望着，等待着。我甚至都没有两根柴火在煮圣诞粥的铁锅下面摆成一个十字！”

“噢，我没有法子早回来，每一样都需要我去找，而且路途也很远。但是，现在你看！”他说着，把磨放到了桌子上，首先要它磨出蜡烛来，然后再磨出桌布、食物、啤酒和一切圣诞节晚餐需要用的好东西，他说什么，手摇磨就磨出什么。

他妻子一次又一次地在胸前画十字，她想知道丈夫是从什么地方搞到这个磨的，但是他不愿意透露。“我从哪儿得到的，都无关紧要。你看到磨很好，磨里的水也不结冰，能磨出东西来，这就行了。”他说。接着，他继续磨出食物、饮料和整个圣诞节需要用的各种好东西。第三天，他把自己的朋友全部请来，要举行一次盛大的宴会。

有钱的哥哥看到宴席上的一切，又生气，又疑惑，因为他不希望自己的弟弟发财。“圣诞节前一天的夜晚，他还是那样穷困潦倒，来到我家，以上帝的名义乞求给点什么，现在竟然举办宴会，仿佛他是伯爵，甚至是国王似的。”他暗地里说。

“你的财富究竟是从哪儿得来的？”他问他弟弟。

“从门背后得来的。”弟弟说，他当然不想给他哥哥做详细的解释。

可是到了深夜，弟弟有点喝醉酒的时候，再也克制不住自己，最终把磨拿了出来。“你看，就是它给我带来了所有财富！”他说。接着，他又让磨磨出了这样和那样的东西。

哥哥看到这情形，很想把磨拿到手。最后他得到了磨，但必须付出三百银币，而且弟弟还可以把磨暂时保留到割草季节。“因为在我保留它的这段时间里，还可以磨出许多的食物来。”弟弟这么想。

在这期间，你完全可以想象，磨是不会白放着生锈的。割草的日子到了，哥哥得到了磨，但是弟弟大概故意没有教会他怎样使磨停下来。

富有的哥哥是在晚上把磨拿回家的，到了第二天清晨，他吩咐妻子出去干活儿。他说，今天要亲自来准备午饭。

将近吃午饭的时候，他把磨放到厨房的桌子上。“磨出绯鱼和稀粥来，要又快又好！”他说。磨开始磨出鲱鱼和稀粥，起初所有的盘子和木盆全满了，后来就流满了整个厨房的地板。富有的哥哥笨手笨脚地摆弄着磨，想让它停下来，但是无论他怎样翻过去掉过来，也无论他怎样用手指在这儿或那儿捅，磨还是继续转着。不一会儿，稀粥已经多得快要把他淹死了。于是，他把通往客厅的房门打开，然而没过多久，磨里出来的稀粥把客厅也灌满了，他好不容易才抓住了淹没在稀粥中的门闩。一打开大门，他就被冲了出来，鲱鱼和稀粥在后面紧追他，就像瀑布似的喷射到院子里和田野上。

正忙着摊草的妻子，觉得时间过得实在太慢了，午饭早该做好了。“既然丈夫不来叫我们回家吃饭，我们还是自己回去吧，他也许不太知道怎样熬稀粥，我得去帮他一下。”她对割草的短工们说。

他们慢悠悠地往家走去。可是刚上坡走了一段路，就遇见鲱鱼、稀粥和面包正乱七八糟地搅在一块儿，猛冲过来，而她的丈夫跑在这股“洪流”的最前头。

“要是你们每人有一百个肚子就好了！不过要小心，别淹死在当午饭的稀粥里面！”他高声喊着，急匆匆地从他们身边跑过去，似乎妖魔正踩着他的脚后跟似的。他一口气跑到他弟弟住的地方，请求他弟弟看在上帝的分儿上把磨收回去，而且要马上拿走。“如果它再多磨一个小时，整个教区都会毁灭在鲱鱼和稀粥当中了！”但是，他弟弟根本不肯拿走，除非哥哥再付给他三百个银币，哥哥只得如数照付。

现在穷弟弟既有了钱，又有了磨，因此不用多久，他就盖起了一座庄园，远比他哥哥住的那座豪华漂亮。他用那个磨，磨出了许多许多的金子，把整个庄园都用金片装饰起来。庄园紧靠海滨，所以它耀眼的光芒能照到峡湾很远很远的地方。现在，所有航行经过那里的人，都要上岸来拜访和问候庄园中的这位大富翁，都要看一眼那个神奇无比的磨，因为它已经声名远播，无人不晓。

过了很长时间，来了一个船长，他也要看看那个磨。他问磨能不能磨出盐来。主人说：当然行，它能磨出盐来！船长听完这话，就执意要得到它，不管出多少钱都行，甚至不惜动手去抢，因为他想，如果有了磨，他就可以不必再远渡重洋去运盐回来。开始时，弟弟说什么也不愿意卖，可是船长一再恳求，他才把磨卖了，得到好几万枚银币。

船长把磨背在身上，一刻也不敢多停留，因为他害怕磨的主人会反悔。他根本就没有时间问一下怎样使磨停下来，只是以最快的速度朝停船的地方走去。当他把船驶离海岸以后，才把磨拿了出来。“磨出盐来，要又快又好！”船长说。于是磨

磨就这样躺在了海底，时至今天它还一直在磨出盐来，因此海水是咸的。

——《躺在海底的磨》

开始磨出盐来，盐粒不断向周围喷射出来。当船装满了盐的时候，船长想让磨停下来，但是不管怎样摆弄，磨仍然不断地转动，盐堆得越来越高，船终于沉了下去。

磨就这样躺在了海底，时至今天它还一直在磨出盐来，因此海水是咸的。

愚蠢的妇人

从前，有一对夫妇，他们想去播种，可是没有谷种，也没有钱去买种子。他们只有一头母牛，丈夫想把它牵进城去卖钱来买谷种，然而，妻子不敢让他去，因为她担心丈夫会用钱买酒喝。于是，她自己牵着牛去了，顺便还带了一只母鸡。

快到城里的时候，她碰见了屠夫。

“你想卖掉母牛吗，太太？”他问。

“是的，我想卖掉它。”她说。

“这牛你想卖多少钱呀？”

“母牛我想卖一个马克，可是母鸡你得付十个银元。”她说。

“行。”屠夫回答，“你进城后定能把母鸡卖掉，这头母牛我付给你一个马克。”

妇人卖掉了母牛，得到一个马克，可是城里人谁也不愿意为一只干瘪而又长满疥疮的母鸡付十个银元。于是，她又回到屠夫那里，说：“我没有卖掉母鸡，先生！你买了母牛，把母鸡也一块儿买下吧。”

“这件事我们好商量。”屠夫说完，把她请到餐桌旁吃饭，还让她喝了许多烈酒，结果她喝得烂醉如泥。

在她睡着的时候，屠夫把她塞进一个柏油桶里，然后扔到羽毛堆上。

她醒来时，全身沾满了羽毛，心想这是我吗？不，这根本不可能是我，这必定是一只奇特的大鸟。不过，我怎样才能搞清楚这究竟是不是我呢？对了，我现在知道办法了：假如我回到家里，牛犊们过来舔我，狗也不对着我乱叫，那么这就是我了。

狗以前从没见过这样一个怪物，因此马上狂叫起来，好像农庄里来了窃贼和流浪汉似的。“这显然不是我了。”她说。她来到牛棚里，牛犊也不愿意过来舔她，因为它们闻到了柏油的气味。“不，这不可能是我，这必定是一只奇特的怪鸟。”她说。于是她爬到院中储藏室的屋顶上，开始拍打起手臂来，仿佛这就是翅膀，可以飞到空中去。

当她丈夫看到这情景，拿着枪走出屋子，准备瞄准。

“噢，不要开枪，不要开枪！”妇人大声喊叫起来，“是我！”

“是你，”丈夫说，“那就别像山羊似的还站在那儿，快下来洗干净，弄得像个人的模样！”

她爬了下来，可是这时候，她身上连一个铜币也没有了，因为她从屠夫那儿得到的马克在喝醉酒时就搞丢了。丈夫听完事情的经过以后，生气地说：“你已经不止一次做这种蠢事了。”他说要离家出走，如果没遇上另外三个同样愚蠢的妇人，他就永远不再回来。他走了一段路，看见有一个妇人手里拿着一个空筛子从新盖的屋子里出来，接着又进去，进去又出来。每次她要跑进去的时候，总用围裙盖住筛子，仿佛里面有什么好东西似的，进了屋就倒在地板上。

“你为什么要这样做，太太？”他问。

“噢，我只是想搬一点阳光进来。”妇人回答，“但是，我弄不明白这是怎么回事：我出来的时候，筛子里有阳光；然而当我一进屋，阳光就丢了。我住在旧屋的时候，尽管从来不往里搬一点阳光，阳光也十分充足。只要有人能给我把阳光弄进屋里，我愿意付给他三百个银币。”

“如果你有一把斧头，”男子说，“我就能替你弄来阳光。”

他拿起一把斧头，砍出一个窗户，因为木匠们造房时把这件事给忘记了。太阳马上照进了屋子，他也得到了三百银币。男子想，这可以算一个愚蠢的妇人。接着，他又往前赶路了。

过了一会儿，他走近一间房子，只听见里面传来一阵阵凄厉的喊叫声。他进到屋里，看见一个妇人正在用一根木槌猛砸她丈夫的头，丈夫的头上套了一件没有领口的衬衣。“你想打死你的丈夫，太太？”他问道。

“不，”她说，“我只是想在这件衬衣上开一个领口。”

她丈夫大声叫着，看起来非常痛苦。他说：“哎哟，我的天哪，鬼才要这件新衬衫！如果有人能教会我的妻子用正确的方法开衬衫的领口，我愿意付给他三百个银币。”

“这件事很快就可以办好，只要拿一把剪刀来。”刚进门的男子说。他拿起一把剪刀，剪了一个洞，然后拿着钱又继续赶路了。

这是第二个，他自言自语地说。

最后他来到了一个庄园，想在那儿休息一会儿，就走了进去。

“你从哪儿来，先生？”庄园里的妇人问。

“我从灵厄里克[1]来。”他回答。

“噢，你是从天国[2]来的？那么你大概认识我先前的丈夫彼尔第二了？”

这妇人已经结过三次婚，第一个和最后一个丈夫都很坏，因此她觉得只有第二个丈夫才能在天国里享福，毕竟他始终是一位心地善良的人。

“是的，我对他很熟悉。”这位男子说。

“他近来日子过得怎么样？”妇人问。

“他的日子很不好过。”这位灵厄里克人说，“在那儿，他从一个庄园走到另一个庄园，既没有饭吃，也没衣服穿——有钱当然更加谈不上了。”

“噢，他真可怜！”妇人哭泣起来，“他留下了许多东西，根本没有必要过得那么穷苦。这儿大阁楼上挂着的，全是属于他的衣服，还有一大箱子钱币也在这儿。假如你愿意替他带去，我可以给你车马。这样，他来往于各个庄园之间，就可以有马骑、有车坐，完全没有必要走路了。”

这位灵厄里克人得到了满满一大车衣服和一个装满闪亮银

---

1 灵厄里克（Ringerike），挪威城市名。

2 天国，挪威语写作himmelsrike，其发音近似灵厄里克。

币的钱箱，至于食物和饮料，他想要多少，就可以带多少。他得到这些以后，就跳上车，赶着马走了。

这是第三个，他自言自语地说。

但是，妇人的第三个丈夫彼尔第三正在田里耕地，他看到一个陌生人赶着马车离去，就回到家里问妻子，是什么人带走了那匹蓝色的马。

“噢，他呀，”她说，“他是来自天国的人。他说，我的前夫彼尔第二日子过得很惨，从一个庄园转到另一个庄园，既没衣穿也没钱花，因此我把他生前留下的旧衣服和那只装着银币的旧钱箱给他送去了。”

她丈夫马上明白这是怎么回事，他放好马鞍子，全速追了上去，没过多久就赶了上来。但是驾车人也注意到了有人在追来，就把马车赶进了小树林里，又揪下一把马尾巴上的长毛，跑上一个土岗，把长毛卡在一棵白桦树上，然后他躺在树下，仰面盯着天空看。

当彼尔第三骑着马追来的时候，灵厄里克人自言自语地说：“我从未见过这么奇怪的事情！不，我从未见过这样的事情！”

彼尔第三站着看了一会儿，正纳闷他是不是在胡言乱语，或者真有什么事，忍不住问道：“你躺在这儿看什么呀？”

“噢，这样的事情我从来没有看到过！一匹蓝色的马直跑到天上去了。你看，一撮长毛还挂在这儿的白桦树上，在上面高高的云彩里，你还能够看到那匹蓝马正在奔跑。”

彼尔第三看看天上的云彩，又从云彩转过头来看着他说：

“除了白桦树上的马尾巴毛，我什么也没有看到。”

“不，你站在那儿，不可能看到。”另一个说，“到这儿来，躺下往上看，一定要紧盯着云彩看。”

彼尔第三躺在地上盯着云彩看，弄得眼里全是泪水。这时，灵厄里克人牵过他的马，翻身骑了上去，就这样，他带着这匹马和那一车东西走了。当路上响起了马车“隆隆”声的时候，彼尔第三跳了起来，慌乱不堪，等想到去追的时候，为时已晚了。

彼尔第三为人非常贪婪和吝啬，但是当他回家来到妻子跟前，妻子问他把马弄到哪儿去了的时候，他说：“我把那匹马也给了彼尔第二。因为我觉得，他在天国里不值得坐在一辆小马车上从一个庄园到另一个庄园；现在他可以把小马车卖了，给自己买一辆舒适的大马车。”

“非常感谢你！我从来没有想到你是这样一个好心的人。”妇人说。

而那个灵厄里克人，他现在赚到了六百个银币、一车衣服和一箱钱。等他回到家里，看到所有的田地都已经耕过，播完了种。他问妻子的第一句话就是她从哪儿搞来的谷种。

“噢，”她说，“我一直听说，你播种什么，就能收获什么，因此我把山里人放在这儿的盐粒播种了，只要下一场雨，我相信苗肯定会长得很好。”

“你真是一个笨蛋，你活一辈子都是那么愚蠢。”她丈夫说，“不过这也没什么，因为其他的妇人也并不比你聪明。”

草丛中的玩偶

从前，有一个国王，他有十二个儿子。儿子们长大以后，国王告诉他们应该给自己找一个妻子，她必须能在一天之内纺好纱，织成布，再制成一件衬衫，否则他不愿意要她做儿媳妇。国王给了儿子们每人一匹骏马和一套新盔甲，让他们出发到世上去寻觅妻子。然而，他们走了一段路以后，就不愿意再带着最小的王子灰小子一起走了，因为他什么事情也不会干。灰小子不得不留下来，这是无可奈何的事。他不知道应该干些什么，也不知道应该上哪儿去。他心里很难过，就下了马，坐在草丛里哭了起来。过了一会儿，一簇草开始动了，从里面走出来一个白色的小东西，当小东西走近了，灰小子才看清原来是一个非常可爱的小姑娘，不过她只有一丁点大。她走过来，问他是不是愿意来仔细看看草丛中的自己。他很愿意。

草丛中的小姑娘坐在一把椅子上，看上去打扮得体，美貌非凡，她问灰小子要上哪儿去，有什么事情要办。

灰小子告诉她说，他们共有兄弟十二人，国王给了他们马和盔甲，要他们环游世界，给自己找一个妻子，作为妻子必须能在一天之内纺好纱，织成布，再缝制一件衬衫。“如果你能做到，而且愿意做我的妻子，我就不再旅行到其他地方去了。”灰小子对草丛中的姑娘说。

她十分同意。于是赶紧纺纱、织布和缝制衬衫，不过衬衫也是一丁点大小。

灰小子就拿着衬衫回去了，当他要拿出来给大家看的时候，感到非常难为情，因为它实在太小了，可是国王仍然说，他应该娶她。于是，灰小子兴高采烈地回去接他那小小的未婚妻。他来到草丛中的小东西跟前，想把她抱到自己的马背上来。可是她不愿意这样，说她要坐在一把银匙里被拉着走，她自己有两匹小白马。于是他们就出发了，灰小子骑着马，她坐在银匙里，拉她的马是两只雪白的小老鼠。灰小子始终骑在路的另一边，因为他害怕马会踩着她，她只有那么一点大。走出一段路，他们来到一个巨大的湖泊前，这时候，灰小子的马有些胆怯了，突然跑到了路的另一边，撞翻了银匙，小未婚妻掉进湖里。

灰小子吓了一大跳，不知道怎样才能救她上来。但是不一会儿，人鱼[1]带着她上了岸。现在她已经变得和普通人一样大小了，而且比先前更加美丽动人。灰小子让她坐在自己前面，共骑一匹马回家去了。

灰小子回到家，哥哥们也带着自己的未婚妻回来了。但是，她们全都相当丑陋难看，而且脾气很坏，哥哥们一路上都在和未婚妻吵架；她们头上戴着用柏油和炭黑画了图案的帽子，而且柏油从帽子上往下流到了她们的脸上，让她们更加丑

---

1 人鱼，挪威传说中的精灵，生活在大海和湖泊中，上半身是一个男子，下半身是鱼。

陋难看。哥哥们看到灰小子的未婚妻，妒忌得要命，但是国王十分疼爱他俩，他把其他儿子轰出门去，让灰小子和草丛中的小姑娘举行了婚礼。

从此以后，他们非常幸福地生活了很长很长时间，如果没有意外的话，直到现在还幸福地生活着。

结过婚的野兔

从前有一只野兔，在绿色的田野里散步。“噢，万岁！嗨，跳呀！”他快活地叫着，蹦蹦跳跳到处玩，还不时朝前翻个跟头，用两只后脚直立在嫩草丛中。

这时候，一只狐狸鬼鬼祟祟地走过来。

“你好！你好！”野兔说，“我今天太高兴了，因为我已经结婚了。”

“那是非常好的。”狐狸说。

“噢，也不见得怎么好，因为她的脾气非常暴躁，我娶的是妖魔一般的妻子。”他说。

“那就太糟糕了。”狐狸说。

“噢，也不算很糟。”野兔说，“因为她给我带来一份好嫁妆，她有一所房子。”

“那倒真不错。”狐狸说。

“噢，也没什么不错。”野兔说，“因为房子烧掉了，我们所有的东西都化为灰烬了。”

“那就真是太惨了！”

“噢，也不是太惨。”野兔说，“因为我的妻子，她也一块儿烧死了。”

家鼠和山鼠

从前，有一只家鼠和一只山鼠，她们在森林边上相遇了。山鼠正坐在榛树丛中，采集坚果。

“愿上帝保佑你！”家鼠说，“看来，我在这很远的野外碰到亲戚了。”

“对，的确是这样。”山鼠说。

“你在收集坚果，再带回家去？”家鼠说。

“如果到了冬天我们想活下去，就得这样做。”山鼠说。

“今年的坚果，果壳很大，果实也很饱满，因此肚子饿的时候吃它非常管用。”家鼠说。

“大概是这样。”山鼠说。接着，她说自己生活得很好，过得很舒适。

家鼠认为自己过得更好，可是山鼠坚持自己的看法，说没有一个地方能比得上森林和山岗，自己生活得最好。家鼠坚持说自己才生活得最好。在这一点上，她们无法取得一致意见。最后，她们约定在圣诞节期间互相拜访一下，这样可以彼此看一看，体验一下究竟谁生活得最好。

家鼠首先出发，去赴圣诞节的宴会。她穿过茂密的森林和幽深的山谷，因为尽管山鼠为了过冬已经搬下山来，路还是又远又难走。一路上都是上坡，雪很厚，因此她还没有走到目的地就感到又累又饿了。“现在有点东西吃就太好了。”她想。

山鼠已经准备了相当不错的食物：有坚果仁、蕨类和其他植物的根以及各种各样生长在森林和田野里的好东西。它们都被山鼠储藏在一个地下的深洞里，因此不怕冻坏。附近还有一眼泉水，整个冬天都不封冻，她愿意喝多少就可以喝多少。

所有东西都很充足，她们一块儿吃得非常满意，可是家鼠觉得这些只不过是很一般的东西。

“吃了这些可以活下去。”她说，“但是算不上什么享受。现在请你到我那儿去，体验一下我怎样生活。”

没过多久，山鼠就去了。这时候，家鼠收集了屋里女主人在圣诞节喝醉酒时散落的各种节日食品：有奶酪片、黄油块、牛油脂、奶油面包屑、涂黄油的薄饼渣以及其他许多好吃的东西。在啤酒桶的龙头下面，有一只小碗，收集滴下的啤酒，这就足够她喝了。整个客厅里，到处摆满了美味佳肴。她俩吃得很多，过得十分快活，山鼠的嘴几乎一直没有停过。这样好吃的食物，她可从来没有品尝过。不多会儿，她就口渴了。她说，因为这些食物非常油腻，不好消化，她必须喝点饮料。

“放啤酒的桶离得不远，我们就到那儿去喝吧。”家鼠说着，跳上了小碗的边缘。她喝几口不渴了，就停下来，不再多喝，因为她知道这种圣诞节喝的啤酒很烈。然而，山鼠觉得非常美味可口，她以前除了清水，从没尝过别的饮料，于是喝了一口又一口，很快就感到头晕目眩，脚下轻飘飘的，好像腾云驾雾似的。于是，她开始从一个啤酒桶跑到另一个啤酒桶，又在搁板上的杯子和坛罐之间跌跌撞撞地跳起舞来，嘴里还不停地发出“吱吱”的叫声，发起了酒疯。

“你不要过分放纵，显得你是今天才从山上下来的。”家鼠说，“不要弄出这么多的声响，也不要这样大声地喧嚷，我们这儿有一个很厉害的法警。”

山鼠说，她才不理会什么法警或者游民。

但是，猫正坐在进地窖的活板门旁边，他听到了下面的说话声和响动。正赶上女主人拿着大杯子想下去取啤酒，她刚打开地窖的门，猫就“嗖”的一下溜进了地窖，向山鼠猛扑过去，这下山鼠的动作就变成另外一种舞蹈了。家鼠钻进自己的洞里，很安然地坐在洞口看着山鼠。

“噢，我亲爱的法警，我亲爱的法警，请你大发慈悲，饶我一命。我给你讲一个民间故事。”她说。

“你讲吧！”猫说。

“从前有两只小老鼠。”山鼠说。她的语调慢吞吞的，显得非常可怜，因为她要尽量拖延时间。

“那么，她们不是形单影只了。”猫说。他的语气短促而生硬。

“后来，我们有了一块肉，想烤好了自己吃。”

“那样，你们就饿不着了。”猫说。

“接着，我们把它放到外面屋顶上，让它好好凉下来。”山鼠说。

“那样就不会烫着了。”猫说。

“结果，狐狸和乌鸦来了，它们叼走了肉，把它吃掉了。”山鼠说。

“然后我就把你吃掉了！”猫说。

正在这时候，女主人砰的一声使劲关上了地窖的门，猫吓了一跳，把爪子松开了。山鼠赶紧窜进家鼠的洞里，再从那儿立刻逃到雪地里，毫不迟疑地沿着回家的路跑去。

“你把这种生活也叫作好日子，还说你过得最舒服？”山鼠对家鼠说，“我很高兴上帝赐予我较少的东西，而不是这么大的庄园和这样贪婪的家伙当法警！我总算勉强捡回了一条命。”

公鸡和母鸡

母鸡：你答应给我买鞋，一年又一年，一年又一年，我还是没有得到鞋。

公鸡：你肯定会得到鞋的！

母鸡：我不断下蛋，养得也很胖。尽管这样，我还是不得不光着脚走路！

公鸡：带上你的蛋到城里去，给你自己买双鞋，那样你就不用再光着脚了！

每人都认为自己的孩子最好

从前有一个猎人，他到森林里去打猎，迎面碰见了一只鹬。

“亲爱的，请不要射杀我的孩子！”鹬说。

“哪些是你的孩子呢？”猎人问。

“那些在森林中最美丽的孩子，就是我的！”鹬回答。

“那我就不开枪打他们好了。”猎人说。

但是，当他回来的时候，手里拎着一大串射杀的鹬鸟。

“哎呀，哎呀！你为什么仍要射杀我的孩子呀？”鹬问。

“怎么这些是你的孩子？”猎人问道，“我射杀的是我找到的最丑的鸟。”

“唉！”鹬回答，“你不知道，每人都认为自己的孩子最好。”

“唉！”鹬回答，“你不知道，每人都认为自己的孩子最好。”

——《每人都认为自己的孩子最好》

熊和狐狸

一、“放开云杉根，抓住狐狸脚”

从前，有一只熊坐在有阳光的山坡上睡觉。这时候，狐狸米克尔蹑手蹑脚地走过来，看见了他。

“你坐在这儿安闲地享福啦，老爷子。”狐狸说，“现在我可要好好地捉弄你一下。”他心里这样想。于是，他找来三只林鼠，放在紧靠着熊鼻子下面的树桩上。“喂，公熊，猎手彼尔就埋伏在树桩后面！”他对着熊的耳朵大喊一声，然后拔腿跑进了森林里。

熊猛地醒来，看到眼前三只老鼠，勃然大怒，举起爪子就要揍下去，他以为是他们冲着他耳朵大声喊叫的。

但是，他看见了狐狸的尾巴在森林边上的灌木丛中晃动，马上大步追了上去，弄断了不少树林里的小枝杈。公熊越追越近，眼看米克尔要钻进云杉树根下的一个洞时，一把抓住了狐狸的右后脚。狐狸急中生智，喊了一声：“放开云杉根，抓住狐狸脚！”熊听后，就松开了手。于是，狐狸在树洞深处得意扬扬地笑着说：“这一次我又把你给骗了，老爷子！”

“过去的事我并没有忘。”熊愤愤不已地说。

二、他们用猪肉和蜂巢打赌

一天早晨，熊抱着一头肥猪，慢悠悠地穿过一片沼泽地；狐狸米克尔正高高地坐在沼泽旁边的一块石头上。

“你好，老爷子。”狐狸说，“你抱着什么好东西呀？”

“猪肉！”熊说。

“我也有一些好吃的东西。”狐狸说。

“是什么呀？”熊问。

“是一个特大的野蜂窝，我从来没有见过这么大的蜂窝。”狐狸说。

“是吗？”熊说着，显出十分急切的样子，嘴里流出了口水。他想，要是能吃到一点蜂蜜，该有多好啊！

“我们交换好吗？”熊说。

“不，我不换！”米克尔说。

但是，他们接着打赌，约定要叫出三种树的名称。如果狐狸说得比熊快，他就可以从猪身上咬下一块肉，但是如果熊说得更快，他就可以在蜂窝上吸一口蜜。熊想，他只要吸上一口，就一定能把所有的蜂蜜吸干。

“行，”狐狸说，“这样很好。不过，我得说清楚，如果我赢了，你必须把我想咬的地方的猪毛拔掉。”

“当然可以，既然你自己拔不了，我可以帮助你。”熊说。

于是，他们各自准备好，开始叫树的名称。

“幼松、松树、油松！”熊大声吼叫起来，声音非常粗哑。可是，这只是一种树，因为幼松也是松树，而不是其他种类的树。

“稗树、白杨、橡树！”狐狸尖声喊叫，森林里都响起了回音。

这样，狐狸赢了。他从石头上蹿下来，一口就把猪心咬了出来，打算跑开。可是熊非常生气，因为狐狸咬走了整个猪身上最鲜美的部分，他一把抓住了狐狸的尾巴，拦住了他。

“等一下！”熊高声嚷着，气得要命。

“哦，这没关系，老爷子。假如你放开我，就让你尝尝我的蜂蜜。”狐狸说。

听到这话，熊松开了手，狐狸去取来蜂蜜。

“在这个野蜂窝上，”狐狸说，“我盖了一片树叶，在树叶下面有一个洞，通过这个洞你可以吸蜂蜜。”他在把野蜂窝举到熊的鼻子底下时，抽走了树叶，然后跳到石头上，咧开嘴笑起来。因为那里既没有野蜂窝，也没有什么蜂蜜，只有一个像人的脑袋那么大的黄蜂窝，里面全是黄蜂，它们正成群结队地从窝里飞出来，去螫熊的眼睛、耳朵、嘴巴和大鼻子。熊忙着赶走黄蜂，再也没有时间去顾及狐狸了。

从此以后，熊开始惧怕黄蜂。

三、他们共同拥有一块田地

有一段时间，熊和狐狸共同在森林里开垦了一小块荒地。第一年，他们播种了黑麦。“现在我们要公平地分配一下。”狐狸说，“如果你愿意要根，我就要上边的那部分。”熊同意了。但是当他们打完场以后，狐狸拿走了黑麦粒，而熊除了麦秆，什么也没得到。熊很不高兴，但是，狐狸说，他们原先说好是这样分的。“今年我得了收成，”狐狸说，“换一年就是你得了；到了那时候，你要上面的部分，我就光得到根好了。”

但是，当春播季节来临的时候，狐狸问熊是否种点萝卜。熊说，行，这是比黑麦更好吃的食物。秋天到了，狐狸取走了萝卜，熊只拿到了萝卜叶子。熊愤恨不已，马上与狐狸闹翻了。

四、狐狸想吃

后来有一次，熊正躺着吃他逮来的马。狐狸又鬼头鬼脑地走来了，馋得口水直流，很想尝一块马肉。他东躲西藏地悄悄溜到熊的背后，然后跳到马身的另一边。在跑过去的同时，他咬走了一大口马肉。熊的动作也不慢，他猛追狐狸，把红红的狐狸尾巴尖紧紧地踩在爪子底下。从此以后，狐狸就有了一个白色的尾巴尖。

“等一下，狐狸，你过来。”熊说，“我教你怎样逮马。”狐狸非常愿意学，可是他不敢走得太近，保持着他觉得安全的距离。“当你看见一匹马躺在有阳光的山坡上睡觉时，”熊说，“你就用马尾巴的长毛把自己紧紧捆牢，再用你的牙齿狠狠地去咬马的大腿。”

不久，狐狸就发现了一匹马正躺在有阳光的山坡上睡觉。于是，他就按照熊说的话做了，把自己用马尾巴的长毛捆结实了，又使劲去咬马的大腿。马猛地跳起来，开始向前飞奔，狐狸被拖在后面，一会儿撞上树干，一会儿撞上石头，弄得头破血流，全身青一块紫一块的，离死也不远了。

忽然，有一只野兔路过。

“你要上哪儿去呀，狐狸？怎么你跑得那么快？”野兔问。

“我正搭着车呢，我亲爱的琼斯先生！”狐狸说。

野兔直立着两条后腿看着，笑得嘴一直歪到了耳朵旁。

自从这次“搭车”以后，狐狸再也不想逮马了。这一次，熊表现得聪明机智，并非如大家说的，他像中了邪似的轻信他人，最容易受骗。

前往多弗尔山的母鸡

从前有一只母鸡，将近黄昏的时候，她飞到一棵大栎树上，停了下来。在夜里，她从梦中知道，如果她不到多弗尔山去的话，整个世界的末日将会来临。于是，她从树上跳了下来，就出发了。她走了一段路，遇见了一只公鸡。

“你好，公鸡。”母鸡说。

“你好，母鸡。这么大清早你要上哪儿去？”公鸡问。

“噢，我要到多弗尔山去，为的是不让世界走向末日。”母鸡说。

“谁告诉你这件事的，母鸡？”公鸡问。

“这是我夜里坐在栎树上梦见的。”母鸡说。

“我也跟着去。”公鸡说。

他们走了一段很长的路，遇见了一只鸭子。

“你好，鸭子。”公鸡说。

“你好，公鸡。这么大清早你要上哪儿去？”鸭子问。

“我要到多弗尔山去，为的是不让整个世界走向末日。”公鸡说。

“这是谁对你说的，公鸡？”

“母鸡说的。”公鸡说。

“这是谁对你说的，母鸡？”鸭子问。

“这是我夜里坐在栎树上梦见的。”母鸡说。

“我跟你们结伴一块儿去。”鸭子说。

于是，他们一起出发了。

又走了一段路，他们遇见了一只公鹅。

“你好，公鹅。”鸭子说。

“你好，鸭子。”公鹅说，“这么大清早要上哪儿去？”

“我要到多弗尔山去，为的是不让世界走向末日。”鸭子说。

“这是谁说的，鸭子？”公鹅问。

“公鸡说的。”

“这是谁说的，公鸡？”

“母鸡说的。”

“你是从哪儿得知这消息的，母鸡？”公鹅问。

“这是我夜里在栎树上梦见的，公鹅。”母鸡说。

“我也愿意一起去。”公鹅说。

他们继续走了一段路，遇见了一只狐狸。

“你好，狐狸。”公鹅说。

“你好，公鹅。”

“你要上哪儿去呀，狐狸？”

“你要上哪儿去呀，公鹅？”

“我要到多弗尔山去，为的是不让整个世界走向末日。”公鹅说。

“这是谁说的，公鹅？”狐狸问。

“鸭子说的。”

“这是谁说的，鸭子？”

“公鸡说的。”

“这是谁说的，公鸡？”

“母鸡说的。”

“你是从哪儿得知这个消息的，母鸡？”

“我夜里停在栎树上，梦见如果我们不到多弗尔山去，整个世界将走向末日。”母鸡说。

“噢，胡说八道。”狐狸说，“你们如果不到那儿去，整个世界也不会走向末日。还是跟我到我的窝里去吧，那儿要好得多，又舒服，又暖和。”

他们跟着狐狸回家，到了他的窝里。他们到了以后，狐狸把火烧得旺旺的，让他们全都感到睡意浓浓。鸭子和公鹅待在一个墙角里，公鸡和母鸡则飞到了一个木架上。

当公鹅和鸭子熟睡以后，狐狸抓住公鹅，把他放在火上烤起来。母鸡闻到有一股焦煳的气味，就跳到更高的一根木棒上，半睡半醒地嚷道：“哎呀，这儿有焦煳的臭味！这儿有焦煳的臭味！”

“别胡言乱语！”狐狸说，“这只是烟囱里的烟味。睡你的觉，安静一点！”

于是，母鸡睡着了。狐狸刚把公鹅吃掉，又用同样的方法对付鸭子。他一把抓住鸭子，把她放到火上烤着吃。

这时候，母鸡又醒了，她跳到一根更高的木棍上。

“哎呀，这儿真臭！这儿真臭！”她喊叫着。她睁开眼睛，看到狐狸已经把公鹅和鸭子都吃掉了，便飞到了那根最高的木棍上，坐在上面，通过烟囱向上看。“看，可爱的天鹅正在那儿飞呢！”她对狐狸说。狐狸想出去再弄一块肥嫩的烤鹅肉吃。利用这机会，母鸡叫醒了公鸡，告诉他公鹅和鸭子遭到了不幸。于是，公鸡和母鸡通过烟囱飞了上去，假如他们没有到过多弗尔山，整个世界肯定早已经毁灭了。

掉进啤酒缸里的公鸡

从前，有一只母鸡和一只公鸡，他们来到田野里，一边踢腿，一边啄食。

忽然，母鸡发现了一颗大麦粒，公鸡发现了一朵啤酒花，于是他们想制成麦芽，再酿圣诞节的啤酒。

“我拾到了麦粒，我做好了麦芽，我酿成了啤酒！噢，啤酒好喝极了！”母鸡“咯咯”地叫着，一遍又一遍地这样说。

“麦芽汁味道好吗？酒好喝吗？”公鸡说着，飞到了缸边，想尝尝味道，但是当他弯下腰想去喝上一口的时候，不慎一头扎进啤酒缸里淹死了。

母鸡看到这情形，伤心透了，她飞到壁炉台上，开始号啕大哭：“呜，呜，呜哇！呜，呜，呜哇！”她没完没了地痛哭，怎么也不愿意停下来。

“母鸡妈妈，出了什么事，你这么伤心地痛哭？”手磨问道。

“噢，公鸡爸爸掉进啤酒缸里淹死了，他就直挺挺地躺在那儿。”母鸡说，“因此我才伤心地痛哭。”

“好吧，我不会干其他的事，只会碾磨。”手磨说完，便开始使出全身力气碾起磨来。

椅子听到这声音，就问：“手磨，出了什么事，你一个劲儿地转起磨来？”

“噢，公鸡爸爸掉进啤酒缸里淹死了，母鸡妈妈坐在炉台上伤心地痛哭，因此我才转起磨来。”手磨说。

“好吧，我不会干其他的事，只会嘎吱作响。”椅子说完，便开始吱吱嘎嘎发出响声。

这声音被门听到了，她问：“椅子，出了什么事？你为什么嘎吱作响？”

“噢，公鸡爸爸掉进啤酒缸里淹死了，母鸡妈妈坐在炉台上伤心地痛哭，手磨在转着碾着，因此我才不停地摇晃，嘎吱作响。”椅子说。

“好吧，我不会干其他的事，只会乒乓乱响。”门说完，便开始不停地打开、关上，那乒乓的嘈杂声音非常难听。

这声音被锯屑桶听到了。

“门，你为什么乒乓乱响？”他问。

“噢，公鸡爸爸掉在啤酒缸里淹死了，母鸡妈妈坐在炉台上伤心地痛哭，手磨在转着碾着，椅子在嘎吱作响，因此我才又开又关的。”门说。

“好吧，我不会干其他的事，只会扬起锯屑。”锯屑桶说完，便开始把锯屑扬到空中，整个屋子都罩在尘雾当中。

这情形被在屋外透过窗户朝里张望的长把耙看见了。

“你为什么扬起锯屑，锯屑桶？”她问。

“噢，公鸡爸爸掉进啤酒缸里淹死了，母鸡妈妈坐在炉台上伤心地痛哭，手磨在转着碾着，椅子在嘎吱作响，门在又开又关，因此我才扬起锯屑的。”锯屑桶说。

“好吧，我不会干其他的事，只会四处乱耙。”长把耙说完，便开始四处乱耙起来。

这情形又被站着的白杨树看到了。

“你为什么到处乱耙，长把耙？”她问。

“公鸡爸爸掉进啤酒缸里淹死了，母鸡妈妈坐在炉台上伤心地痛哭，手磨在转着碾着，椅子在嘎吱作响，门在又开又关，锯屑桶在扬起锯屑，因此我才四处乱耙。”长把耙说。

“好吧，我不会干其他的事，”白杨树说，“只会抖动我的树叶。”

这情景被小鸟们注意到了。

“你为什么抖动树叶，白杨树？”小鸟们问她。

“公鸡爸爸掉进啤酒缸里淹死了，母鸡妈妈坐在炉台上伤心地痛哭，手磨在转着碾着，椅子在嘎吱作响，门在又开又关，锯屑桶在扬起锯屑，长把耙在四处乱耙，因此，我才抖动树叶。”白杨树说。

“好吧，我们不会干其他的事，只会从身上拔下羽毛。”小鸟们说完，便开始从身上拔羽毛，落下的羽毛在四下纷纷扬扬。

这情形被站着的男主人看到了。于是，他问小鸟们：“你们为什么从身上拔下羽毛，小鸟们？”

“公鸡爸爸掉进啤酒缸里淹死了，母鸡妈妈坐在炉台上伤心地痛哭，手磨在转着碾着，椅子在嘎吱作响，门在又开又关，锯屑桶在扬起锯屑，长把耙在四处乱耙，白杨树在抖动树叶，因此我们才从身上拔羽毛。”小鸟们说。

“好吧，我不会干其他的事，只会把扫帚拆成碎条。”男主人说完，便开始拆散扫帚，弄得碎枝条东一堆、西一堆的。

他妻子正在煮晚餐的稀粥，看到了这情形。

“你为什么要拆碎扫帚，老头子？”她问。

“噢，公鸡爸爸掉进啤酒缸里淹死了，母鸡妈妈坐在炉台上伤心地痛哭，手磨在转着碾着，椅子在嘎吱作响，门在又开又关，锯屑桶在扬起锯屑，长把耙在四处乱耙，白杨树在抖动树叶，小鸟们在拔掉羽毛，因此我才拆碎扫帚的。”男主人说。

“好吧，那么我就把稀粥涂抹在四周的墙壁上。”他妻子说完，也开始行动起来，把一勺又一勺的稀粥涂抹在四周的墙壁上。

最后，他们喝了公鸡的葬礼酒。如果你不相信这是真的，你可以去品尝一下他们的啤酒和稀粥。

彼尔老爷

从前，有一对穷苦的夫妇，生了三个儿子。我不知道两个大孩子叫什么名字，但是最小的一个叫彼尔。

父母去世以后，孩子们继承了他们的遗产。可是他们并没有得到多少东西，只有一口煮饭的铁锅、一个烤饼的铁盘和一只猫。大儿子要走了最好的东西，就是铁锅。他说："把铁锅借出去，我总可以刮刮锅底的剩饭。"二儿子拿了铁盘。他说："把铁盘借出去，我总是可以尝尝薄饼。"但是，最小的儿子没有挑选的余地，假如他想要点什么，就只能是那只猫了。"即使把猫借出去，我也不会得到什么。"他说，"如果她得到一点牛奶，也会自己喝掉。不过，我还是带着她吧，如果让她留在这儿，慢慢地饿死也是怪可怜的。"

于是，弟兄三人就各走各的路，到世上去闯荡了。

小儿子走了一会儿，猫就说话了："你不愿意让我留在破旧的屋子里等死，你的好心一定会得到报答的。现在，我到森林里去捕捉一个奇异的动物，然后你带到国王的庄园去，说你带来一点小礼物送给国王。倘若他问起这是谁送的，你就说是彼尔老爷送的。"

彼尔没等多久，猫就带着一只驯鹿从森林里出来了。猫早已跳到驯鹿头上，坐在两只鹿角的正中。"一直走到国王的庄园，不听话我就抓瞎你的眼睛！”她对驯鹿说。

彼尔来到国王的庄园，带着驯鹿走进厨房说：“我给国王带来了一点小礼物。”

国王走进厨房，看到一头又大又好的驯鹿，的确很高兴。“可是我亲爱的朋友，是谁送给我这样的好礼物？”国王问。

“噢，那是彼尔老爷送的。”男孩回答。

“彼尔老爷？”国王说，“我要问一下，他住在哪儿？”因为他觉得自己不认识这样一位体面的绅士是十分遗憾的事。

但是，男孩不肯说出来。他说，他怕主人责怪，不敢讲。国王给了彼尔许多赏钱，请他回家后问候主人，非常感谢他的礼物。

第二天，猫又到森林里去了。她跳到一只公鹿头上，坐在它的两眼中间，要它走向国王的庄园。彼尔又带着公鹿进了厨房，说如果国王愿意收下的话，他又送来了一件小礼物。国王对公鹿的喜爱更胜过驯鹿，他再一次询问是谁送给他这样的好礼物。“这当然是彼尔老爷送的。”男孩说。这一次，彼尔得到了更多的赏钱。

第三天，猫抓来了一只麋鹿。彼尔走进国王庄园的厨房，说如果国王愿意收下的话，他还有一件小礼物送给他。国王立刻走进厨房，看到这么大、这么好的麋鹿的时候，简直高兴得不知道怎么办才好。这一次，他给了彼尔许多许多赏钱，足足有一百个银币。他坚持要知道彼尔老爷住在哪里，还一再打听他的情况。可是男孩说，他实在不敢说，因为他的主人禁止他这样做。

“那么就请彼尔老爷到我这儿来做客吧。”国王说。

男孩说，行，这件事他可以办到。

然而，当他走出国王的庄园，遇见猫的时候，他抱怨说：“看，你让我陷入了困境。现在国王邀请我去拜访他，可是我除了破衣烂衫，什么都没有。”

“噢，不用担心。”猫说，“三天以后，你就会有马和车，还有非常华丽的衣裳，让你全身上下都金光耀眼。那样，你当然可以去拜访国王了。但是，在国王那里无论你看到了什么，都要说，你家里的东西要更加精致漂亮，更加灿烂夺目。这一条你千万不要忘记！”

男孩想，这一条他一定会牢牢记住的。

三天过后，猫带着车马来了，还有衣服和彼尔所需要的一切东西，每一样东西都是稀世珍品。于是，他出发了，猫也同去。国王非常热情地接待了他。但是，彼尔总是说，这些是够好的，可是他家里的东西更好，更漂亮。国王很不喜欢听这话，然而彼尔老是这么说；最后，国王非常生气，再也克制不住自己了。“现在我就跟着到你家去。”国王说，“看看你所说的是不是真的。假如你说谎，那么只有让上帝怜悯你了！就这句话，别的我不说了！”

“瞧，你又把事情搞糟了。”彼尔对猫说，“现在国王要跟着我回家，可是哪儿有我的家，要找个家还真不容易。”

“噢，不必发愁。”猫说，“我在前面跑，你只要在后面跟着我就行了。”

于是，他们出发了。首先是彼尔，他赶着马车紧跟着前面跑的猫，后面是国王和他的随从。

他们驾着马车跑了很长一段路以后，来到一群健壮的绵羊跟前。这些羊，身上的毛非常长，大部分都已经拖到了地上。

“当国王问你的时候，如果你说这群羊是属于彼尔老爷的，就把这个银汤匙给你。”猫对牧羊少年说。银汤匙是她从国王的庄园拿来的。

牧羊少年答应了。

国王过来了，对牧羊少年说：“哦，我从来没有看到过这么大、这么漂亮的羊群！这群羊是谁的，小孩？”

“这当然是彼尔老爷的。”少年说。

不一会儿，他们来到一大群花斑奶牛跟前。这些牛膘肥体壮，精气十足。

“国王问起你的时候，如果你说这群奶牛是属于彼尔老爷的，就把这个长柄银勺给你。”猫对牧牛姑娘说。这个长柄银勺也是她从国王的庄园拿的。

“行，我很愿意。”牧牛姑娘说。

国王过来了，看到这么漂亮的大牛群，确实非常惊奇，他以前从没见过这么出色的牛群。他问放牧姑娘，这些有花斑的牛是谁的？

“噢，是彼尔老爷的。”姑娘说。

接着，他们又赶了一段路，来到很大很大的一群骏马跟前。每匹马都长得又高又壮，红色的、蓝色的和暗褐色的，每种颜色的马各有六匹。

“国王问你的时候，如果你说这群骏马是属于彼尔老爷的，就把这个银酒杯给你。”猫对牧马人说。银酒杯也是她从国王的庄园拿来的。

牧马的男孩说，行，他当然乐意。

国王过来了，看到这么一大群骏马感到十分惊奇，因为他从来没有看到过这样好的马群。他问牧马人，这些骏马是属于谁的?

“当然是彼尔老爷的。”男孩说。

他们又走了很长一段路以后，来到一座王宫跟前。首先进入一道黄铜的大门，其次是一道白银的大门，最后是一道黄金的大门；宫殿本身也是用银制成的。他们到的时候，正好阳光灿烂，因此一切都显得格外宏伟壮观，光彩夺目。他们走了进去，猫让彼尔说自己就住在这里。王宫内更是金碧辉煌，椅子、桌子和长凳，这里所有的东西都是用黄金制成的。现在，国王四处走来走去，亲眼看见周围的一切，自愧不如。“是的，彼尔老爷确实远比我富有。”他说完，就想告辞回去。但是，彼尔请他留下来共进晚餐。

他们用餐的时候，宫殿的原主妖怪回来了，他用力敲打着大门。

“谁像臭猪一样在里面吃我的食物，喝我的蜂蜜酒？”他声嘶力竭地喊道。

猫一听到他的声音，就跑到了大门口。

“等一下，让我来告诉你农民是怎样种植冬季黑麦的。”猫说，“农民首先要耕地，接着要施肥，然后再耙一遍地。”

正在这时候，太阳升了起来。

“转过头去，你就能看到那位站在你背后的美丽无比的少女！”猫对妖怪说。

于是，妖怪扭过脸去，他一看到太阳，就爆开了。

“这里的一切，现在都是你的了。”猫对彼尔老爷说，“现在你得把我的头砍下来；我为你做了不少事，这是我对你的唯一要求。”

“不。”彼尔老爷说，“我可不愿意这么做。”

“你一定要做。”猫说，“假如你不做，我就挖出你的双眼。”

尽管彼尔老爷一万个不愿意，他也必须做了，他砍下了猫的头。

就在那一瞬间，猫变成了一个美丽可爱的公主，彼尔老爷只瞧了一眼，就深深地爱上了她。

“这儿的一切过去都是我的。”公主说，“可是妖怪对我施了魔法，我被变成一只猫，住在你的父母那里。现在无论你愿不愿意娶我做王后，你都已经是统治整个王国的国王了。”

彼尔老爷当然愿意娶她为王后。于是，他们举行了持续八天的婚礼和喜宴。婚礼结束后，我就离开了彼尔国王和他的王后。

世上不会有额外的酬劳

从前，有一个男子到森林里去，想砍几根木料，做晒干草用的架子。可是，他找不到树木长得又高又直，而且非常茂密的森林。后来，他走到一个高高的乱石岗，忽然听到从某个地方传来呻吟和喊叫的声音，似乎有人正处在危险之中。于是，他走过去，想看看究竟是怎么回事，是不是有人需要救援。他发现呼救声来自乱石岗中的一块大石板底下。可是，石板非常沉，需要许多人才能抬动。他便返回到森林里，砍下一棵树做成棍子，把石板撬了起来。

从大石板下爬出来一条恶龙，他张开嘴就想吃掉男子。“啊呀，”男子说，“我刚救了你的命，你反而要吃掉我，这是忘恩负义。”

“可能是吧。”恶龙说，“但是你知道呀，我已经在这儿躺了一百年，一百年没有尝到肉的味道，实在饿得要命。”

男子恳求恶龙饶命。他们约定，让遇见的第一个人来做公证人。

第一个走过来的是一只年迈的老狗，他正沿着山坡上的路往下走。他们上前同他说话，让他做裁判。

“我从小狗起，就一直为我的主人效劳。”狗说，“多少夜晚，他睡得又香又甜，可是我却在那里守卫值勤。我使庄园和财物多次避免遭受火灾和盗贼的损害。现在我不再耳聪目明了，他就要射杀我，因此我不得不逃出家门，在庄园之间乞讨流浪，直到饿死为止。唉，世上不会有额外的酬劳！”

“那么，我就吃掉你！”恶龙说着，又想把男子吞下去。

但是，男子竭力为自己争辩，并恳求饶命。最后，他们一致约定，让走来的第二个人做公证。如果这个人说的话与恶龙和老狗一样，恶龙就把男子吃掉；但是如果这个人不那样说，男子就可以保住性命。

这时候，过来了一匹老马，他慢悠悠地沿着山坡上的路往下走。他们上前和他说话，请他评判他们之间谁是谁非。

“自从能拉车和驮东西以来，我就一直在替我的主人服务。”马说，“我曾经为他拼命地干活儿，大颗大颗的汗珠从身上滚落下来。我辛勤地卖了一辈子苦力，现在由于常年劳累和上了年纪，变得腰板硬、腿不灵，他就说，我现在干不了什么活了，吃草料也没有用处了，因此我应该得到一颗子弹。唉，世上不会有额外的酬劳！”

“好，那么我就吃掉你！”恶龙说着，就把嘴张得大大的，想把男子吞下去。

男子再次恳求恶龙饶他一命。

但是恶龙说他要尝一口人肉，他实在太饿了。

“看，那边来了一个，他是老天派来当裁判的。”男子说。只见狐狸米克尔正偷偷摸摸地从乱石岗的石块之间向他们走来。“所有的好事都得三次。”男子对恶龙说，“让我再问问他，如果他的裁决和另外两个一样，你就马上把我吃掉。”

“那也行。”恶龙说。他也听说过所有的好事都得三次，那就这么办吧。

男子便对狐狸说了曾对另外两个说过的话。“噢，原来是这么回事。”狐狸说。然后，他把男子拉到一边。

“假如我把你从恶龙口边救出来，你给我什么作为酬劳？”狐狸在他耳边悄悄地问。

“每个星期四的夜晚，你可以到我家来，我所有的鸡都归你。”男子说。

“噢，我亲爱的龙，这可是一个需要现场证实的案子。”狐狸说，“我脑子里怎么也想象不出，你如此庞大而凶猛，能在石板底下容身。”

“噢，是这样的，我正躺在山坡上晒太阳，”恶龙说，“突然发生了山崩，大石板就压在了我身上。”

“这倒是很可能，”米克尔说，“但是在我亲眼看到之前，我既不能理解，也无法相信。”

男子认为，他们得试验一下。恶龙就往下钻到了洞里，就在这一刹那，男子抽走了撬棍，石板又重新压在了恶龙头上。

“你就躺在这儿，直到你的末日来临吧。”狐狸说，“当这位男子救了你的命，你不是还想吃掉他吗？”恶龙又喊又叫，苦苦哀求，可是男子和狐狸还是走了。

第一个星期四的傍晚到了，狐狸将要做鸡舍的主人，他藏到堆放在那儿的木杆后面。黄昏的时候，女仆进来给母鸡们喂食，米克尔也钻了进去。女仆没有看见他。她刚离去，狐狸就一口气咬死了够吃八天的鸡。后来，他吃得实在太饱了，连动弹一下都困难。当女仆早晨再来的时候，狐狸在阳光下正舒展四肢，打着呼噜睡大觉呢，浑身圆鼓鼓的，像一根香肠似的。

姑娘马上去叫来女主人，女主人和女仆都带着长木杆一起进来痛打米克尔，几乎要把他打死了。但是，就在这最危急关头，米克尔发现地上有一个洞，他赶紧钻进去，一瘸一拐地回到了森林里。"哎哟，哎哟！世上不会有额外的酬劳，这一点是确凿无疑的！"狐狸米克尔说。

“可能是吧。”恶龙说，“但是你知道呀，我已经在这儿躺了一百年，一百年没有尝到肉的味道，实在饿得要命。”

——《世上不会有额外的酬劳》

好心不得好报

从前，有一个男人到森林里去砍木柴，遇见了一只熊。

“把马送过来，否则到了来年夏天，我把你所有的绵羊都咬死。”熊说。

“噢，我的天哪！”男人说，“我家里一点木柴也没有了，你得让我把这堆木柴运回家去，否则我们全得冻死。明天我再把马给你送来。”

熊同意了，又威胁说，假如他不送马来，那么到了夏天他会失去所有的绵羊。

男人装上木柴，运回家里。可是，他对这个协定很不乐意。在路上，他遇见了一只狐狸。

“什么事让你这么愁眉苦脸的？”狐狸问。

“噢，我在这儿碰到一只熊。”男人说，“我被迫答应他明天这个时候把马给他，因为他说，假如他得不到马，到了来年夏天会咬死我所有的绵羊。”

“嗨，不就是这点事嘛，”狐狸说，“如果你愿意把你最肥壮的公羊给我，我就帮助你解决这个难题。”

那个男人说，行，他会遵守自己的承诺。

“明天，当你牵着马来到熊跟前的时候，”狐狸说，“我就在这乱石岗上喊叫。当熊问起这是怎么回事的时候，你就说，这是猎手彼尔，他是世上最出色的猎人，此后，就得你自己想办法了。”

第二天，男人出发了。当他找到熊的时候，上面乱石岗上有人在大声喊叫。

“哎呀，这是怎么回事？”熊问。

“噢，这是猎手彼尔，他是世上最出色的猎人。”男人说，“我听得出他说话的声音。”

“你看见这儿有熊吗，爱立克？”那边树林里又喊道。

“你说没有。”熊说。

“没有，我没有看见什么熊。”爱立克说。

“那么站在你雪橇旁边的是什么？”树林里又传来喊话声。

“这是一段倒下的老松树。”熊轻声地说。

“噢，这是一段倒下的老松树。”爱立克说。

“在我们那儿，经常把这样的松树装在雪橇上。”那边树林里又喊了起来，“如果你干不了，我可以走过去帮你的忙。”

“你自己干得了，快把我弄到雪橇上去。”熊说。

“谢谢，不用了，我自己能行。”男人说着，把熊掀翻在雪橇上，“在我们那儿，还得把这样的松树用绳子绑紧了。”

“你需要帮忙吗？”那边问。

“你自己能行，把我绑紧了。”熊说。

“谢谢，不用了，我自己能干好。”男人说着，就开始用他所有的绳子把熊绑得结结实实，甚至连动弹一下爪子都做不到。

“在我们那儿，松树绑牢以后总要用斧头砸几下。”那边树林里喊道，“这样在上下陡坡的时候就方便多了。”

“假装你在用斧头砸我。”熊悄悄地说。

于是，男人拿起斧头，砍在熊的脑袋上，熊就一命呜呼了。男人和狐狸成了朋友，彼此都很高兴。可是，当他们快走到庄园的时候，狐狸说：“我确实很想跟着你进去。不过，我很讨厌你的那些狗。我还是等在这儿，你把公羊拿来；只要拿一只肥的就行。”男人答应了，并且一再感谢他的帮助。他拴好马以后，就走进了羊圈。

“你要到哪儿去？”他妻子问道。

“噢，我要到羊圈去，拿一只肥壮的公羊给那只好心的狐狸，他救了我们的马。”男人说，“因为这是我答应他的。”

“你真是见鬼了，会给那只偷东西的狐狸什么公羊。”妻子说，“马我们保住了，熊又打死了。狐狸肯定从我们这儿偷走过东西。即使他还没偷的话，他也会来偷。”她接着说：“你还是在口袋里装上两只最凶猛的狗，再把它们放出来去追狐狸，也许我们还能除掉那个偷东西的贼。”

男人觉得这是一个挺好的主意，他把两只凶猛的红狗塞进布口袋里，就去了。

“你把公羊拿来了吗？”狐狸问。

“是的，过来拿吧。”男人说着，松开系口袋的绳子，把狗放了出来。

“哎哟！”狐狸大叫一声，就跳了起来，“一句古老的谚语说：‘好心不得好报。’这是真的。现在我发现另一句老话：出卖你的总是你最好的朋友。这也是确凿无疑的。”那两只红色的猛犬正恶狠狠地向他扑来。

从不回家的山羊

从前，有一个妇人，她有一个男孩和一只山羊。男孩名叫艾斯本，那只山羊被称作哈斯洛。但是男孩和山羊并没有真正成为好朋友，相处得很不好，因为哈斯洛就像其他山羊一样，禀性执拗，脾气倔强，从来不愿意按时回家吃晚饭。

有一天，艾斯本来到屋外，想把山羊找回家。他走了一会儿，看到哈斯洛在一个很高很高的山头上。

“我亲爱的哈斯洛，你不能再站在山头上，现在必须回家了。现在是吃晚饭的时候了，我很饿，想吃饭去。”他说。

“不。”哈斯洛说，“我不回去，在我吃掉那几片草以前我不回去！”

“好，那么我就向母亲告你的状。”男孩说。

“你去告状吧，我正好可以安静地吃草。”哈斯洛说。

于是，艾斯本就向他母亲告状。

“去找狐狸，让他咬哈斯洛。”他母亲说。

男孩对狐狸说：“我亲爱的狐狸，去咬哈斯洛。哈斯洛今天到了吃晚饭的时候还不肯回家，我很饿，想吃饭去！”

“不，我不想让羊毛弄脏我的鼻子。”狐狸说。

于是，男孩又向他母亲告状。

“好，那就去找灰狼。”他母亲说。

男孩对灰狼说："我亲爱的灰狼，去撕碎狐狸。狐狸不肯去咬哈斯洛，哈斯洛今天到了吃晚饭的时候还不肯回家，我很饿，想吃饭去！"

"不，"灰狼说，"我不会为一只干瘪的狐狸而张嘴。"

于是，男孩又向他母亲告状。

"好，那就去找大熊，请他狠揍灰狼。"他母亲说。

男孩对大熊说："我亲爱的大熊，去狠揍灰狼。灰狼不肯撕碎狐狸，狐狸不肯去咬哈斯洛，哈斯洛今天到了吃晚饭的时候还不肯回家，我很饿，想吃饭去！"

"不，我不愿意去。"大熊说，"我不会为这种事举起爪子。"于是，男孩又向他母亲告状。

"好，那就去找拉普人[1]。"他母亲说，"请他射杀大熊。"

男孩对拉普人说："我亲爱的拉普人，去射杀大熊。大熊不肯狠揍灰狼，灰狼不肯撕碎狐狸，狐狸不肯去咬哈斯洛，哈斯洛今天到了吃晚饭的时候还不肯回家，我很饿，想吃饭去！"

"不，我不愿意。"拉普人说，"我不会为这种事浪费子弹。"于是，男孩又向他母亲告状。

"好，那就去找松树。"他母亲说，"请他击倒拉普人。"

男孩对松树说："我亲爱的松树，去击倒拉普人。拉普人

1　拉普人，北欧游牧民族，主要从事养鹿、打猎和捕鱼等。

不肯射杀大熊，大熊不肯狠揍灰狼，灰狼不肯撕碎狐狸，狐狸不肯去咬哈斯洛，哈斯洛今天到了吃晚饭的时候还不肯回家，我很饿，想吃饭去！”

“不，我不愿意。”松树说，“我不会为这种事而折断我的树枝。”

男孩又向他母亲告状。

“好，那就去找烈火。”他母亲说，“请他烧死松树。”

男孩对烈火说：“我亲爱的烈火，去烧死松树。松树不肯击倒拉普人，拉普人不肯射杀大熊，大熊不肯狠揍灰狼，灰狼不肯撕碎狐狸，狐狸不肯去咬哈斯洛，哈斯洛今天到了吃晚饭的时候还不肯回家，我很饿，想吃饭去！”

“不，我不愿意。”烈火说，“我不会为这种事烧掉自己。”

于是，男孩又向他母亲告状。

“好，那就去找洪水。”他母亲说，“请他浇灭烈火。”

男孩对洪水说：“我亲爱的洪水，去浇灭烈火。烈火不肯烧死松树，松树不肯击倒拉普人，拉普人不肯射杀大熊，大熊不肯狠揍灰狼，灰狼不肯撕碎狐狸，狐狸不肯去咬哈斯洛，哈斯洛今天到了吃晚饭的时候还不肯回家，我很饿，想吃饭去！”

“不，我不愿意。”洪水说，“我不会为这种事浪费我自己。”于是，男孩又向他母亲告状。

“好，那就去找公牛。”他母亲说，“请他喝干洪水。”

男孩对公牛说："我亲爱的公牛，去喝干洪水。洪水不肯浇灭烈火，烈火不肯烧死松树，松树不肯击倒拉普人，拉普人不肯射杀大熊，大熊不肯狠揍灰狼，灰狼不肯撕碎狐狸，狐狸不肯去咬哈斯洛，哈斯洛今天到了吃晚饭的时候还不肯回家，我很饿，想吃饭去！"

"不，我不愿意。"公牛说，"我不会为这种事而喝得胀破肚子。"

于是，男孩又向他母亲告状。

"好，那就去找轭套。"他母亲说，"请他猛夹公牛。"

男孩对轭套说："我亲爱的轭套，去猛夹公牛。公牛不肯喝干洪水，洪水不肯浇灭烈火，烈火不肯烧死松树，松树不肯击倒拉普人，拉普人不肯射杀大熊，大熊不肯狠揍灰狼，灰狼不肯撕碎狐狸，狐狸不肯去咬哈斯洛，哈斯洛今天到了吃晚饭的时候还不肯回家，我很饿，想吃饭去！"

"不，我不愿意。"轭套说，"我不会为这种事而让自己夹散架。"

男孩又向他母亲告状。

"好，那就去找斧头。"他母亲说，"请他砍断轭套。"

男孩对斧头说："我亲爱的斧头，去砍断轭套。轭套不肯猛夹公牛，公牛不肯喝干洪水，洪水不肯浇灭烈火，烈火不肯烧死松树，松树不肯击倒拉普人，拉普人不肯射杀大熊，大熊不肯狠揍灰狼，灰狼不肯撕碎狐狸，狐狸不肯去咬哈斯洛，哈斯洛今天到了吃晚饭的时候还不肯回家，我很饿，想吃饭去！”

“不，我不愿意。”斧头说，“我不会为这种事而弄钝自己的利刃。”

于是，男孩又向他母亲告状。

“好，那就去找铁匠，请他敲打斧头。”他母亲说。

男孩对铁匠说：“我亲爱的铁匠，去敲打斧头。斧头不肯砍断轭套，轭套不肯猛夹公牛，公牛不肯喝干洪水，洪水不肯浇灭烈火，烈火不肯烧死松树，松树不肯击倒拉普人，拉普人不肯射杀大熊，大熊不肯狠揍灰狼，灰狼不肯撕碎狐狸，狐狸不肯去咬哈斯洛，哈斯洛今天到了吃晚饭的时候还不肯回家，我很饿，想吃饭去！”

“不，我不愿意。”铁匠说，“我不会为这种事烧掉我的煤炭，损耗我的铁锤。”

于是，男孩又向他母亲告状。

“好，那就去找绳子。”他母亲说，“请他吊死铁匠。”

男孩对绳子说：“我亲爱的绳子，去吊死铁匠。铁匠不肯敲打斧头，斧头不肯砍断轭套，轭套不肯猛夹公牛，公牛不肯喝干洪水，洪水不肯浇灭烈火，烈火不肯烧死松树，松树不肯击倒拉普人，拉普人不肯射杀大熊，大熊不肯狠揍灰狼，灰狼不肯撕碎狐狸，狐狸不肯去咬哈斯洛，哈斯洛今天到了吃晚饭的时候还不肯回家，我很饿，想吃饭去！”

“不，我不愿意。”绳子说，“我不会为这样的事而弄断自己。”于是，男孩又向他母亲告状。

“好，那就去找老鼠。”他母亲说，“请她咬断绳子！”

男孩对老鼠说：“我亲爱的老鼠，去咬断绳子。绳子不肯吊死铁匠，铁匠不肯敲打斧头，斧头不肯砍断轭套，轭套不肯猛夹公牛，公牛不肯喝干洪水，洪水不肯浇灭烈火，烈火不肯烧死松树，松树不肯击倒拉普人，拉普人不肯射杀大熊，大熊不肯狠揍灰狼，灰狼不肯撕碎狐狸，狐狸不肯去咬哈斯洛，哈斯洛今天到了吃晚饭的时候还不肯回家，我很饿，想吃饭去！”

“不，我不愿意。”老鼠说，“我不会为这种事咬碎我的牙齿。”于是，男孩又向他母亲告状。

“好，那就去找母猫。”他母亲说，“请她吃掉老鼠。”

男孩对母猫说：“我亲爱的母猫，去吃掉老鼠。老鼠不肯咬断绳子，绳子不肯吊死铁匠，铁匠不肯敲打斧头，斧头不肯砍断轭套，轭套不肯猛夹公牛，公牛不肯喝干洪水，洪水不肯浇灭烈火，烈火不肯烧死松树，松树不肯击倒拉普人，拉普人不肯射杀大熊，大熊不肯狠揍灰狼，灰狼不肯撕碎狐狸，狐狸不肯去咬哈斯洛，哈斯洛今天到了吃晚饭的时候还不肯回家，我很饿，想吃饭去！”

“行，给我一点牛奶喂我的小猫咪，我就去。”母猫说。

这好办，她得到了牛奶。

于是，母猫去吃老鼠，老鼠去咬绳子，绳子去吊铁匠，铁匠去敲打斧头，斧头去砍轭套，轭套去夹公牛，公牛去喝洪水，洪水去浇灭烈火，烈火去烧松树，松树去击倒拉普人，拉普人去开枪打大熊，大熊去揍灰狼，灰狼去撕狐狸，狐狸去咬哈斯洛——哈斯洛拔腿飞跑，赶紧回到牲口棚墙角下的家。在路上，她摔断了大腿和小腿。

“咩——咩——咩！”山羊在痛苦地叫着，一直躺在那儿，如果她没有死，也只能用三条腿瘸着走路了。但是艾斯本说，这是她自作自受，因为她到了吃晚饭的时候还不肯回家。

绕线杆里的储藏室钥匙

从前，一位财主的儿子要外出求婚，他听说有一个姑娘不仅容貌秀丽，而且擅长烹饪和管理家务。于是，他就前去拜访，因为他想娶的正是这样一位姑娘。农庄里的人自然很清楚他是干什么来的，于是他们按照当地的习俗，请他进屋坐在长凳上，随便聊起天来。他们在准备饭菜的同时，给他送上一杯酒，让他边喝边等候。他们进进出出，忙个不停，所以求婚的少年也就有时间打量一下屋里的摆设。在一个角落里，他看到了一架纺车，手摇绕线杆上缠满了亚麻。

“是谁在用这部纺车纺线？”少年问。

“噢，是我们的女儿。”屋里的老妇人回答。

“这是很大的一团亚麻。”少年说，“她大概需要比一昼夜更多的时间才能把它纺完吧？”

“像这样的一团，”老妇人说，“她一天一夜内就能纺完，也许还用不了这么长时间。”

少年知道，这要比一般能纺出的线多出不少。

他们全都走出去拿饭菜，少年单独一人留在了那里。这时候，他看到窗台上放着一把很大的旧钥匙。他拿起钥匙，插进绕线杆，把它深藏在亚麻团里。接着，他们又吃又喝，十分友好。后来，少年觉得他待的时间够长的了，便起身向他们道谢，然后回家了。他们请他不久再来，他答应了。尽管他对那位姑娘的印象相当不错，但始终没有说出自己来访的目的。

过了一段时间，他又来到这家农庄。他们对他的接待比上一次更加热情。但是，当他们开始谈话的时候，老妇人说：

“自从你上次来了以后，发生了一件非常令人吃惊的事，我们屋外储藏室的钥匙不见了，大家找来找去，再也没有找到！”

少年走到纺车那里，它仍旧放在墙角，上面的亚麻团和前一次一样大小。他伸手从绕线杆里取出了钥匙。

“钥匙在这儿。”他说，“尽管纺线的日子从米迦勒节延续到了复活节，可是并没有纺出多少线来！”

于是，他谢谢他们。这一次他还是没有说出来访的目的。

求婚的少年

从前有一个妇人，她有一个儿子，这儿子生性懒惰，整天游手好闲，不肯做任何事情。可是对唱歌跳舞却兴趣十足，白天又唱又跳以后，还要在晚上继续折腾很久。这样，妇人的日子越来越艰难。男孩长身体，饭当然要吃饱，而且随着他的长大，用于衣服的花费也日益增多，他身上的衣服也不会耐穿，因为他总是在树林里、田野上蹦蹦跳跳的。

有一天，她对儿子说，现在他应该开始找点活儿干，做一些有用的事情，否则他们母子俩都得饿死。可是，这孩子对干活儿没有多大兴趣。他说，他宁愿去向大地母亲的女儿求婚，因为要是能娶到她，他就可以舒舒服服过上一辈子，成天唱歌跳舞，再也不用去干活儿了。

母亲听到这话，心想，这个主意也许还不算太坏，他可以去试一试。于是，她尽可能地替儿子打扮一下，让他看上去更英俊。然后，少年就出发了。

他走在路上，温暖的阳光普照大地，四周一片金光灿烂；但是前一天夜里刚下过雨，地上很潮湿，小坑都积满了水。少年走最近的路去大地母亲那儿，一路上他像平时习惯的那样又唱又跳。他蹦蹦跳跳地来到一片沼泽地前，有一座仅供行人通过的小桥出现在眼前，从小桥上他必须越过一个水坑，跳到一块草地上，才能不弄脏自己的鞋子。但当他踩上草地的时候，“扑通”一声陷了下去。他一个劲儿地往下掉，最后停在一个可怕的黑洞里。起初，他什么也看不见，待了一会儿，就隐约看到一只老鼠在缓慢爬行，尾巴上还系着一串钥匙。

“是你吗，我的少年？”老鼠说，“谢谢你能来看我，我已经等了你很久了。我知道，你大概是来向我求婚的，可能很焦急，但是你得耐心地再等一段时间，我将会有很多嫁妆。不过，这也会是很快的。”

她说完这话，就拿出几个蛋壳放到他面前，里面装满了老鼠平时吃的各种食物，还说：“请坐下来吃点东西，你可能又累又饿了。”

可是，少年见到这样的食物实在是没有胃口。“我能平安离开这儿，回到地面上去就好了。”他心里这样想，然而嘴里却什么也没有说。

“我想，你现在也许要回家了。”老鼠说，“我知道，你期待着婚礼早日举行，我会尽量加紧准备。你把这根亚麻线头带着，等你到了地面，不要回头看，只管直接往家走，一路上你嘴里别说其他的，只是一个劲儿地说：‘前方很近，后面很远。’”说完，她把亚麻线头交到他手里。

“我的天哪，”少年回到地面上说，“那个鬼地方我也许永远不会再去了。”

但是，线头他还握在手里，一路上他还是像平时那样又唱又跳。虽然他不再去想那个老鼠洞，但还是哼起了那个调子：

“前方很近，后面很远！前方很近，后面很远！”

当他回到家中的门廊，转过身来一看，后面拖着好几百米长的洁白的亚麻布，这布是那样精细，连最能干的织布姑娘也不会织得这么好。

“妈妈，妈妈，快出来，快出来！”他喊道。

妇人匆忙走出屋子，问他发生了什么事。她看到了亚麻布，长长地延伸到远方。在少年告诉她这布的来历之前，她都不敢相信自己的眼睛。听完儿子的叙述，她又用手指抚摸着亚麻布，也高兴得又唱又跳了。

她用亚麻布为儿子和她自己裁剪缝制了衬衫；剩余的，她带到城里去了，卖得不少钱。现在他们依靠这笔钱，舒服地生活了一些日子。可是钱花完以后，又没有饭吃了，妇人对儿子说，现在他真的应该开始找点活儿干，做一点有用的事情，否则他们除了饿死，没有其他出路了。

然而，少年对到大地母亲那儿向她的女儿求婚一事更感兴趣。妇人觉得这主意也许相当不错，因为他现在穿戴整齐，看上去已经不再那么寒酸了。于是她尽可能替他着意打扮了一下，他也拿出自己的新鞋，把鞋面擦得锃亮，都能照出自己的身影。准备妥当以后，就出发了。这次情形与上一次恰好一模一样：他走出屋门，温暖的阳光普照着大地，四周一片金光灿烂；可是前一天夜里刚下过雨，地上很潮湿，也很泥泞，小坑里都积满了水。少年走近道去大地母亲那儿，一路上他像平时习惯的那样，又唱又跳。虽然他走了不同于上次的另一条路，但又蹦蹦跳跳来到那座架在沼泽上的小桥。从桥上他必须越过一个水坑，跳上一块草地，才能不弄脏自己的鞋子。“扑通”一声，他又陷了下去，一直往下掉进了一个可怕的黑洞。起初，他什么也看不见，待了一会儿以后，便隐约看到一只老鼠在慢慢向前爬行，尾巴上还系着一串钥匙。

“是你吗，我的少年？”老鼠说，“再次欢迎你。你真是客气，这么快又来看我了。我知道，你大概非常不耐烦了，不过你确实还要耐心地再等些日子，因为我的嫁妆到现在仍然还缺一点。但是你下次再来，一切都会准备就绪。”

她说完这些话，便拿出许多放在蛋壳里的食物，这些都是老鼠平时非常喜欢吃的东西，可是少年觉得它们全是别人吃剩下的，就说吃不下。“只要我能平安地离开这儿，回到地面上就行。”他心里这样想，可是嘴里却什么也没有说。

过了一会儿，老鼠说：“我想你也许现在要回到地面去了。至于婚礼我将尽快准备。这次你就带上这根毛线吧。到了地面，你不要往后看，只管直接回家，一路上你不说别的，只说：‘前方很近，后面很远！’”然后，她把毛线头交到他手里。

“我的天哪，快放我上去吧。”少年自言自语地说，“这个地方我肯定永远不会再去了。”他又像平时那样又唱又跳地走了。老鼠洞他不再去想，但是，他依旧唱起了那个曲子：

前方很近，后面很远！

前方很近，后面很远！

他一路上哼个没完。

当他回到家中的院子里，回头一看，后面是最精细的衣料，足有几百米长，几乎超过一千米；衣料是那么漂亮，连城里人都不可能用比这更漂亮的衣料做衣服。

“妈妈，妈妈，快出来，快出来！”他喊道。

当妇人看到这么好的衣料时，合着双手，几乎高兴得晕了过去。少年告诉她自己是怎样得到衣料的，他从头至尾详细地说了一遍。

你可以想象，这意味着一笔很大的财富。少年有了华丽的新衣服，妇人来到城里，卖掉衣料，得到了许多许多钱。因此，她可以装修自己的屋子；她本人尽管年事已高，也打扮得衣着入时，像个贵妇人似的。他们的日子过得非常舒适安逸，但是最后他们的钱用完了，有一天，家里又揭不开锅了，妇人对儿子说，现在他真该找点活儿干，做一些有用的事情了，否则他们娘儿俩肯定都得饿死。

但是，少年认为还不如到大地母亲那儿去向她的女儿求婚。这一次，妇人也有同样的想法，并不反对他去这样做。因为他这时候有了许多华丽衣服，看上去仪表堂堂。她觉得像这样的一个美少年会被拒绝，简直是不可能的事。于是她刻意给儿子打扮一番，他自己也拿出新鞋，擦得闪闪发亮，都能照出自己的脸。他准备妥当，就出发了。

这一次，他没有抄近道，而是绕了一个大弯，因为他不愿再到老鼠那里去，他非常讨厌她慢悠悠地走路和关于婚礼无休无止地啰唆。情况还是和前两次一样。一路上阳光灿烂，照得泥地和水坑都在闪光，少年像平时一样又唱又跳。忽然，他又不知不觉地来到沼泽地上的小桥。因此他必须越过一个水坑，跳到一块草地上，才能不弄脏锃亮的鞋面。“扑通”一声，他再一次陷了下去，一直掉进同一个黑洞里，才停了下来。起初，他还很高兴，因为他什么也看不见，但是待了一会儿，他又隐约看到了那只他十分讨厌的、尾巴上系着一串钥匙的丑老鼠。

“你好，我的少年。”老鼠说，“欢迎你来。我看，你已经不能没有我了，这一点我非常感激你。现在，有关婚礼的一切也已经准备妥当。我们马上出发去教堂。”

“这下可出事了。”少年想，可是什么也没有说。

老鼠尖叫一声，于是，从各个角落里涌出来许许多多小老鼠。六只大老鼠拖来了一只平底油炸锅。两只老鼠坐在后面做使女，两只坐在前面驾车，还有些则坐在上面，而带着一串钥匙的老鼠就坐在她们的正中间。

接着，她对少年说：“这儿的路有点窄。你只得在车辆旁边走了，我的少年；等一会儿路变宽些，你就可以上来坐到我的身边了。”

“这是一件大事。”少年想，“但愿我能回到地面，就逃离所有这些讨厌的东西了。”他转眼又想。可是，嘴里却什么都没有说。

他尽可能跟着一起走，有时候不得不爬行，有时候只能弯着腰走，因为有些地方路实在太窄了。但是，当路逐渐变宽的时候，他就走到了前头，还不时向四下张望，在想哪个地方最适合他偷偷地逃走。正当他心怀鬼胎的时候，一个响亮甜美的声音在他身后说："现在路好走了，快到车上来，我的朋友！"

少年猛地转过身，不由得大吃一惊，那里停着世上最华丽的马车，由六匹白马拉着，车上坐着一位美貌少女，像太阳一样灿烂、可爱，在她周围坐着的其他姑娘也像星星一样漂亮、温柔。原来，这是一位公主和她的游玩伙伴，她们全被施了妖法，变了形。现在，少年到了地下的鼠洞而没有拒绝她们，因此她们被救了。

"现在上来。"公主说。少年登上马车，一起向教堂驶去。

从教堂里出来，公主说："现在先到我的王宫去，然后再派人去接你的母亲。"

这姑娘真是不错，少年想。这时候他嘴里还是什么都没有说，但是，他又觉得，回家到母亲那里去也比下到可怕的鼠洞里去强。可是，他们来到一座豪华的王宫前面——鼠洞也早已消失了——他们走了进去，就住在了那里。他们派了一辆六匹马拉的马车去接妇人，然后开始了婚礼的宴席。欢乐的宴会总共持续了十四天，也许直到今天仍在继续。如果我们抓紧时间，还能赶上与新郎干杯和与新娘跳舞。

提着啤酒桶的少年

从前，有一个少年在北山的一位男子那里长期帮工。这位男子是酿造啤酒的好手，酿出的啤酒味道好得出奇，举世无双。当少年想离开那里，男子要付给他应得的工钱时，少年不要别的，只要一小桶圣诞节喝的啤酒。那男子同意了他的要求。于是少年提着一桶啤酒上路了。他走了很久，觉得啤酒桶越来越重。他环顾四周，看看有没有人过来和他一块儿喝酒，以便减轻些负担。

最后，他遇见一个留着大胡子的老头。

“你好。”老头说。

“你好。”少年说。

“你要到哪儿去？”老头问。

“我正在找一个人跟我一块儿喝啤酒，这样我的酒桶可以减轻些重量。”少年说。

“你既然在找人喝酒，难道就不能跟我一块儿喝吗？”老头说，“我四处旅行，已经走了很长的路，正觉得又累又渴。”

“行，我可以跟你喝。”少年说，“告诉我你从哪里来？你是什么人？”

“我是上帝，我从天国来。”老头回答。

“我不愿意和你一起喝啤酒。”少年说，“因为你给世上的人们制造了巨大的差别，使有些人富得要命，而使另一些人穷得可怜。不！我不愿意和你一起喝酒！”说完，他就提着啤酒桶往前走了。

继续走了一段路以后，酒桶变得非常沉重，他觉得自己再也提不动了，除非有人来跟他一块儿喝啤酒，让桶里的酒减少一些。这时候，他遇见了一个相貌丑陋、骨瘦如柴的男子，正急匆匆地快步走来。

“你好。”那男子说。

“你好。”少年说。

“你要到哪儿去？”男子问。

“噢，我在找人跟我一块儿喝啤酒，这样可以减轻一点酒桶的重量。”少年说。

“你既然要找人喝酒，难道就不能跟我一块儿喝吗？”男子说，“我四处旅行，已经走了许多路，喝上一点啤酒对我这个糟老头很有好处。”

“行，我可以和你一起喝。”少年说，“但是你是什么人？是从哪里来的？”

“我嘛，我是赫赫有名的魔鬼，从地狱里来。”那个男子说。

“不！”少年说，“你只会折磨人，给人带来痛苦。任何地方发生惨痛的不幸，人们总说是你在作怪。不，我不愿意和你一起喝酒。”

于是，他提着酒桶又走了很长的路，直到最后感到酒桶实在太沉，一点也提不动了。他又向四周张望，看看有没有人来和他喝酒，使酒桶减轻一点重量。过了好久，才来了一个人，这人瘦得皮包骨头。

“你好。”那人说。

“你好。”少年说。

“你要上哪儿去？”那人问。

“我在看能不能找一个人和我一起喝啤酒，让我的酒桶减轻一点重量。这桶实在太沉了。”

“你既然在找人喝啤酒，难道就不能跟我一块儿喝吗？”那人问。

“行，我可以跟你一起喝。”少年说，“可是你又是谁呢？”

“他们叫我死神。”那人回答。

“我愿意和你一起喝啤酒。”少年说着，放下酒桶，开始往大杯子里倒啤酒，“你是一个杰出的好人，因为你对待任何人都一样，不管他们是穷人还是富翁。”

他俩喝起啤酒来。死神觉得这啤酒非常好喝。少年和他谈得十分投机，两人不断地干杯，啤酒越喝越少，酒桶变得很轻了。

最后，死神说：“我从来没有喝过这样味道鲜美又能振奋精神的啤酒。我觉得自己好像变成了一个新人，真不知道怎样感谢你才好。”他沉思了一下说，从此以后，不管人们从桶里喝掉多少啤酒，也永远不会变空。而且，桶里的啤酒还应该成为治病的良药，少年可以使用这种神奇的饮料使病人恢复健康，比任何医生的良方都要灵验。他接着说，当少年去看病人的时候，死神总会到场，并且会做出一个明确的表示：如果死神坐在靠近病人脚的地方，少年就可以用桶里的神奇饮料救治病人；反之，如果他坐在病人头的旁边，那么任何疗法和妙药都无法挽救病人的生命。

少年很快声名鹊起，各个地方的人，不论远近，都来请他看病，他帮助了一大批从前无药可救的病人恢复了健康。当他走进病人房间，只要看一下死神坐在病人的哪一边，就能预言病人必死还是有救，而且一说就准，从无差错。他逐渐成为一个既富有，又权威的名医。

后来，他被请到一个遥远的王国去给公主治病。公主的病情极其严重，没有一个医生相信她还有救。因此，他们向少年作出许诺：假如他能治好公主的病，就满足他的一切愿望和要求。可是，当少年走到公主跟前时，死神已坐在床头的栏杆旁边，正闭着眼睛打瞌睡。在他打盹的时候，公主感觉自己略微好过一点。“这里重要的是死活问题。”少年说，“如果我诊断正确，她大概无可挽救了。”国王哀求少年无论如何也要救活公主，哪怕以国土和王位做代价也愿意。于是，少年看着死神，趁他重新打瞌睡的时候，向仆人们暗示赶快把床掉个头，让死神坐在靠近公主脚的一边。床刚掉过头，他马上让公主喝下神奇饮料，这样她就得救了。

“现在你背叛了我。”死神说，“我们之间的关系从此一刀两断。”

“为了赢得国土和王位，我不得不这样做。”少年说。

“这种解释也帮不了你。”死神说，“你的死期已到，因为现在你是属于我的。”

“唉，如果一定要这样的话，也只好这样了。”少年说，“但是，你大概会允许我先念一遍天父主祷文吧。”

死神同意了他的要求。可是少年尽量避开主祷文不念，其他的什么都念。最后他觉得自己确实已经骗过了死神。

然而，死神认为少年把时间拖延得太长了，就在一天夜里亲自来了，把写着主祷文的一块大木板挂在少年的床头。少年醒来，迷迷糊糊地念起木板上的主祷文，一直念到“阿门”才清醒过来，可是这时候一切都来不及了。

陷阱里的主宰

从前有一个人，住在边远的森林里。他有许多绵羊和山羊，可是受到灰狼的侵扰。有一天，他发誓说：“我一定要把那头灰狼骗进陷阱。”于是，他挖了一个很深的洞，在洞底的中央立了一根木杆，在木杆顶部钉上一块圆板，把一只小狗拴在圆板上面。然后，他用树枝、松针和其他杂草遮住了整个洞口，再撒上一层雪，使灰狼看不出下面是一个陷阱。

夜深了，小狗在那儿待得烦了，就“汪汪汪”朝着月亮狂叫起来。一只狐狸见到那只小狗，就蹑手蹑脚地走过去，他以为这是天赐的猎物，就“唰”的一声扑了过去，结果掉入逮狼的陷阱里。到后来，小狗在圆板上又饥又困，再次狂叫起来：“汪！汪！汪！”忽然，一只灰狼偷偷摸摸地走过去，他梦想能弄到一条肥嫩的肉排。他接近小狗以后，就“唰”的一声扑了过去，结果一下子掉进逮狼的陷阱里。

将近黎明时分，刮起了一阵阵凛冽的北风。天气实在太冷了，小狗站在风里，冻得瑟瑟发抖，又累又饿。“汪！汪！汪！汪！”他一刻不停地喊叫着。一只大熊慢吞吞地走过去，身体不停地摇晃。他见到陷阱上面被晨露打过的鲜嫩的树枝，马上胃口大开，颤悠着走到树枝上，结果一下子掉进逮狼的陷阱里。

又过了一会儿，天快亮了，走过来一个年迈的流浪老妇。她肩背着一个口袋在庄园间转悠，看到站在那儿乱叫的小狗，就决定过去看看，夜里是不是有什么动物掉进了陷阱。她走到陷阱旁边以后，跪在雪地上，低头向下张望。

她首先看到狐狸。“是你掉进了陷阱吗，米克尔？”她对狐狸说，“这是你的报应，你这个偷鸡贼！噢，你，灰狼也在里面吗？如果你吃掉过山羊和绵羊，你就得被活活打死！哎呀，我的天哪，还有你，公熊！你也在陷阱里，这个剥马皮的家伙！对，我们要打死你，剥下你的皮再把你的头挂在家里的墙上！”妇人非常激动地扬着拳头对熊喊叫。一不小心，那个袋子从她的头上翻滚到陷阱里，她本人也被带了下去。

狐狸、狼、熊和老妇人四个互相盯着，每人占据一个角落。

当天大亮的时候，狐狸米克尔开始走动，他东转转，西转转，想设法逃出去。妇人对他说：“难道你这个摇头摆尾的家伙就不能安静地坐一会儿吗？不要老是走动，四处乱转。你看看他，陷阱里的主宰，他坐得像一个牧师那样稳当。”因为她现在想，应该设法同公熊搞好关系。

不久，陷阱的主人来了。他先把妇人拉上来，然后把所有的动物全打死，既没留下陷阱中公熊的命，也没留下灰狼和摇头摆尾的米克尔的命。他觉得这一夜的收获真不小。

公鸡和狐狸

从前，有一只公鸡站在粪堆上拍打着翅膀啼叫。这时候，狐狸米克尔走到他跟前。

“你好！”米克尔说，“我听见你在高声啼叫，但是你能不能像你的父亲那样，用一条腿站着，一面啼叫，一面闭上眼睛打瞌睡呢？”米克尔问。

“这我能做得非常好。”公鸡说完，就用一条腿站着，但是他只闭上一只眼睛。啼叫过后，他扬扬得意地拍打着翅膀，仿佛做了一件伟大的事情似的。

“你叫得真好。”狐狸说，“差不多像牧师在教堂里做弥撒一样动听。但是你会不会一只脚站着，同时闭上两只眼睛打瞌睡呢？我不太相信你能做到！”米克尔接着说：“不过，你的父亲可真是好样的！”

“噢，我也能做到。”公鸡说着，就用一条腿站着，闭起两只眼睛，开始叫起来。“嗖”，米克尔闪电般地扑向公鸡，抓住他的脖子，把他扛到自己背上，因此公鸡还没有叫出声，米克尔就背着他飞快地跑向森林去了。

等他们来到一棵老云杉的树荫底下，米克尔把公鸡扔在地上，用脚踩住他的胸脯，想美美地咬一口。

“米克尔，你对上帝可不如你父亲那样虔诚。”公鸡说，

“他吃东西以前要先画十字，为食物祈祷谢恩。”

天知道，大概米克尔也想表现得虔诚一些，因此他松开脚，把前爪交叉成十字，开始祈祷。于是，“嚓”的一声，公鸡飞到了一棵树上。

“你是逃不掉的！”米克尔自言自语地说。说完他就跑开了。隔了一会儿，他带着两块樵夫砍柴留下的碎木片回来了。公鸡一个劲儿地盯着瞧，想看出那是什么东西。

“你拿的是什么？”公鸡问。

“那是罗马教皇寄给我的信。”米克尔说，“你肯帮我读一下信吗？因为我自己不会读信。”

“非常愿意，但我现在不敢。”公鸡说，“那边来了一个猎人，我得躲在树桩后面。我看见他了！我看见他了！”

米克尔听到公鸡在叫猎人来了，就赶紧逃之夭夭了。

这一次是公鸡运用自己的智慧赶走了狐狸。

森林里的未婚夫

从前，一位男子有个女儿，长得非常美丽，名声传到了许多王国，前来向她求婚的人络绎不绝，简直和森林里的小树叶一样多。他们中有一个人显然比其他人更为富有，加上他英俊潇洒，气度不凡，因此他自信这位姑娘将会嫁给他，于是经常来姑娘家拜访。

过了一些日子，他想让姑娘到他家去做客，看看他的房子。他不能来接她，陪她一起去，但是在她去的那天，他将沿途撒上豌豆，直撒到他的家门口。然而由于某种原因，他提前了一天撒豌豆。

姑娘穿过森林和田野，走了很远很远的路，最后来到一幢豪华的大宅子跟前，它坐落在森林中央的一块绿色草地上。可是未婚夫没有在家，她也没有在屋里找到任何人。她走进厨房，看见那里没有其他东西，只有一只笼子挂在天花板下，笼子里有一只非常奇特的鸟。接着，她走进客厅。客厅里的摆设富丽堂皇，让人看了都难以置信。可是正当她走着的时候，鸟儿对她喊了起来：“美丽的姑娘，大胆一点，但是胆子不要太大了！”后来，在她走进房间以后，鸟儿又喊起同样的话。那房间里放着一排排柜橱，她拉开抽屉一看，里面满是金银首饰和各种奇珍异宝。当她走进下一个房间的时候，鸟儿又喊了起来："美丽的姑娘，大胆一点，但是胆子不要太大了！"房间四周的墙上，挂满了华丽的女装。当她走进第三个房间的时候，鸟儿大声尖叫："美丽的姑娘，美丽的姑娘，大胆一点，但是胆子不要太大了！"

这房间里有许多盛满血的木盒。

当她走进最后一个房间的时候，那只鸟儿再次叫起来，叫声到了声嘶力竭的程度："美丽的姑娘，美丽的姑娘，大胆一点，但是胆子不要太大了！"

那里到处都是被害女人的死尸和白骨，她吓得魂飞魄散，立刻往回跑。可是她还没跑出几步，就听到鸟儿喊起来："美丽的姑娘，美丽的姑娘，快钻到床底下去，快钻到床底下去，现在他回来了！"

她毫不犹豫地听从了鸟儿的劝告，藏到床底下，身体尽可能紧紧地贴近墙壁。她心里害怕极了，真想钻进墙里去。

这时候，她的未婚夫领着另一位少女进来了。那个少女苦苦哀求他饶命，发誓永远不向别人说他的事，可是仍然无济于事。他剥下少女身上的一切，包括所有的衣服和金首饰，连她手指上的一个戒指也不放过。他使劲往下捋戒指，捋不下来，就干脆用刀把手指砍断，一截手指头掉到了床底下，躺在床下的姑娘捡起来藏好。她的未婚夫叫跟他一起来的小男孩爬到床下面去找手指头。小男孩趴在地上往床底下摸，发现了躲在那儿的姑娘；姑娘急忙用劲捏了一下他的手，他马上明白了姑娘的用意。"手指头滚得太靠里了，我够不着。"他说，"等到了白天，我再把它捡出来。”

清晨，强盗又外出了，让男孩留在家里收拾屋子，准备接待他等候着的少女，但是规定有两个房间不能让她进去。

强盗在森林中消失以后，男孩进屋对藏在床下的姑娘说，现在她可以出来了。

“你早来一天，真是幸运，否则他也会杀死你的，就像他杀死其他少女一样。”他说。

你可以想象，姑娘决不会再在那儿停留，以最快速度跑回了家。父亲问她为什么那么快就回来，她说了她的未婚夫是个什么样的人，以及她听到的和看到的一切。

过了没多久，那位求婚者也赶来了。他看上去神采奕奕，满脸红光，进门就问姑娘为什么没有像她答应的那样，到他家去做客。

姑娘的父亲说，那是因为驾驶轻型雪橇的人有事没来。他请未婚夫留下来，与他们一起聚餐饮酒，说他已经邀请了其他客人。

吃完饭，还坐在餐桌旁边的时候，那姑娘说，几天以前她曾做了一个非常奇怪的梦。如果他们有兴趣听的话，她就讲出来，但是所有在座的人必须安安静静地坐着，直到她把梦讲完。

他们都很想听，所有的人都答应坚持坐到听完，她的未婚夫也不例外。

“我梦见我走在一条宽广的大路上，我经过的地方，都撒着豌豆。”

“是的，这就像你到我那儿去一样，我的朋友。”未婚夫说。

“接着，路变得越来越窄，远远延伸到茂密的森林和荒芜的原野中。”

“这就像通向我那儿去的路一样，我的朋友。”他说。

“于是，我来到一片碧绿的草地和一幢华丽的大宅子跟前。”

“这就像我家一样。”他说。

“我走进厨房，在那儿没有看见什么人，但是在天花板下面挂着一个笼子，里面有一只非常奇特的鸟。当我走进客厅的时候，它就在我背后喊道：‘美丽的姑娘，大胆一点，但是胆子不要太大了！’”

“这就像在我那儿一样，我的朋友。”未婚夫说。

“我走进房间时，鸟儿喊着和刚才一样的话。房间里有许多柜橱。我拉开那些抽屉，往下一看，里面放满了银器皿、金首饰和各种奇珍异宝。”

“是的。这与我那儿一样，我的朋友。”他说，“我也有许多抽屉，装满了金银首饰和贵重物品。”

“我继续走进另一个房间，鸟儿又向我喊了起来，说了与刚才同样的话。那里面，在四周墙上挂满了漂亮的女装。”

“是的，这也与我那儿一样，我的朋友。”他说，“那些衣服和套装都是用丝绸和天鹅绒做的。”

“当我走进下一个房间时，鸟儿就开始尖声高叫：‘美丽的姑娘，美丽的姑娘，大胆一点，但是胆子不要太大了！’那个房间里，墙根旁边放着许多大桶和木盒，里面盛的全是鲜血。”

“呸，真是可怕极了，这可一点儿也不像我那儿，我的朋友。”未婚夫说。现在他觉得很不自在，想走出去。

“我讲的只不过是一个梦。”姑娘说，“坐在那儿，你总能耐心地听完吧。”

“当我接着走进下一个房间时，鸟儿开始声嘶力竭地叫喊同刚才一样的话：‘美丽的姑娘，美丽的姑娘，大胆一点，但是胆子不要太大了！’我看到房间里有许多被害人的尸体和白骨！”

“不，这完全不像我那儿。”未婚夫说着就想离开屋子。

“你坐着。”她说，“这仅仅是一个梦，又不是其他什么，你得有耐心把它听完。我觉得实在太可怕了，想跑出去，但是我刚跑进那个放着血盆的房间，鸟儿就叫喊说我该钻到床底下躲起来，因为这时候他回来了。他进屋时，还带来一位少女，她是那样美貌，我觉得自己从来没有见过这么漂亮的姑娘。她恳切地哀求他饶命，但是他毫不理会。尽管姑娘哭泣请求，他还是剥下她的衣服，抢走她所有的东西，既害命，又谋财。姑娘的左手上戴着一个戒指，他无法把它捋下来，就砍断了她的手指头，手指头掉在床底下，滚到了我面前。”

“呸，这完全不像我那儿，我的朋友。”未婚夫说。

“不对，这就是在你家里！手指头就在这儿！戒指就在这儿！砍手指头的男人也在这儿！”她说。

于是，他们抓住他，把他打死了，还把他和他在森林里的房子烧成了灰烬。

生死之交

从前有两个人，他们是好朋友，曾经互相发誓，无论是活着还是死后都要永不分离。可是，其中一个没过多久就死了；另一个过了一段时间以后，向一位农家姑娘求婚，得到她的同意。在他们举行婚礼那天，新郎走到葬他朋友的教堂墓地，用手敲他的坟墓，大声喊他的名字，可朋友没有来。他又敲了一次，喊了一声，仍然没有人来。第三次，他更加使劲地敲，更加大声地喊，说他应该出来和朋友叙谈一番。过了许久，终于听到了有人走动的声音，死者从坟墓中走了出来。

“你现在来了，真好。”新郎说，“我已经在这儿站了老半天，一直在敲着墓碑喊你。”

“我离得很远。”死者说，“因此直到最后一次，我才听清楚。”

“好吧，今天我要当新郎了。”少年说，“你大概还记得，我们以前约定好要互相陪伴参加对方的婚礼。”

“我记得。”死者说，“不过你要稍等一会儿，让我打扮一下，我这副样子可没法当男傧相。”

少年的时间很有限，因为他还要回到举行婚宴的农庄，接着他们很快又要去教堂。但是他不得不耐心一点，让死者像他所要求的那样单独在一个房间打扮一下，以便与其他人一样穿上去教堂的盛装。

死者跟着去了教堂，又一起从教堂回家，但是，当婚礼进行到取下新娘头冠的时候，他想离去了。为了多年的相识和友谊，新郎不顾婚礼而送他回墓地。去墓地的路上，新郎问死者是不是看到过许多稀奇古怪的或者值得一提的事情。

“是的，我看到过。”死者回答，“我见过许许多多这样的事情。”

“能看到这些事情将是非常奇妙的。”新郎说，“我很有兴趣和你结伴同行，一起去看看。”

“你当然可以去。”死者说，“不过你将会失踪一段时间。”

新郎认为，为了看到那些事情，失踪一段时间也值得。于是，他跟着死者下到坟墓里。但是在他们走下去以前，死者从教堂院子里抓起一块草皮，放在新郎的头顶上。他们在寂静的黑暗中走了很长一段路，穿过灌木丛和沼泽地，最后来到一座大门跟前。死者一碰那门，门就开了。大门里面有亮光，起初像是月光一般亮，他们越往里走，四周越亮堂。后来他们走到一个地方，那儿的山坡上长满了又绿又嫩的青草，一大群母牛悠闲自在地边走边吃草，然而不管它们怎样吃草，看上去都非常干瘦难看。

“这是怎么回事？”新郎问，“尽管它们一直抢着吃草，却还是那样干瘦难看？”

“这是暗喻那些虽然搜刮到了大量钱财，却永远嫌不够的人。”死者说。

接着，他们又走了很久很久，来到一个山地牧场，那里到处是光秃秃的岩石，偶尔可以找到这样或者那样的小块草地。这儿也有一大群母牛，全都长得膘肥体壮，非常漂亮，看上去一只只都在闪闪发光。

“真奇怪。”新郎说，“这些母牛在如此贫瘠的草场生活，却长得很好，这是什么原因？”

“这是暗喻那些得到很少就非常满足的人。”死者说。

他们继续走了很久很久，来到一个很大的湖泊前。湖水荡漾，光亮照得新郎难以睁开眼睛。

“现在你得坐在这儿，一直等到我回来。”死者说，“我将离开一会儿。”

说完，他就走了。新郎坐了下来，在他坐着的时候，瞌睡来了，对他来讲，一切似乎都在安稳的、甜蜜的睡眠中消失了。

不一会儿，死者回来了。

“真不错，你还坐着，让我找到你。”他说。但是当新郎想站起来的时候，发现自己身上已长满了苔藓和灌木，简直好像坐在树丛之中。他把身上的这些东西弄掉以后，死者就沿着原路送他到坟墓。他们在那儿分手，互相告别。新郎回到地面以后，直奔举办婚礼的农庄。但是当他走到那个认为该是家的地方时，他根本认不出来了。他四处找寻，询问了所有他遇见的人，然而他既没有听到，也没有问出任何有关新娘或者婚礼、亲戚或者父母的情况，他也看不到任何一个熟人。大家全都以惊异的眼光看着这个衣衫褴褛、到处游走的怪人。他一个熟人也找不到，只好去找牧师，告诉牧师有关他的亲戚的情况、有关他当新郎时的情景以及他在婚礼举行过程中离去等情况。牧师对这些都一无所知，但是他在查阅了古老的教堂登记册以后发现，那次婚礼是在很早很早以前举行的，他所谈到的那些人，都是四百年前活着的人们。

自那时候以来，牧师的庄园里长出了一棵又高又大的栎树。他看见那棵树，就爬到上面，想往四周看看，可是这个坐在天国里睡了四百年后重新回家的老人，没能平安地从树上爬下来。他的腰不灵便，腿也僵直了，这是可以想象的事情。当他想下来的时候，不小心腿一滑，就从树上摔下来，折断了颈椎骨，摔死了。

白干三年活儿的少年

从前有个穷苦的佃农，他有一个独生儿子，非常懒惰和顽皮，既不想学一门手艺，也不肯去做世上的任何事情。父亲想，如果我不想一辈子供养这么个孩子的话，就必须把他带到一个遥远的、陌生的地方去，即使他那时候要逃走，也不容易找回家。对，就这么办了。于是，父亲带着儿子走了许多地方，让他给人当仆人，可是没有人肯雇用他。

最后，他们来到一个富翁那里，这个人以吝啬出名，人们常说他要把一个铜板翻过来、掉过去看上七次，才舍得花出去。他想留下那位少年在农场当帮工，但是前三年干活儿没有任何工钱；三年期满以后，主人要在两个早晨进城去买下遇见的第一件他能买到的东西，第三天早晨，少年自己到城里去买下他遇见的第一件东西。这些东西将代替工钱给少年。少年留在农场干了三年活儿，他干得比人们所想象的要好些，虽然不属于最出色的，这是毫无疑问的，但是主人也不是那一类最好的主人，因为他让少年始终穿着刚来时的一身衣服，所以到了最后，衣服上补丁接补丁，破烂得实在不成样子。

到了主人应该上路去买东西的那天，他远在天亮以前就早早动身了。“贵重的物品必定要在白天才能见到，它们不会那么早就拿到街上来卖。”他自言自语地说，“不过，这样肯定还是会挺贵的，因为我发现的东西，不论贵贱都得买下来。”

他在街上遇见的第一个人，是一个老妇人，她提着一个上面有盖的篮子。“你好，老太太。”那位富翁说。

“你好。”妇人说。

“你篮子里装的是什么？”他问。

“你想知道吗？”妇人说。

“我是想知道。”他说，“因为我要买下我遇见的第一件东西。”

“好，要是想知道，你就买下来！”妇人说。

“那要多少钱？”他问。

她回答说，她一定要四个铜币才卖。富翁觉得，这个价钱还不算高得过分。他打开盖子一看，躺在篮底的是一只小狗。

当主人从城里回到家中的时候，少年早就站在院子里，正揣测他第一年的工钱会是什么。

“你回来了，主人？”少年问。

“是的，我回来了。”

“你买到了什么？”他又问。

“我买的是微不足道的东西。”主人说，“我真不知道我该不该把它拿出来，但是我确实买下了第一件我能买到的东西，这是一条小狗。”

“这我得好好谢谢你。”少年说，“我一直非常喜欢狗。”

第二天早晨的情形也没有什么两样。富翁又大清早就出门了，刚到城里的街上，就遇见了那个提篮子的妇人。

“你好，老太太。”富翁说。

“你好。”妇人说。“你今天篮子里装的是什么？”他问。

“要是想知道，你就买下来。”妇人说。

“那要多少钱？”他问。

依然是四个铜币，她只有一个价钱。富翁说他只好买下它，尽管他早已习惯于讨价还价。他掀开盖子，这一次是一只小猫。

富翁回到农庄时，少年又已经等在院子里，正琢磨他第二年的工钱会是什么。“你回来了，主人？”少年问。“是的，我回来了。”“你今天买到了什么？”他又问。“噢，今天更差些。”主人说，“不过这是按照我们事先一致同意的条件办的，我买下了我遇见的第一件东西，是一只小猫。”“你赶得再巧不过了。”少年说，“因为像狗一样，猫也一直是我非常喜爱的。”主人心想，到目前为止，这样付工钱还不算太糟，但是少年他自己上街去买，恐怕就将是另一码事了。

第三天早晨，少年出发了。当他来到街上时，遇见了同一个胳膊上挎着篮子的老妇人。“早上好，老太太。”少年说。

“早上好，我的孩子。”妇人说。

“你篮子里放的是什么？”少年问。

“要是想知道，你就买下来。”妇人说。

“你愿意卖吗？”少年问。

“是的，我愿意卖，价钱是四个铜币。”

这是好买卖，少年想。

“现在你可以全部拿走。”妇人指着篮子连同里面的东西。“但是在你回到家以前，一定不要看，你听明白了吗？”少年答应了。

但是他走在路上时，便一直猜想篮子里究竟是什么东西。后来，他再也忍耐不住，掀开盖子，偷偷地往里瞧了一眼，一刹那，一条小四脚蛇从掀开的缝隙里钻出来，沿街爬走了，他爬得很快，身后留下了一阵尖厉的叫声。

少年对四脚蛇喊：“不，等一下，别这样走开，我已买下你了。”“刺我的尾巴！刺我的尾巴！”四脚蛇喊道。少年毫不迟疑地追过去，正当四脚蛇要钻进墙上的小洞时，少年掏出小刀，砍在他的尾巴上。一瞬间，四脚蛇变成了一个小伙子，英气勃勃，像一个漂亮的王子。事实上，他确实是一个王子。

“现在你解救了我。”王子说，“因为与你以及你的主人做买卖的妇人是一个巫婆，她把我变成了四脚蛇，把我的弟弟和妹妹变成了狗和猫。”少年觉得，这一切太不可思议了。“是真的。”王子说，“她这些天早晨上街，都是想把我们扔进峡湾里除掉；但是如果有人过来愿意买下，她就不得不把我们每一个都卖四个铜币。现在你跟我一起回家到我父亲那儿去拿你应得的酬劳吧。”“路很远吗？”少年问。“噢，并不太远，就在那儿。”王子指着远处的一座高山回答。

他们马上上路了。实际的路程要比看上去的远得多，他们直到深夜才赶到那里。王子上前敲门。“是谁在敲门，打搅我夜间的安宁？”山里面有人问，问话声音特别响亮，连大地都在颤动。“噢，快开门，爸爸，这是你的儿子回来了。”老人说：“可你不是一个人来的。”“正是这小伙子救了我，”王子说，“我邀请他到这儿来，这样你可以给他酬劳。”老人认为这事好办。“现在你们先进来。”他说，“你们可能需要休息一下。”他们进屋坐了下来。老人在火上添了一捆柴火和几个大木块，火熊熊燃烧起来，火光把每个角落都照得像白昼一样明亮。无论他们往哪里看，屋子都显得非常华美。少年从来没有看到过这样的屋子，老人放到他面前的食物和饮料也是他从来没有尝过的。这里锅碗瓢盆等一切全是用白银和黄金制成的。他们没有客气，痛痛快快地吃喝了一顿，然后美美地睡到第二天上午。当老人用金酒杯送来晨间饮料的时候，少年才醒来。他急忙穿上自己的破烂衣裳，吃完早餐。老人领他到四处看看，让他任意挑选他想要的东西，作为救了王子的酬劳。你可以想象，那里有许多奇异的东西可看，有许多珍贵的东西可拿。

“你想要什么？”国王问，“你愿意要什么就可以拿什么。你看，这儿有足够的东西让你挑选。”少年说，他得先考虑一会儿，再和王子商量。国王说，行，他可以先考虑一下。

“现在你大概已经看到许多奇珍异宝了吧？”王子问，“确实是这样。”少年说，“但是告诉我，这些珍宝中我应该拿哪一件，你父亲说允许我自行选择。”“你看到的东西，哪一件都别拿，”王子说，“可他手指上有一枚小戒指，你可以要来。”

后来，他按照王子的建议请求得到戴在国王手指上的小戒指。“这是我最心爱的东西。”国王说，“但是我的儿子对于我也同样心爱，因为你救了他，我可以把戒指给你。你知道它有什么神奇的用途吗？”“不。”少年说他不知道。国王告诉他：“当你手指上戴着它的时候，能得到你所希望的一切。”

少年一再表示感谢，国王和王子祝福他旅途平安，并且请他好好保存那枚戒指。

他告辞以后没有走出多远，就想试一试戒指是不是果真那样神奇无比。他希望自己有全套崭新的衣裳，刚想到这样的愿望，新衣服就已经从上到下穿在了他的身上。现在他衣冠楚楚，浑身闪亮，完全成了一位新人。于是他想：跟我的父亲开一个玩笑准是很有意思，以前我在家的时候，他就常对我怨天怨地的。于是他希望自己站在父亲的家门口，身上穿得还是和从前一样破破烂烂。刹那间，他已经站在那儿了。

“你好，父亲，见到你真高兴。”少年说。可是父亲看到他回来的样子，甚至比从前走的时候更加衣衫褴褛，不禁哭了起来，心里很不好受。“你在离家的这些日子里，连买自己身上衣服的钱都挣不到，你真是毫无指望了。”他说。

“别那么伤心，父亲。”少年说，“你不要看外表上站在面前的是一个穿着破衣烂衫的流浪汉。现在你到国王的庄园去，替我向他的女儿求婚。”

“我的天哪！这纯粹是在开玩笑！”他父亲说。可是少年说他是非常认真的；他举起一根桦木棍，把他父亲一直逼到国王庄园的大门前，他父亲只得哭丧着脸走进国王庄园的大厅。

“现在你有什么事，我的臣民？”国王问，“如果你遭受了什么冤屈，我可以为你昭雪。”少年的父亲说，他没有冤屈；但是他有一个儿子使他十分伤心，他无法把他培养成有用的人。眼下，他认为他儿子仅有的一点理智也完全丧失了，“因为他抡着一根大桦木棍，一直把我逼到国王庄园的大门口，威胁我替他向国王的女儿求婚。”老头说。“冷静一点，我的臣民。”国王说，“请他进来见我，让我们看看能不能同意这门亲事。”

少年来到国王跟前，破衣烂衫的。“我能娶你的女儿吗？”他问。“这件事正是我们要商谈的。”国王说，“也许你不配娶她，也许她不配嫁给你。”这事看来有希望，少年想。

新近从外国驶来了一艘大船，他们从国王庄园的窗户里就能看见。“不管怎样。”国王说，“如果你非常能干，可以在一个或者两个小时之内，造出一条船来，与峡湾里的那艘一模一样，同样豪华气派，也许你就可以娶她了。”“就这件事吗？”少年对这个要求一点也不在乎。他来到海滩，坐在一个沙丘上，坐了足够长的时间以后，他希望峡湾上停泊着一艘配备了整套桅杆、船帆和索具的大船，与原已停着的那艘一模一样。突然，船就出现在那里。国王看到港口停着两艘同样的大船，就来到海滩，想搞清楚是怎么回事。这时候，他看到少年手里拿着一把扫帚，正站在其中的一艘船上，好像在打扫卫生、整理杂物似的。他一眼看到海滩上的国王，就扔掉扫帚喊道："现在船造好了。我能得到你的女儿了吧？""事情本应如此。"国王说，"但你还得再通过一次考验。假如你能在一个或者两个小时的时间里建造出一座宫殿，和我的宫殿一模一样，到那时候我们再说。"

"不就这件事吗？"少年说完，就离开了。他在周围转悠了很久，快到时间的时候，他希望在那儿建成一座宫殿，与原先的那座一模一样。果然，不到片刻工夫，宫殿就出现在那儿了。没过多久，国王带着王后和公主过来看这座新宫殿。少年手拿扫帚，又在那儿清扫呢。"宫殿就在这儿造好了，现在我能得到她了吧？"少年喊道。

"事情本应是这样的——"国王说，"你进来，我们可以商谈一下。"因为他明白，这位少年不仅会吃饭，本领还真不小呢。因此国王一面走着，一面琢磨怎样才能除掉他。国王在前面走，接着是王后，公主走得离少年最近。正当他跟着走的时候，他希望自己成为世界上最漂亮的人。就在那一瞬间，他变成了最最漂亮的人。公主看到他忽然变得如此漂亮，便用胳膊肘碰了一下王后，王后又捅一下国王。他们盯着他看够以后，心里都明白，这位少年，别看他来的时候穿得破破烂烂，其实非常有本事。国王和王后为了弄清楚少年身上的奥秘，叫公主千方百计地去与他套近乎。

于是，公主变得像一团黄油那样温柔，那样甜蜜。她千方百计地讨这位少年的喜欢。无论是白天还是黑夜，公主似乎一刻也离不开他。到了第一天晚上，她说：“既然你和我要结为夫妻，就不会有什么事要对我隐瞒。比方说，你是怎样做到这些事情的，你总愿意告诉我吧。”

“噢，对了。”少年说，“你肯定会知道的，但这要在我们结为夫妻以后告诉你。”第二天晚上，公主说话的态度相当冷淡。她说，她觉得既然连未婚妻想知道的事他都不愿意告诉，那么他心里就根本一点也没有自己。既然在这样的一件小事上，他都不肯顺从她的意愿，那么也就完全谈不上什么恋爱关系了。少年听她这么一说，很尴尬，为了有所挽回，他把一切都告诉了公主。公主也非常迅速地把情况告诉了国王和王后。他们又让公主设法从少年那儿弄走戒指，然后再把他除掉就不太费事了。

晚上，公主带来了安眠药。她说，她愿意给未婚夫斟上一杯爱情的美酒，因为她觉得少年爱她还爱得很不够。少年没想过这中间会有什么诡计，便把酒一饮而尽。刹那间，他就睡得死死的，他们完全可以把他头上的整个房子拆掉，他也不会醒来。公主取走了他的戒指，戴在自己手指上，然后她希望少年躺在外面路旁的垃圾堆上，仍然穿着他来时的那身破烂衣裳，同时她愿意要一位世界上最漂亮的王子来代替少年。这些马上就变成了现实。过了好久，少年在外面的垃圾堆上醒来，开始他还以为这仅仅是一个梦，但是当他摸到戒指没有了的时候，才明白这一切是如何发生的。他感到非常迷茫，站起身，直向大海走去，想跳海自尽。

突然，他遇见了主人为他买下的小猫。“你要上哪儿去？”猫问他。“去跳海自尽。”少年回答。

“别那样做。”猫说，“你肯定可以把戒指弄回来的。”

“是的，如果我能弄回戒指来，就……”少年说。

猫出发了。忽然，她遇见了一只老鼠。“现在我要抓住你。”猫说。

“噢，别抓我。”老鼠说，“我会帮你把戒指偷回来的。”

“行，如果我能拿回戒指，就……”猫说。

她们悄悄地来到国王的庄园，老鼠在周围转来转去，不停地用鼻子嗅着，想找到公主和王子睡在哪里，最后她发现一个小洞，就钻了进去。这时候她听到他们还在说话，她弄清楚了，戒指戴在王子的手指上，因为公主说：“你得好好保管这枚戒指，我的朋友。”“嗨，大概不会有人穿过院墙和房子的墙壁到这儿来拿戒指吧！”王子说，“如果你认为戴在手指上不保险的话，我可以把它含在嘴里。”

过了一会儿，他翻过身仰面躺着，想要睡觉。突然戒指掉到他的嗓子里，他一咳嗽，把戒指咳了出来，滚到地板上。“嗖”的一下，老鼠跳过去咬住戒指，就钻出去交给了猫，猫正等候在洞前。

但是在这段时间里，国王已经抓住少年，把他关进了一座很大的城堡里，还判处了他死刑。国王说，他欺骗和嘲弄了国王和公主。当猫在城堡四周爬来爬去，试图混进城堡来到少年跟前的时候，一只老鹰从天而降，抓住猫，飞到大海上空。突然，又飞来一只隼，直向老鹰扑去，鹰只好松开爪，把猫丢进了海里。猫全身湿透，心里害怕，就松开戒指游到了岸上。猫还没来得及甩掉身上的水珠，稍微喘一下气，就遇见了农庄主人买给少年的小狗。

“唉，现在该怎么办呢？”猫说着，伤心地哭泣起来，“戒指已经弄丢了，他们将要杀害少年。”

“我不知道该怎么办。”狗说，“我感到，我的五脏正受煎熬，再没有比这更难受的了。”

“你想一想是不是别人的剩饭吃得太多了。”猫说。

“我从来不会吃得过量。”狗说，“我只吃了一条落潮时躺在海滩上的死鱼，其他什么都没吃。”

“也许鱼吞下了戒指。”猫说，“现在又来到了你这儿。”

“很有可能。”狗说。

“你只要把嘴稍微张大些，我就能钻进你的肚子。只要戒指确实在里面，我肯定能拿出来。”老鼠说完，钻进狗的肚子，没过多久，就带着戒指出来了。猫拿到戒指，立刻向城堡跑去，爬上城堡的墙，找到一个小洞，从洞里把戒指递到少年手中。

少年刚把戒指戴上手指，就希望将城堡门打开。刹那间，他已经站到了门口，大骂国王、王后和公主。国王赶紧召集他的军队，下令围住城堡，抓到少年，死活不论，一定要除掉他。可是，少年默念要所有的士兵都在荒山的大沼泽地里陷到胳肢窝那样深，让他们花了九牛二虎之力才爬上来。接着少年就逮住了国王、王后和公主，他希望他们从此永远被扣押在曾经关过他的城堡里。

最终，少年从国王那里接过了领土和王国，狗变回了王子，猫变回了公主。少年娶了公主，他们在欢乐的婚宴上喝得很尽兴。